Un été en *foulard rouge*

Les autrices

Katerina Silvanova est née à Kharkiv, en Ukraine. Titulaire d'un diplôme de l'université nationale d'agriculture de Kharkiv, elle a commencé à écrire à l'âge de 21 ans. Elle a ensuite déménagé dans la ville de Nijni Novgorod pour travailler dans un magasin de chaussures et continuer à écrire dès qu'elle le pouvait. Elle a rencontré Elena Malisova en 2026 et c'est à ce moment-là qu'elles ont commencé à imaginer ensemble *L'été en foulard rouge.*

Elena Malisova est née dans une petite ville soviétique à la fin des années 1980, avant de déménager à Moscou à la fin des années 2000. Pendant son adolescence, elle écrivait des poèmes qui étaient publiés dans des journaux régionaux, avant de se lancer dans l'écriture de romans. Sa rencontre avec Katerina Sylvanova a changé son destin, grâce à l'immense succès d'*Un été en foulard rouge.*

Silvanova Katerina
Malisova Elena

Un été en foulard rouge

Traduit du russe par
Laurence Foulon

POCKET JEUNESSE
PKJ·

Livre publie sous la direction de Xavier d'Almeida

Ce livre est publié avec l'accord des autrices

Loi n° 49 956 du 16 juillet 1949 sur les publications
destinées à la jeunesse : juin 2025

Un été en foulard rouge (roman)/Héléna Malissova,
Katerina Silanova – Moscou : Popcorn Books,
2021-544c (Un été en foulard rouge)
ISBN 978-5-6046530-0-5

ISBN 978-2-266-34949-9

Dépôt légal : juin 2025

À propos

LA LANGUE RUSSE COMPREND, comme le français, certaines subtilités, notamment dans l'utilisation des noms, prénoms et diminutifs. Afin d'en garder l'essence, nous avons majoritairement conservé les différents noms, surnoms et patronymes des personnages ainsi qu'ils se présentent dans la version originale du texte.

De fait, Iouri Koniev, le personnage principal d'*Un été en foulard rouge*, s'appelle tantôt Ioura, Iourka ou Iourtchik, en fonction de la temporalité de la narration et des personnages qui s'adressent à lui.

Iouri	Ioura, Iourka, Iourtchik, Iourotchka, Iourets, Iouri Ilitch, Iourtchka
Aliocha	Alioch
Ania	Anietchka
Dmitri	Mitia, Mitka, Mit
Irina	Ira, Irin, Ir
Ksioucha	Ksioukha
Mikha	Micha, Mikh
Nastia	Nastiena
Oleja	Olejka, Olejik
Ouliana	Oulia, Oulka, Oul
Pavel	Pal
Piotr	Petia, Petka
Polina	Polia
Sacha	Sachka, Sanka, San
Vania	Vanka, Van
Vassia	Vasska
Volodia	Vovtchik, Volodetchka, Volod, Volodka

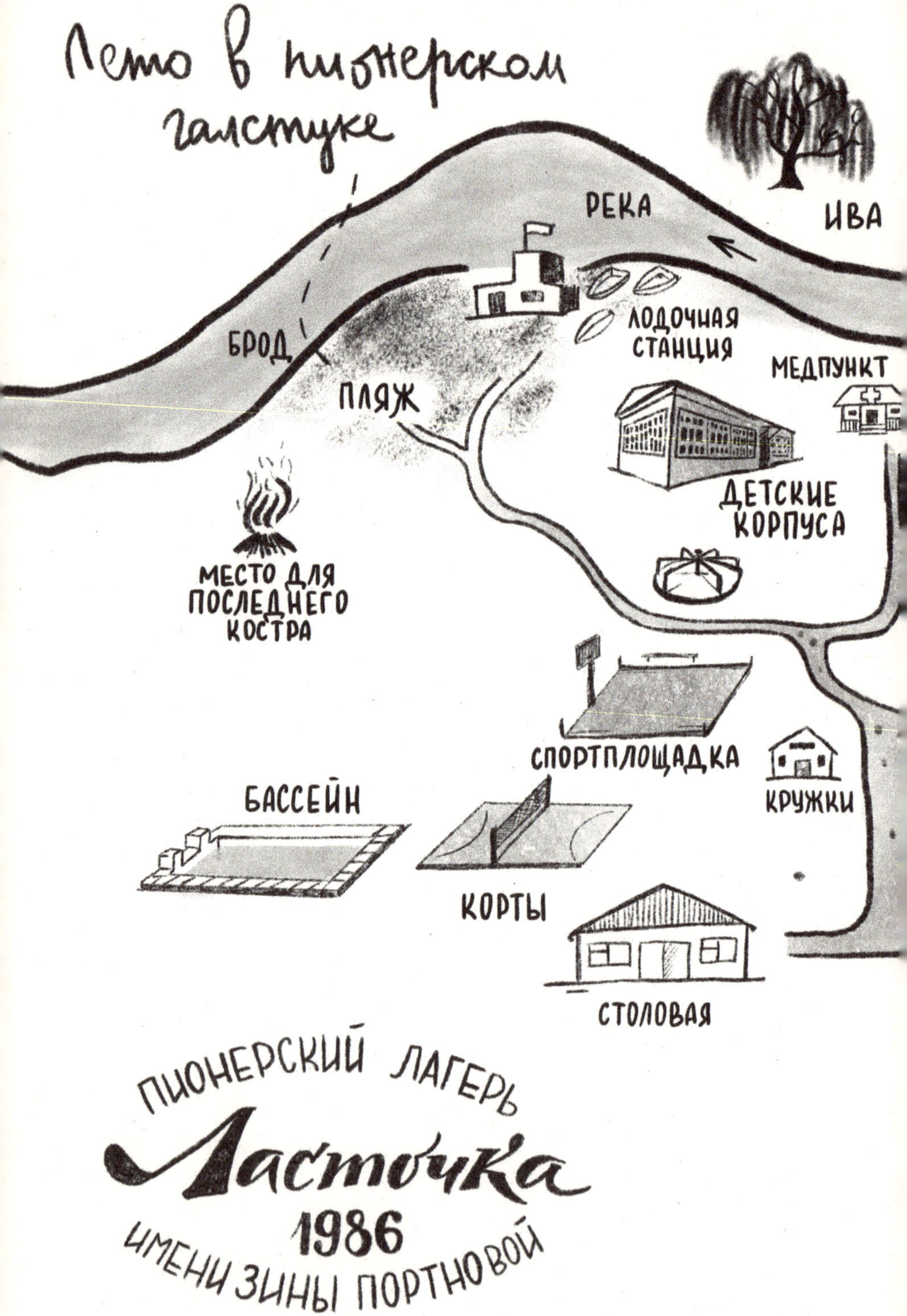
Лето в пионерском галстуке
РЕКА
ИВА
БРОД
ЛОДОЧНАЯ СТАНЦИЯ
МЕДПУНКТ
ПЛЯЖ
ДЕТСКИЕ КОРПУСА
МЕСТО ДЛЯ ПОСЛЕДНЕГО КОСТРА
СПОРТПЛОЩАДКА
БАССЕЙН
КРУЖКИ
КОРТЫ
СТОЛОВАЯ
ПИОНЕРСКИЙ ЛАГЕРЬ
Ласточка
1986
ИМЕНИ ЗИНЫ ПОРТНОВОЙ

БЕСЕДКА РОМАНТИКОВ
РУИНЫ
ЗАВОДЬ
СИРЕНЬ
КИНОЗАЛ
КИНОЗАЛ
ВЗРОСЛЫЕ КОРПУСА
ЩИТОВЫЕ
ЭСТРАДА
ТАНЦПЛОЩАДКА
ПЛОЩАДЬ
АДМИНИСТРАЦИЯ
АЛЛЕЯ
СТРОЯЩИЙСЯ КОРПУС
Ласточка
ВОРОТА

Chapitre 1

Retour à l'Hirondelle

OUI, IL Y AVAIT BEL ET BIEN UNE PELLE dans le coffre de sa voiture. Et alors ? C'est tout à fait normal pour un Russe. Surtout en hiver, avec les congères. Certes nous étions au mois de septembre, mais on ne sait jamais – on peut toujours s'embourber ou tomber dans un trou. Est-ce que les bottes en caoutchouc et le lave-glace aussi allaient les étonner ?

Ioura observait le regard intrigué des policiers sans parvenir à savoir s'ils le menaient ou non en bateau. C'était des gars d'ici, ils allaient forcément comprendre.

Lorsque Ioura fut parvenu au bout de ses explications, les policiers, qui se ressemblaient comme deux gouttes d'eau, hochèrent la tête pile en même temps ; pour autant, ils ne le laissèrent pas partir. À son permis de conduire, ils avaient conclu qu'il était étranger et ils souhaitaient visiblement se voir offrir un petit souvenir sous forme de devises. Et Ioura voulait éviter les ennuis, n'est-ce pas ? Car il y a bien eu infraction, n'est-ce pas ? Est-ce qu'il y a un panneau de limitation de vitesse ? Oui. Est-ce qu'il y a eu un excès de vitesse ? Oui. Donc, est-ce qu'on a une infraction ? Ben oui ! À cause de cette colline bien en pente et de ce panneau caché par les branches d'un peuplier que Ioura n'avait tout simplement pas vu !

Il se mit à ricaner :

— Au lieu de rester posté en bas à côté du radar, il vaudrait mieux couper les branches. La vitesse est limitée pour une bonne raison, parce que c'est dangereux !

Les policiers, qui n'étaient visiblement pas intéressés par la sécurité routière, répondirent sèchement que l'élagage n'entrait pas dans leur champ de compétences et que la formulation de remarques ne faisait pas partie du sien.

Vous écopez d'une amende, voilà tout, dit le plus grand des deux en triturant le permis de conduire de Ioura. On peut aussi régler la question plus simplement… et vous éviter des ennuis.

Ioura se retrouva en proie à une lutte intérieure, entre d'un côté, les principes qu'on applique en Europe – il avait tout de même passé la moitié de sa vie en Allemagne – c'est-à-dire réclamer justice en exigeant de faire scier les branches et de retirer l'amende ; et de l'autre, le bon sens qui consistait à glisser un pot-de-vin pour gagner du temps. La lutte fut de courte durée, le bon sens l'emporta. Ioura voulait vraiment éviter les ennuis.

— Combien ?

Les deux hommes se regardèrent et plissèrent les yeux d'un air malicieux :

— Cinq cents !

Ioura sortit son portefeuille, ce qui ragaillardit les vertueux policiers qui sourirent et s'intéressèrent cordialement à sa destination ; puis ils proposèrent avec la meilleure des volontés de lui montrer le chemin, de sorte que « Herr Étranger » ne se perde pas dans ce bled paumé.

— Je veux aller au village de Goretovka. Il est bien indiqué sur la carte mais je ne vois pas de route. Pourtant je me souviens qu'il y en avait une, autrefois.

— Goretovka ? demanda le plus grand des deux. Ce n'est plus un village depuis belle lurette, mais une zone résidentielle.

— On peut quand même s'en approcher ?

— Oui, mais pas plus. Le périmètre est surveillé, vous ne pourrez pas entrer.

Ioura réfléchit. Jusqu'à cette conversation avec la police, son plan était très clair : aller à Goretovka et descendre jusqu'à la rivière en passant par les anciens champs du kolkhoze. Et voilà que l'endroit était devenu inaccessible… Et s'il tentait quand même le coup et discutait avec les gardes, une fois sur place ? Il secoua la tête. Non, en cas d'échec, il aurait perdu trop de temps. Il ne restait qu'une solution : passer par le camp. Il posa une nouvelle question :

— Entendu. Alors dites-moi plutôt comment aller à l'Hirondelle.

— Où ça ?

— Au camp de pionniers Zina Portnova, qu'on appelait l'Hirondelle du temps de l'URSS, il se trouvait par ici.

Le plus petit des deux policiers se dérida.

— Ah, le camp de pionniers ? En effet, il y en avait un…

L'autre, le plus grand, regarda Ioura d'un air soupçonneux :

— Et pour quelle raison vous voulez y aller ?

— Je suis né en URSS et j'ai fait plusieurs séjours dans ce camp quand j'étais petit. *Das Heimweh, la nostalgie…* dit-il, puis il se reprit et répéta le mot en russe.

Les deux policiers se regardèrent.

— D'accord. Vous avez une carte routière ?

Ioura tendit sa carte à l'un des deux et se concentra sur ce qu'il lui montrait.

— Il faut prendre la route P-295 jusqu'au panneau indiquant le hameau de Retchnoïe. Vingt mètres plus loin, vous verrez une route sur votre droite, vous la prenez et roulez jusqu'au bout.

— Merci.

Il récupéra la carte, échangea cent hryvnias[1] contre un « bonne continuation » et démarra.

---

1. Devise monétaire de l'Ukraine. (Sauf indication contraire, toutes les notes sont de la traductrice.)

« Je savais bien qu'ils m'arrêteraient, au moins une fois ! » pensa-t-il avant de lancer quelques insanités et de mettre les gaz.

Il ne reconnaissait pas du tout le coin et s'orientait uniquement à l'aide de la carte. Vingt ans plus tôt, ici même, le long de cette route, se succédaient des sous-bois denses et sombres et des champs de tournesols. À présent, la ville gagnait du terrain, lentement mais sûrement. On rasait la forêt, on nivelait les champs ; quelques parcelles étaient entourées de palissades derrière lesquelles on apercevait des grues, des tracteurs forestiers, des pelles mécaniques ; le bruit des chantiers résonnait. L'horizon, pur et incroyablement lointain dans les souvenirs de Ioura, paraissait désormais gris et étroit, et l'espace, où que le regard se porte, était recouvert de lotissements de datchas ou de villas.

Arrivé au panneau Retchnoïe, il tourna, suivant les indications qu'on lui avait données. Puis l'asphalte se termina brusquement, comme si on l'avait coupé net. Il pila. Dans le coffre, la pelle claqua, rappelant sa présence, tel un être vivant.

Ioura ne se souvenait pas du tout par où il fallait passer pour rejoindre le camp. Non seulement cela faisait vingt ans qu'il n'était pas venu, mais en plus ce n'était pas lui qui conduisait à l'époque, on l'amenait. Quel bonheur de faire le trajet dans un autocar LIAZ[1] à bandes blanches et rouges orné de fanions et de la pancarte « Enfants à bord » ! Mieux encore, dans le premier car de la file, juste derrière la voiture de police, d'où on voyait tout, et la route, et le ciel. Quel bonheur d'entendre les klaxons mugir, de chanter en chœur avec les autres enfants ou de s'ennuyer en regardant par la fenêtre, quand on est déjà trop grand pour ces paroles stupides. Ioura se souvenait de la dernière fois, quand il s'était contenté d'écouter : « Des voitures aux yeux qui brillent, des drapeaux qui flottent, voilà notre détachement qui se rend au

1. LIAZ est une entreprise spécialisée dans la construction de cars.

camp de pionniers… » Il y a vingt ans, il entendait à peine le bruit des pelles qui sautaient dans la soute. Aujourd'hui, il pestait contre les ornières et les nids-de-poule et regardait non pas le ciel bleu mais les nuages gris, en priant pour ne pas s'embourber.

Pourvu qu'il ne pleuve pas !

Son plan d'action était arrêté. Pour arriver jusqu'au village, il roulerait de jour, et pour entrer dans le camp, il attendrait la nuit. C'était le mois de septembre, les derniers groupes d'enfants étaient partis, le camp serait vide ; comme ce n'était pas un terrain militaire, il ne restait sûrement que le garde, que Ioura parviendrait facilement à esquiver – la nuit, il régnait un noir d'encre dans la forêt. Si le garde le repérait, une fois passée la frayeur de tomber sur un promeneur nocturne, il reprendrait ses esprits et constaterait que cet homme, même avec une pelle dans la main, était convenable, que ce n'était ni un alcoolique ni un SDF, et ils trouveraient un accord.

Être pionnier… dans le temps, cela signifiait porter un foulard rouge, faire de l'exercice, se rassembler, se baigner, allumer un feu de camp. À coup sûr, tout avait changé maintenant : ce n'était plus le même pays ni le même hymne, ce n'était plus les mêmes fanions ni les mêmes chansons ; sans doute que les enfants ne portaient plus de foulard ni d'insigne ; pourtant les enfants sont toujours des enfants et le camp est le même qu'avant. Ioura allait le retrouver bientôt, très bientôt, et se souvenir des moments les plus importants de sa vie et de la personne la plus importante à ses yeux. Peut-être même apprendrait-il ce qui lui était arrivé. Et peut-être même reverrait-il un jour celui qui avait été son seul et véritable ami.

Il freina devant un panneau qu'il connaissait bien – à moitié effacé, déformé, aux lettres difficiles à distinguer – et il vit ce qu'il redoutait le plus. De la clôture métallique qui s'étirait tout autour du périmètre du camp, à l'époque, il ne restait que les piquets. Le grillage n'avait pas tenu ; quant au portail rouge et jaune, autrefois si beau, presque majestueux, il était désormais cassé : un battant tenait tant bien que mal sur les gonds rouillés et à moitié défoncés, tandis que l'autre était couché par terre, visiblement depuis plus d'un an, vu la quantité d'herbe qui le recouvrait. La guérite du garde, autrefois recouverte de losanges bleus et verts, avait noirci : depuis longtemps la peinture s'était écaillée, la pluie avait détruit les murs de bois et le toit s'était effondré.

Ioura poussa un profond soupir ; ici aussi, donc, tout était délabré. Il s'en était douté, inconsciemment, car même s'il vivait en Allemagne aujourd'hui, il savait bien ce qui se passait en Ukraine depuis l'effondrement de l'URSS, il savait bien qu'on fermait les usines. Et ce camp était justement rattaché à l'une d'entre elles. Mais Ioura refusait de croire que l'Hirondelle aussi était vouée à ce destin. C'était le lieu le plus lumineux de son enfance, le rayon de soleil de sa mémoire. C'était ici qu'il avait laissé, vingt ans plus tôt, la moitié de lui-même… Aujourd'hui, il sentait à quel point ses souvenirs s'étaient altérés, à l'instar de la peinture de la guérite qui tombait en écailles grises dans les herbes hautes.

L'enthousiasme qui l'avait accompagné pendant le trajet était désormais réduit à néant, remplacé par la nostalgie et la tristesse – son humeur avait pris les couleurs du mauvais temps, du crachin qui tombait du ciel.

Revenu à sa voiture, Ioura enfila ses bottes, saisit la pelle dans le coffre et la posa sur son épaule. Il franchit les plaques en tôle rouillée qui avaient formé, naguère, le portail d'entrée et s'enfonça dans les profondeurs du camp de l'Hirondelle qui portait le nom d'une pionnière et héroïne : Zina Portnova.

* * *

À mesure qu'il avançait sur le site, il reculait dans le temps, retournant vers un passé à moitié oublié, vers les temps heureux où il était amoureux. Tandis que sous ses pieds, les carreaux fissurés devenaient plus foncés et que tout autour la forêt bruissait, inquiétée par la pluie, il se rappela soudain les reflets des rayons du soleil qui filaient à toute vitesse au milieu de l'allée, lors du dernier été de son enfance.

Il s'arrêta peu avant la croisée des chemins. Sur la gauche partait la petite route qui menait au réfectoire, sur la droite le chemin qui rejoignait le bâtiment en construction ; au beau milieu du camp, autrefois, se trouvait la grande allée des pionniers héros ; des carreaux cassés s'amoncelaient tout autour désormais, tandis qu'à proximité du parterre de fleurs, pile au centre de l'intersection, un petit carré demeurait intact.

« C'est bien là ! À cet endroit précis ! » sourit Ioura quand il se souvint comment il avait dessiné à la craie la plus belle lettre qui soit, un « V », tard dans la nuit, tandis que le camp dormait.

Le jour suivant, en allant prendre leur petit déjeuner, les enfants avaient cherché à comprendre ce que signifiait le tracé autour de la lettre. Rylkine, du détachement numéro deux, avait une idée :

— C'est une pomme, les gars !

— Une pomme qui commence par un « V » ? Une Vadimovka ? avait proposé Vassia Petlitsyne.

— Vadimovka toi-même ! Plutôt une Vassiougan ! avait affirmé Rylkine, en ricanant. C'est une Vassia-ougan !

Vassia avait alors rougi tout d'un coup.

Il n'était venu à l'idée de personne que le dessin ne représentait pas une pomme, mais un cœur. Lorsqu'il avait reconnu au milieu des bruissements nocturnes le bruit de ses pas préférés, Iourka avait eu honte et sa main avait tremblé : le « V » s'était retrouvé au milieu d'une pomme.

Il souleva un fragment de carreau avec l'extrémité de sa botte tout en regardant autour de lui. Le temps n'avait épargné ni l'allée ni le bosquet. Partout traînaient des poutres rouillées ou tordues, des carcasses de portes, des planches et des bouts de bois pourris, des morceaux de briques... Des morceaux de briques ! Il en attrapa un éclat pointu et s'accroupit. D'un geste assuré, il dessina un grand et beau « V » avec des arabesques, qu'il entoura d'un cœur. Encore une fois le dessin était tordu, mais c'était bien un cœur, et c'était le sien. Iourka, désormais adulte et cynique, mit son scepticisme de côté pour adresser mentalement un signe d'assentiment à son jeune moi – il fallait que se trouve à cet endroit ce qui devait se trouver à cet endroit.

Ses souvenirs le portèrent plus avant dans l'allée des pionniers-héros. Au loin on apercevait un large escalier à trois marches qui donnait sur la place centrale. Cette allée complètement déserte semblait un vieux cimetière abandonné dans lequel il serait en train d'errer : ici et là, des piédestaux et des sculptures recouverts de mousse émergeaient de la végétation, telles des pierres tombales. Autrefois, sept statues regardaient vers l'ouest d'un œil menaçant ; Ioura, comme des milliers d'autres pionniers, connaissait non seulement les noms et les exploits des enfants qu'elles représentaient, mais il tentait de toutes ses forces de leur ressembler et de prendre exemple sur eux. Vingt années seulement avaient passé et il avait oublié jusqu'à leur visage ; il n'en reconnaissait qu'un, et encore avec peine, celui de Leonid Golikov.

Il continua à avancer dans l'allée saccagée. Seuls les restes d'asphalte gris clair, dans les herbes épaisses, permettaient d'imaginer qu'une couche de bitume l'avait recouverte, un jour. Ioura tournait toujours autour des piédestaux brisés et regardait avec tristesse les bras, les jambes et les têtes en plâtre qui saillaient d'entre les broussailles. Puis il tomba sur des bustes noircis et inertes avec des barres d'acier qui pointaient vers l'extérieur, et sur trois plaques abîmées, seulement trois, aux noms de Marat Kazeï, Valentin Kotik et Anatoli Choumov.

Au bout de l'allée, près des marches, le tableau d'honneur avait tenu bon. La plaque de verre qui le recouvrait était cassée, des éclats pointaient de tous les côtés. Cependant, grâce au petit auvent qui le surplombait, certains éléments de l'affichage restaient visibles ainsi que trois photos en noir et blanc.

Tout en haut du tableau, Ioura put lire : « Groupe 3, août 1992. Services rendus. » C'était donc le dernier groupe qui avait séjourné ici. Pourquoi est-ce que le camp n'avait fonctionné que six ans après son dernier séjour ?

Ioura gravit les marches qui menaient sur la place, le cœur serré d'angoisse. Ce qui était terrible, ce n'était pas tant de remplacer l'ancien par du neuf que d'oublier, d'abandonner l'ancien. Et, pire encore, c'était que lui-même avait tout oublié, tout abandonné, bien qu'il eût juré, sincèrement, à l'époque, de se souvenir de ces jeunes héros et des pionniers, en particulier de « V ». Pourquoi se retrouvait-il dans ce satané village de Goretovka seulement maintenant ? Qu'ils aillent au diable, les préceptes de Lénine, les fanions rouges, les serments qu'on l'avait obligé à prêter ! Comment avait-il pu ne pas tenir la parole donnée à son unique ami ?

Ioura trébucha sur un panneau défraîchi portant l'inscription : « Notre avenir lumineux et magni... »

— Il n'est pas si lumineux que ça et il n'a rien de magnifique, bredouilla-t-il en franchissant la dernière marche.

L'endroit le plus important du camp semblait bien pathétique, comme tout le reste. La place était jonchée de détritus et de feuilles mortes ; des touffes de mauvaises herbes jaillissaient des trous dans l'asphalte. Au centre, au beau milieu des pierres, Ioura reconnut la statue décapitée de Zina Portnova, la pionnière qui avait donné son nom au camp, et pesta. Il avait de la peine pour cette fille, même en plâtre. Elle avait accompli un véritable exploit, pourquoi la traitait-on ainsi ? Il aurait voulu la remettre debout mais c'était impossible – des fixations métalliques rouillées sortaient de ses jambes cassées.

Ioura cala le buste contre le piédestal et posa la tête à côté ; puis il se retourna pour regarder la seule chose qui avait résisté, sur la place : le mât du drapeau, nu, fièrement dressé vers le ciel, comme il y a vingt ans.

La première fois qu'il était venu à l'Hirondelle, Ioura avait onze ans ; le camp l'avait tellement enthousiasmé que ses parents l'avaient inscrit chacune des années suivantes. Quand il était petit, Iourka adorait l'endroit, mais au fil du temps, il avait ressenti de moins en moins de joie. D'année en année, rien ne changeait. C'était toujours les mêmes chemins qui se croisaient aux mêmes endroits, toujours les mêmes moniteurs et les mêmes missions, toujours les mêmes pionniers répartis de la même façon. Rien ne changeait jamais. Toujours les mêmes clubs : modélisme, couture, art, sport, cybernétique. À la rivière, l'eau était à vingt-deux degrés, au moins. Le vendredi midi, on mangeait la soupe au sarrasin concoctée par Svetlana Viktorovna, la cheffe. Sur la piste de danse, on entendait les mêmes tubes d'une année sur l'autre. Et le dernier séjour avait commencé, comme d'habitude, par le rassemblement.

* * *

Sur la place, les détachements s'installaient le long des emplacements dédiés. La poussière tournoyait dans les rayons du soleil. On sentait de l'agitation emplir l'atmosphère. Les pionniers étaient heureux de retrouver leurs anciens amis. Les moniteurs donnaient des ordres à leurs jeunes et promenaient sur la place des regards sévères dans lesquels brillaient par moments des lueurs de joie. Le directeur crânait : quatre bâtiments avaient été rénovés au printemps et la construction du nouveau était presque terminée. Une fois encore, Iourka se distinguait du reste de ses camarades : le camp lui tapait sur le système au bout de cinq années, et, contrairement aux autres, il n'avait pas envie de s'amuser. Rien ne parvenait à le distraire, c'en était presque vexant.

Contre toute attente, il finit par trouver une distraction. À droite du drapeau, à proximité du cinquième détachement, se tenait un nouveau moniteur. Il portait un short bleu marine, une chemise blanche, un foulard rouge et des lunettes. Un étudiant sans doute, peut-être même de première année, en tout cas c'était le plus jeune et surtout le plus stressé du groupe. Une brise parfumée caressait les mèches de ses cheveux qui dépassaient de son calot rouge, et des piqûres de moustiques fraîchement grattées parsemaient ses jambes pâles ; son regard concentré passait sur la tête de chaque enfant, tandis que ses lèvres marmonnaient automatiquement : « Onze, douze, trei… treize. » Apparemment, il s'appelait Volodia, Iourka l'avait vaguement entendu près du bus.

Le clairon sonna, les mains se levèrent pour faire le salut pionnier et l'équipe de direction monta sur la scène. L'air fut secoué par les paroles de bienvenue et les discours ronflants sur les pionniers, le patriotisme et les idéaux communistes que Iourka connaissait par cœur, il les avait entendus mille fois. Il s'efforçait de ne pas avoir l'air contrarié. En vain. Il ne croyait ni au sourire de la responsable pédagogique ni à ses yeux brillants et à ses propos enflammés. Il lui semblait que rien de tout cela n'était authentique, pas même Olga Leonidovna, sinon pourquoi répéter tout le temps les mêmes choses ? Quand on est sincère, on trouve de nouvelles choses à dire. Iourka avait l'impression que, dans ce pays, les gens vivaient en état d'inertie, qu'ils proclamaient des slogans et prêtaient serment par habitude, alors qu'en réalité, au fond de leur âme, ils ne ressentaient rien. Un pathos de façade. Et que lui, Iourka, était la seule personne vraie ; tous les autres, et en particulier Volodia, n'étaient rien d'autre que des robots.

Est-ce que ce type de la direction ressemblait vraiment à un être vivant ? Avec son air de monsieur Parfait, de komsomolets[1] intelligent, on l'aurait dit grandi sous cloche, comme s'il sortait d'une affiche : grand, soigné, sérieux, avec des fossettes sur les joues et une peau éclatante au soleil. « Pour les cheveux, par contre, c'est pas top, c'est pas bien blond tout ça », ricanait Iourka, même si les cheveux en question étaient parfaitement peignés, pas comme sa tignasse hirsute à lui. « Un vrai robot, justifia-t-il tout en aplatissant discrètement ses épis ; les cheveux, chez les gens normaux, se dressent quand le vent souffle, tandis que chez ce gars, ils restent tout plaqués. Bon, et si je m'inscrivais à l'atelier de cybernétique ? »

Complètement plongé dans ses pensées, les yeux rivés sur Volodia, Iourka rata le clou du spectacle : le lever de drapeau. Sa voisine lui en fit la remarque, alors il tourna son regard et se mit à chanter, comme il se devait de faire : « Allumez les feux de camp, les nuits sont bleues, nous sommes les pionniers, les enfants des travailleurs[2]. » Ce n'est qu'après la phrase « Sois toujours prêt » qu'il regarda de nouveau fixement Volodia comme une andouille jusqu'au moment où le cinquième détachement rompit son rang. Volodia remonta ses lunettes en glissant son doigt entre ses deux yeux et murmura : « Douze… Oh ! Treize… Trei… », puis il emboîta le pas à son groupe.

* * *

Ioura secoua la tête d'un air maussade, laissant de nouveau son regard dériver vers la place. Le temps n'épargnait rien ni personne. Cet endroit qui lui était si familier – c'était là que

1. Membre du Komsomol (Union communiste léniniste de la jeunesse), organisation de masse soviétique chargée de former la jeunesse dans l'esprit du communisme.

2. Extrait de la chanson « Allumez les feux de camp », écrite par A. Jarov et composée par S. Dechkine. *(Note des autrices.)*

Ioura avait vu « V » pour la première fois – était désormais recouvert de broussailles. Dans dix ans, on ne pourrait sans doute plus passer entre les branches épaisses de l'érable et les morceaux des corps en plâtre des pionniers qui montraient leur nez à travers les buissons, effraieraient pour de bon les promeneurs du dimanche. Pire encore : les constructions auraient pris leurs quartiers sur le territoire du camp, si cher à Ioura, où proliféreraient désormais les villas.

Il peina à atteindre l'angle ouest de la place, du côté de la petite route qu'empruntaient moniteurs et pionniers après les rassemblements. Cette route menait à la rivière, mais il s'immobilisa pour rechercher un petit chemin devenu introuvable entre les herbes. Il s'orientait en fouillant dans sa mémoire plus qu'en étudiant les lieux et retrouva la bifurcation : à gauche on apercevait les contours du terrain de sport et du court de tennis, et à droite, un tout petit peu plus loin, les vestiges des bâtiments des enfants. Ioura fit demi-tour et se dirigea du côté opposé, vers la scène et la salle de cinéma. Il avait du mal à se frayer un chemin, prenait appui sur les grands arbres, avec l'impression que tout ce qui l'entourait faisait partie d'un rêve étrange. Il reconnaissait plus ou moins l'endroit : en haut, on voyait le local électrique, et si on continuait à avancer, on se retrouvait près du local à réserves. Peu à peu, les tableaux reprenaient vie et la sensation de quelque chose de chaleureux et de familial revenait, teintée d'une certaine amertume car tout dorénavant lui était étranger et inconnu.

Il se retrouva rapidement sur la scène, c'est-à-dire là où son histoire avait commencé. Ou plutôt leur histoire. Courte, certes, mais d'une intensité telle que sa lumière avait réchauffé une grande partie de sa vie.

Entourée d'une petite palissade désormais effondrée, la piste de danse, devant la scène couverte d'un toit en forme de coquillage, était jadis décorée de drapeaux rouges et d'écriteaux du type « Gloire au PCUS[1] » ou « Nous sommes les jeunes Léninistes », des slogans qui semblaient déjà vieillots à l'époque. À ses pieds, Ioura aperçut une banderole déchirée et décolorée, d'un orange sale, sur laquelle était inscrit un poème. Il réussit à déchiffrer : « Lorsque tu noues ton foulard, fais attention de ne pas… » À droite de la scène se trouvait affiché un exemplaire de l'emploi du temps de la journée, comme c'était l'habitude. La seule information lisible aujourd'hui, c'était qu'à seize heures trente commençaient les travaux d'intérêt général. À gauche, au bord de la piste de danse, se dressait encore le poste d'observation de Iourka – un grand pommier à trois troncs ; jadis croulant sous les fruits et les décorations, il était aujourd'hui tout ratatiné, sec et cassé. Impossible d'y grimper, il risquait de s'effondrer. À l'époque, Iourka avait été mandaté pour le parer de guirlandes lumineuses et multicolores – et il était tombé.

C'était la première mission qu'on lui avait confiée, au début du séjour. Il ne s'en était pas remis.

* * *

Après le tralala du rassemblement, Iourka prit ses quartiers dans son bâtiment puis se rendit à la réunion amicale du détachement à laquelle il assista sans être vraiment là ; après le déjeuner, il se dirigea tout droit vers le terrain de sport pour faire connaissance avec les nouveaux et retrouver des camarades des années précédentes. Pendant ce temps, les haut-parleurs souhaitaient la bienvenue à tous ceux qui venaient d'arriver et donnaient les prévisions météo : « Pas de fortes pluies prévues dans les jours à venir, passez de bonnes vacances actives et utiles et profitez du soleil ! » Iourka

1. Parti communiste de l'Union soviétique, seul parti autorisé en URSS.

reconnut immédiatement la voix claironnante de Mitka – le garçon savait jouer de la guitare et chanter, et comme l'année précédente, il s'occupait des émissions de radio.

Quelques visages connus apparurent parmi les nouveaux. Près du court de tennis, Polina, Ouliana et Ksioucha gazouillaient. Iourka les avait déjà remarquées pendant le rassemblement, voilà qu'elles se retrouvaient encore dans le même détachement, pour la cinquième année de suite. Il se souvenait d'elles gamines, âgées de dix ans à peine ; entre Iourka et elles, d'emblée, la relation n'avait pas fonctionné, allez savoir pourquoi. Aujourd'hui elles avaient grandi, s'étaient épanouies, étaient devenues de véritables jeunes filles… Pour autant, Iourka ne ressentait aucune sympathie à leur égard et continuait à ne pas supporter les trois commères.

Vanka et Mikha, qui faisaient partie du même détachement que Iourka et avec qui il s'entendait très bien, lui firent signe de la main. Iourka leur rendit leur salut de loin, pour ne pas être inondé de questions sur l'année qui venait de s'écouler ; il n'avait aucune envie de répondre « Pas top, comme d'hab » ni de leur expliquer pourquoi. Eux aussi, il les connaissait depuis qu'il était tout petit. C'était les seuls avec qui il s'était plus ou moins lié. Vanka et Mikha étaient discrets, drôles et boutonneux, des intellos ; ils n'avaient pas beaucoup d'amies parmi les filles – cela ne prenait pas avec elles ; en revanche, ils respectaient Iourka qui les avait achetés en partageant avec eux des cigarettes, de temps à autre, lorsqu'ils fuyaient l'heure de la sieste, planqués derrière la clôture du camp.

Macha Sidorova se trouvait là, elle aussi, et regardait autour d'elle d'un air perdu. Iourka la connaissait depuis quatre ans. Elle n'aimait pas Polina, Ouliana et Ksioucha ; arrogante, elle prenait tout le temps Iourka de haut. L'été précédent, cependant, elle s'était bien entendue avec Aniouta.

Aniouta était incroyable, elle plaisait beaucoup à Iourka. Il s'était lié d'amitié avec elle et l'avait même invitée à deux reprises à danser. Et elle, soit dit en passant, avait accepté à chaque fois ! Iourka aimait son rire éclatant et sonore. Et puis elle faisait partie des rares personnes qui ne lui avaient pas tourné le dos après la fameuse histoire... Iourka refoula cette pensée, il ne voulait pas revenir sur ce qui s'était passé ni sur les excuses qu'il avait dû formuler ensuite. Il regarda de nouveau le terrain de sport, espérant y trouver Aniouta, en vain. Il ne l'avait pas vue au rassemblement non plus et, à en juger le regard perdu de Macha qui cherchait son amie, il n'y avait plus beaucoup d'espoir.

Il questionna Macha. D'après elle, Aniouta ne viendrait pas. Iourka fourra les mains dans ses poches, fronça les sourcils et avança sur le petit chemin. « Quelles sont les raisons de son absence ? » Dommage qu'ils ne soient devenus amis qu'à la fin du séjour, l'année dernière. Chacun était parti de son côté, et puis plus rien. Aniouta restait l'unique éclaircie de la période passée à l'Hirondelle cette année-là. Elle lui avait confié que son père rencontrait des problèmes avec le parti et aussi au travail... Qu'elle avait très envie de revenir, mais ne savait pas si cela serait possible. Apparemment, ça ne l'était pas.

Énervé, Iourka arracha les branches basses du bosquet de lilas fleuri qui poussait près du local électrique. Il n'aimait pas son odeur douceâtre et entêtante, mais il s'arrêta tout de même pour chercher des fleurs à cinq pétales : d'après sa mère, s'il en trouvait une et qu'il la mâchait en faisant un vœu, celui-ci se réaliserait. Il n'y avait plus qu'à trouver quoi souhaiter. Voilà un an et demi, il avait des rêves et des projets, tandis que maintenant...

— Koniev, qu'est-ce que tu fabriques tout seul par ici ? lui demanda sèchement Irina, la monitrice de son détachement.

Iourka serra les dents et jeta un coup d'œil par-dessus son épaule. Les deux yeux vert clair le scrutaient d'un air soupçonneux.

Irina s'occupait de ce détachement depuis trois ans. Petite et brune, ferme et gentille à la fois, elle faisait partie des rares personnes avec qui Iourka avait réussi à s'entendre.

Il rentra la tête dans ses épaules.

— Mais, Maria Ivan... dit-il d'une voix traînante sans se retourner.

— Qu'est-ce que tu dis ?

Délicatement, il cassa une branche couverte de fleurs grandes et belles, se tourna et la lui tendit :

— J'admire les fleurs. Voilà pour vous, Ira Petrovna !

Iourka était le seul à appeler Irina par ses prénom et patronyme[1], par principe. Ce qu'il ne savait pas, c'est que cela la vexait terriblement.

— Koniev ! dit-elle en rougissant, visiblement troublée. Tu ne respectes pas les règles ! ajouta-t-elle d'une voix plus sévère. Et si ce n'était pas moi qui t'avais trouvé ici, mais un responsable ?

Iourka savait qu'elle n'irait se plaindre à personne. D'abord parce qu'elle restait gentille même dans la réprimande – elle semblait avoir pitié de lui, bizarrement –, et ensuite parce que les moniteurs risquaient des blâmes lorsque leurs jeunes se comportaient mal. Ils tâchaient donc de résoudre les problèmes seuls, sans impliquer la hiérarchie.

Elle soupira et posa les mains sur ses hanches.

— D'accord. Puisque tu restes là à rien faire, je vais te confier une mission d'intérêt général importante : tu trouves Aliocha Matveïev, du troisième détachement et tous les deux, vous allez voir l'intendant, vous lui demandez deux échelles et vous les apportez près de la scène. Là-bas, je vous donnerai

1. Le patronyme est le prénom du père assorti d'un suffixe, il s'intercale entre le prénom et le nom de famille. Appeler quelqu'un par ses prénom et patronyme est un signe de respect mais aussi de distance.

des guirlandes qu'il faudra suspendre pour le bal de ce soir. Tu as compris ?

Iourka était légèrement contrarié : lui qui avait l'intention de se rendre à la rivière allait se retrouver à faire le zouave sur une échelle. Il acquiesça à contrecœur. Irina plissa les yeux :

— Tu as bien compris ?

— À vos ordres, Maria Iva... Flûte, tu... À vos ordres, Ira Petrovna !

Puis il claqua des talons... sauf qu'il n'en portait pas.

— Koniev, tu fais encore le pitre, mais moi, tes blagues, j'en ai ras la casquette !

— Excusez-moi, Ira Petrovna. J'ai compris, Ira Petrovna. Je m'en occupe, Ira Petrovna !

— File donc, espèce de voyou. Et plus vite que ça !

Aliocha Matveïev était roux avec des taches de rousseur et il avait de grandes oreilles. Ce n'était pas la première fois qu'il se retrouvait dans ce camp, lui aussi. Il parlait sans discontinuer des années précédentes, passait du coq à l'âne, citait des prénoms et des noms de famille en ponctuant ses phrases de « Et untel, tu le connais ? », « Et tu te souviens de machin ? ». Outre ses boucles rousses et ses oreilles, on remarquait aussi très vite ses grandes dents, surtout quand il souriait – et il souriait tout le temps. D'Aliocha, on pouvait dire qu'il irradiait l'énergie et la soif de vivre, qu'il était drôle et solaire. Et horriblement actif. Horriblement, parce qu'il en faisait toujours trop, toujours plus. C'est pourquoi tout le monde, dans le camp, pesait mûrement le pour et le contre avant de lui confier une mission.

La gestion des guirlandes fut assez rapide. Au bout d'une heure à peine, les arbres étaient décorés et, sur la scène, on avait réparti et fixé les plus beaux lampions. Il ne restait qu'à faire passer le câble d'alimentation par le pommier. Iourka jeta un œil averti sur l'arbre et monta à l'échelle. Il avait envie que son végétal préféré soit beau mais aussi facile à pratiquer

– et que lui ne risque pas de se prendre les pieds dans le câble s'il y grimpait en douce. D'une main, il tenait la guirlande, de l'autre il s'accrochait à une grosse branche, puis il passa de l'échelle à l'arbre afin de placer la guirlande tout en haut.

On entendit d'abord un craquement sec puis un cri, poussé par Aliochka ; Iourka sentit une griffure sur son visage, l'image devint floue, puis une douleur éclata dans son dos et au niveau de ses fesses ; pour couronner le tout, pendant quelques secondes, il vit un écran noir.

— Oh ! Koniev ! Iourka, Iour, ça va ? Tu es vivant ?

Ira était penchée au-dessus de lui, la main devant la bouche.

— Oui, ça va… gémit-il en relevant son buste et en soutenant ses reins à deux mains. J'ai mal…

— Où ça ? À la main, à la jambe, où ? Ici ?

— Aïe ! Je crois que c'est cassé !

— Qu'est-ce qui est cassé ? Ioura, quoi donc ?

— La guirlande, là…

— Mais on s'en fout de la guirlande, le plus important, c'est que…

Ioura tenta de se relever. Les vingt personnes qui participaient à la décoration de la place se tenaient autour du blessé et le fixaient en attendant la suite. Tout en frottant sa main meurtrie, Iourka souriait, tentant de dissimuler sa douleur. Il craignait par-dessus tout de perdre sa réputation de garçon courageux et résistant. Il ne manquerait plus qu'il se plaigne d'avoir mal et passe pour un pleurnichard, une mauviette ou une chiffe molle. Le pire c'était que non seulement sa main le faisait souffrir, mais que son coccyx était également douloureux ! S'il avait avoué, tous les autres se seraient moqués de lui : « Koniev s'est cassé le postérieur ! »

— Comment ça, « On s'en fout de la guirlande » ? demanda d'un air sévère Olga Leonidovna, la responsable pédagogique, qui avait une dent contre Iourka depuis deux ans déjà. Qu'est-ce que tu veux dire exactement, Irina ? La guirlande est la propriété du camp, qui va la payer ? Moi ? Ou toi, peut-être ? Ou bien Koniev ?

— Qu'est-ce que j'y peux, si votre échelle est branlante ?

— Ah ! L'échelle est branlante ? Et peut-être que c'est de ta faute, espèce de fumiste ? Regarde-toi ! dit-elle en pointant méchamment l'index sur la poitrine de Iourka. Regarde ton foulard – et chacun sait que le foulard est la chose la plus importante pour un pionnier –, il est sale, déchiré et noué de travers ! Tu n'as pas honte de te balader ainsi dans le camp ?... Et si ça n'était que dans le camp ! Mais il était déjà comme ça pendant le rassemblement !

Iourka attrapa le bout de tissu rouge, jeta un coup d'œil : oui, son foulard était sale. Est-ce qu'il l'avait sali lorsqu'il était tombé du pommier ?

— Pendant le rassemblement, mon foulard était parfaitement bien noué, protesta-t-il, c'est quand je suis tombé qu'il s'est mis de travers !

— Parce que tu es un fainéant et un vandale ! lança Olga Leonidovna en postillonnant.

Iourka était stupéfait. Ne sachant que répondre, il resta silencieux, l'écoutant dire du mal de lui.

— Ça fait déjà deux ans qu'il est trop grand pour les pionniers. Un garçon de seize ans, en pleine santé, qui ne pense même pas à entrer au Komsomol[1] ! À moins qu'ils ne veuillent pas de toi ? Hein, Koniev ? Est-ce que tu le mérites ? Tu ne participes pas aux activités collectives, tes notes sont mauvaises... Bien sûr qu'ils ne veulent pas de toi, on ne transforme pas un voyou en komsomolets !

Iourka était à deux doigts de se réjouir – il avait poussé la responsable à la franchise, et en plus devant tout ce beau

1. Voir p. XX, note XX.

monde – si ce n'était les derniers mots, qui l'avaient profondément blessé.

— Je ne suis pas un voyou ! C'est que tout est en mauvais état, ici, et vous... vous...

La vérité était sur le point de jaillir. Iourka se leva d'un bond, emplit ses poumons d'air, prêt à hurler, et soudain... il s'étouffa – quelqu'un venait de lui balancer un grand coup dans son dos meurtri. C'était Ira. Elle le regardait avec des yeux ronds, lui intimant de se taire.

— Eh bien, pourquoi tu t'arrêtes là, Ioura ? demanda la responsable pédagogique en plissant les yeux. Continue, nous t'écoutons tous attentivement. Quand tu auras fini, j'irai téléphoner à tes parents et noter dans ton dossier que tu n'entreras jamais au Komsomol et encore moins au parti !

Olga Leonidovna, très maigre et très grande, surplombait Iourka. Elle remuait les sourcils, et de ses yeux jaillissait une colère près de l'aveugler. Elle poursuivit :

— Tu passeras ta vie à ramasser des ordures ! En plus de faire honte à ton nom !

— Olga Leonidovna, vous nous dites toujours qu'il ne faut pas crier sur les enfants.

Ira avait osé la critiquer. Après le premier attroupement, l'engueulade avait rameuté un deuxième cercle : après avoir vitupéré contre la monitrice, la responsable s'en prenait maintenant à Iourka.

— C'est la seule méthode qui marche avec ce genre d'individus ! riposta-t-elle, tout en continuant à accuser Iourka. Le premier jour, tu as mis le bazar au réfectoire et maintenant tu casses les guirlandes !

— C'est un accident, je ne l'ai pas fait exprès !

C'était vrai que Iourka ne l'avait pas fait exprès, et encore moins au réfectoire. À la fin du déjeuner, lorsqu'il avait rapporté son assiette, il l'avait malencontreusement lâchée sur le tas d'assiettes sales empilées n'importe comment. Elle avait glissé sur les autres, brisant leur équilibre. Tout l'ensemble s'était écroulé et brisé sur le sol dans un grand fracas. La moitié du camp s'était précipité vers le sinistre, pendant que Iourka restait debout, bouche bée, rouge comme une écrevisse. Il ne voulait pas attirer toute cette attention ! Il aimait la discrétion : même pour aller à l'épicerie du village voisin, il préférait être seul afin d'être tranquille. Et aujourd'hui, rebelote : il était tombé du pommier et on lui prenait la tête pour une guirlande devant tout le monde. Même ceux qui avaient des choses à faire restaient là, à le fixer... Et c'était lui le fainéant ?

— Olga Leonidovna, je vous en prie, donnez-lui une seconde chance, intervint de nouveau Ira. Ioura est un bon garçon, il a grandi, il a changé depuis l'année dernière, n'est-ce pas, Iour ? Il n'y est pour rien si l'échelle est branlante, et en plus il faudrait qu'il aille à l'infirmerie...

— Irina, tu dépasses les bornes ! Tu n'as pas honte de me mentir aussi effrontément, à moi, une communiste qui a trente ans d'expérience ?

— Mais je n'ai pas...

— Je n'ai pas besoin de toi pour voir que Koniev a grimpé sur l'arbre en passant par l'échelle. Tu vas recevoir un bel avertissement, Irina ! Ça t'apprendra à couvrir un saboteur !

— Mais enfin, Olga Leonidovna, de quel sabotage parlez-vous ?

— Un avertissement ne te suffit pas ? Tu veux que j'ajoute autre chose ?

— Non, bien sûr que non. C'est que Ioura est encore un enfant, il a beaucoup d'énergie. Il faut juste qu'il la canalise...

— Ben voyons, un enfant d'un mètre quatre-vingts !

Pour la taille, elle exagérait un peu. Si Dieu le voulait – bien que Dieu n'existât pas en URSS –, Iourka dépasserait un jour Olga Leonidovna. La commission médicale avait indiqué un mètre soixante-quinze. Pas un centimètre de plus.

— C'est un gamin très créatif, il faudrait le placer dans un club plus actif, insista lourdement Ira Petrovna. On a une section sportive, hein, Iour ? Et un atelier de théâtre qui vient d'ouvrir et Volodia manque de garçons. Je vous en prie, donnez-lui une dernière chance, Olga Leonidovna ! J'en prends la responsabilité.

— Tu en prends la responsabilité ? rétorqua l'autre en montrant les dents.

Iourka était persuadé que c'était foutu quand Olga Leonidovna se tourna vers Volodia et le regarda d'un air dubitatif. Celui-ci était justement en train de ramener la sono de la salle de ciné ; lorsqu'il entendit son prénom, il blêmit et se mit à cligner nerveusement des yeux.

— Très bien… Il est sous ton entière responsabilité jusqu'au prochain avertissement. Koniev, ajouta-t-elle en se tournant vers Iourka, s'il y a la moindre anicroche, vous en répondrez tous les deux. Oui, oui, tu as bien entendu, Irina sera punie pour tes bourdes. Si ça pouvait seulement te calmer. Volodia !

Lorsqu'elle avait crié son prénom, Volodia avait reculé d'un pas comme s'il avait peur. Puis il avait dirigé soudain son regard perçant vers Iourka et aussitôt changé d'attitude – il avait rougi, redressé les épaules et marché courageusement en direction de la responsable.

— Oui, Olga Leonidovna ?

— Voilà un nouveau comédien pour toi. Il faut l'occuper au maximum, alors si tu as besoin d'aide pour l'atelier, on peut accroître ses obligations. Tu feras des rapports hebdomadaires de son travail.

— D'accord, Olga Leonidovna. Koniev… C'est-à-dire Ioura, c'est ça ? La répétition a lieu en salle de cinéma tout de suite après le goûter. Sois à l'heure, s'il te plaît.

« S'il te plaî-aît », répéta Iourka dans sa tête, se moquant de la voix de Volodia, pourtant très belle ; à peine plus basse que celle d'un baryton, elle était veloutée et agréable, quoique ni chantante ni posée. Ses « aî » traînaient de façon ampoulée, ce qui donnait à la fermeté de son ton un côté ridicule et un brin agaçant.

De près, cependant, le moniteur n'avait plus rien d'effrayant ; lorsqu'il s'était approché et qu'il avait posé ses yeux sur Iourka, il semblait différent ; tout en remontant ses lunettes, il avait levé le menton et regardé Iourka légèrement de haut. Iourka, qui lui arrivait au niveau du nez, se balança sur ses talons et répondit :

— Entendu.

Volodia hocha la tête et jeta un œil de côté sur les enfants qui tripotaient les câbles près des haut-parleurs.

— Mais qu'est-ce que vous fabriquez ? cria-t-il en élevant la voix et en se ruant vers eux. Ce sont les câbles des stroboscopes !

Iourka se tourna. De la piste de danse parvenait un bourdonnement pareil à celui d'une ruche d'abeilles paniquées. Les pionniers les plus habiles se lançaient dans une nouvelle gamme d'activités : suspendre, réparer, peindre, laver ou balayer, pendant que, sur la scène, derrière Iourka, des cordes étaient tendues et crissaient. Des gars s'apprêtaient à installer la banderole étalée sur le sol. Sanytch, l'intendant, criait des ordres : « Tire ! » Les cordes grinçaient, la bande de tissu rouge vif aux lettres blanches passa au-dessus de la tête de Iourka, qui ricana, remit d'aplomb son foulard dont l'extrémité était tout abîmée, et se mit à scander avec mépris :

« Dès que tu auras noué ton foulard, prends-en soin ! Il est de la même couleur que le drapeau rouge[1] ! »

---

1. Extrait du poème *Le Foulard de pionnier* de S. Chtchipatchev. (*Note des autrices*)

Chapitre 2

Le grand tintamarre

UN VENT LÉGER RABATTAIT L'ODEUR SUFFOCANTE du gazole brûlé du chantier. Cette odeur était tellement incongrue ici que Ioura ne voulait pas la sentir. La pluie, jusque-là plutôt fine, s'intensifiait. Ioura pressa le pas vers la salle de cinéma. Malgré le vent pollué et la pluie glaciale, il devait absolument y aller, parce que dans ce lieu, plus que partout ailleurs, demeuraient les souvenirs du fameux été.

La salle, située non loin de la scène, faisait office de théâtre et de piste de danse, des bals y étaient organisés le soir, quand le temps était couvert. Le grand bâtiment en bois semblait bien conservé, sauf ses larges fenêtres qui béaient tels des trous noirs et les bouts de verre saillants qui sortaient des encadrements.

Les marches qui menaient vers la salle grinçaient autant que vingt ans auparavant, le soir où ils s'étaient rencontrés. Dans le fond de son âme, Ioura se réjouissait d'entendre ces grincements – il n'est pas si fréquent de retrouver les sons de son enfance, identiques à ce qu'ils étaient à l'époque. Il ne manquait que les notes du piano, celles de la tendre et profonde *Berceuse*, leitmotiv de cet été-là. Pour Ioura, ce bâtiment restait associé à la musique, elle y résonnait alors chaque jour. Aujourd'hui, au contraire, un silence de mort régnait.

Ioura ne comprenait pas pourquoi cette salle, même silencieuse, continuait de lui rappeler cette mélodie.

Si l'extérieur n'était pas mal conservé, l'intérieur, en revanche, laissait à désirer. Les rideaux épais qui flottaient aux fenêtres étaient rongés par les mites, la porte, isolée avec du feutre, était dégondée ; à travers l'ouverture vide, la lumière du jour atterrissait dans le hall faiblement éclairé et s'étalait sur les sièges des spectateurs, verts et bien alignés, avant de rebondir sur le mur nu dont elle faisait ressortir la peinture écaillée, s'attardant ensuite sur le sol marron et sale. En suivant le rayon, le regard arrivait sur les planches défoncées du parquet ; Ioura comprit pourquoi c'était justement la musique qui était restée pour lui si évocatrice. Des rondins de bois marron étaient regroupés en tas, d'autres proprement alignés comme les touches cassées d'un piano. La mélodie de la *Berceuse* était si belle, il aimerait la jouer encore.

À gauche du plateau, à l'endroit où Volodia était assis le fameux soir, un petit arbre poussait ; tout fin, le jeune bouleau avait percé le sol et traversé les planches pourries ; il s'étirait vers l'ouverture du plafond à travers laquelle les rayons pâles et obliques du soleil tombaient dans la salle obscure ; sa couronne étonnamment duveteuse faisait ressortir le coin vide, qui faisait mal aux yeux de Ioura : il se souvenait très bien du piano qui se trouvait là à l'époque.

Iourka monta les marches semblables à des touches de piano, et se dirigea vers le bouleau. À peine eut-il touché le feuillage légèrement poussiéreux qu'il comprit : il n'avait pas envie de quitter ce lieu. Il resterait jusqu'à la nuit tombée, contemplerait le bouleau et attendrait que le lourd rideau s'ouvre et que les acteurs entrent en scène. Il posa la pelle contre le mur et s'assit dans un fauteuil délabré qui grinça. Il sourit, se rappelant les cris qu'avait poussés le sol, le soir de la première répétition, lorsqu'il hésitait devant la porte tapissée de feutre qui désormais gisait sur le sol. C'était le soir où il avait mis Ira Petrovna en boîte !

* * *

« Mais enfin, Ira Petrovna, bon sang, en quoi ai-je besoin de ce théâtre ?! » Iourka était d'humeur assassine – et pour cause, on l'engueulait devant tout le monde en le faisant passer pour un parfait demeuré. Que le diable emporte Olga Leonidovna et ses sermons ! Toute la journée, Iourka avait fulminé, prenant tout de travers ; il s'efforça de trouver une excuse pour ne pas se rendre à la répétition. En vain. Il dut faire contre mauvaise fortune bon cœur ; s'il n'allait pas au théâtre ce soir, c'était Ira Petrovna qu'il trahissait, puisque désormais elle répondait de lui.

Mais sa rage ne le quittait pas ! Iourka avait l'intention de claquer bruyamment la porte pour montrer à tout le monde ce qu'il pensait de ce stupide atelier d'amateurs. À peine eut-il esquissé son geste que la marche se mit à grincer et il resta figé sur le seuil.

Volodia était seul. Assis sur le bord du plateau, tout à fait à gauche, il lisait quelque chose dans un cahier tout en croquant dans une poire. À côté de lui, le poste de radio essayait vainement de passer le célèbre *Canon*, de Pachelbel, mais on n'entendait que des grésillements et des interférences. Volodia se rendit compte que des bruits de friture parasitaient le piano, alors il posa son cahier sur ses genoux et se mit à remuer l'antenne sans tourner la tête.

Iourka était étonné – il trouva Volodia simple et même touchant. Concentré et penché en avant, assis à même le sol, une de ses jambes se balançant devant lui, il n'avait pas l'air d'un frimeur. Il croqua dans la poire, mâcha tout en réfléchissant et faillit s'étrangler lorsqu'il avala ; il secoua la tête comme si quelque chose, dans le texte qu'il lisait, ne lui convenait pas. Ses lunettes glissèrent sur le bout de son nez.

« Forcément qu'elles glissent sur un nez aussi droit », remarqua Iourka pour lui-même, puis il toussota involontairement. Il serait bien resté encore à regarder, à admirer et à envier Volodia – pas pour son nez, non, mais pour le fruit – il adorait les poires. L'autre releva la tête et mit le cahier de côté. Par réflexe, il approcha l'index de son visage puis se ravisa et remonta ses lunettes en les attrapant par la branche, avec un air légèrement hautain.

— Salut. Le goûter est déjà terminé ?

Iourka acquiesça.

— Où est-ce qu'on peut trouver des poires ? Il n'y en a pas au réfectoire...

— On me l'a offerte.

— Qui ça ? demanda Iourka sans réfléchir (si ça se trouve il connaissait cette personne et il pourrait lui demander une poire ou l'échanger contre autre chose).

— Macha Sidorova. Celle qui joue du piano pendant les répétitions, elle va arriver. On partage si tu veux ?

Volodia lui tendit le côté intact de la poire, mais Iourka secoua la tête.

— Tu veux pas ? C'est toi qui vois.

— Qu'est-ce que je vais faire dans cet atelier ? demanda Iourka en montant sur le plateau et en croisant les bras d'un geste énergique.

— Tu vas droit au but, toi, c'est ça ? C'est pas mal comme attitude, j'aime bien. En effet, qu'est-ce que tu vas faire ?

Volodia se mit debout et considéra pensivement le plafond blanc immaculé. Je suis en train de lire un scénario et je me demande quel rôle je pourrais donner à un grand garçon comme toi, je ne trouve rien.

— Comment ça, rien ? Rien du tout ?

— Rien du tout.

Volodia le fixait.

— Peut-être un arbre… ou un loup… Dans tous les spectacles pour enfants, il y a des loups et des arbres.

— Un arbre ? Volodia sourit. Il y aura bien une cachette dans un rondin de bois, mais c'est un accessoire, pas un rôle.

— Réfléchis quand même. Je saurais très bien jouer un rondin, comme un vrai pro. Je te montre ?

Sans attendre de réponse, Iourka s'allongea sur le sol et mit ses bras le long de son corps.

— Qu'est-ce que t'en penses ? demanda-t-il en se relevant et regardant Volodia de bas en haut.

— C'est pas drôle, répondit l'autre sèchement. Tu n'as pas bien compris. On ne prépare pas une comédie, mais un drame. Une tragédie même. Cette année, on fête les trente ans de la naissance de ce camp, Olga Leonidovna l'a annoncé lors du rassemblement.

— Certes, confirma Iourka.

— Ce camp porte le nom de Zina Portnova, une pionnière et une héroïne ; ça, tu le sais, bien évidemment, mais ce que tu ne sais pas, à mon avis, c'est que le premier événement important qui a eu lieu ici, c'est un spectacle sur la vie de Zina Portnova. Et c'est précisément ce spectacle que nous allons mettre en scène pour l'anniversaire du camp. Alors le rondin de bois, Ioura, ce ne sera pas pour cette fois.

Volodia parlait avec la passion de ceux qui s'apprêtent à accomplir quelque chose de spécial et d'important. Mais Iourka n'était pas impressionné.

— Pouah ! dit-il en faisant la grimace. Quel ennui…

Volodia fronça les sourcils pour la première fois puis évalua Iourka, avant de répondre enfin :

— Mais non, ça va être bien, surtout pour toi. Puisqu'on ne t'a pas trouvé de rôle, tu vas m'aider avec les acteurs. À part moi, il n'y a qu'un seul adulte ici…

Iourka roula des yeux, fit claquer sa langue et lui coupa la parole :

— Tu parles d'un adulte ! Tu as quel âge ? Dix-sept, maximum ? T'es en première année, t'as juste un an de plus que moi…

Volodia toussota et arrangea ses lunettes avant de répondre à voix basse :

— J'ai dix-neuf ans… enfin presque, je les aurai en novembre. Puis il reprit ses esprits et ajouta d'un air sévère : laisse-moi te donner un conseil, Koniev, surveille ton attitude quand tu t'adresses à un moniteur.

Volodia le regardait sans chercher à en imposer, il semblait plutôt déçu, et Iourka se sentit honteux. C'était un moniteur, quand même, comme Ira Petrovna.

Iourka baissa d'un ton :

— D'accord, j'aurais pas dû… Donc il y a un autre adulte dans la troupe, à part toi ?

— Macha, répondit Volodia, apparemment vexé même s'il tâchait de n'en rien laisser paraître. D'ailleurs, elle fait partie de ton détachement. Tous les autres sont des gamins. Les filles sont gérables, elles écoutent, mais les garçons sont complètement barrés. Ça ne suffit pas de les avoir à l'œil, il faut s'imposer.

— Pfff ! Macha n'a qu'à s'occuper d'eux, je suis pas la nounou, moi !

— Je te dis justement que Macha ne va pas s'en sortir : il ne faut pas juste quelqu'un, mais quelqu'un qui en impose. Moi je n'ai pas le temps de…

— Qu'est-ce qui te fait croire que je vais accepter ?

Volodia soupira profondément :

— Tu vas accepter. Parce que tu n'as pas le choix.

— Ah bon ?

— Oui. Et à ta place, je ferais un effort sur la discipline…

— Sinon quoi ?

— Si tu crées encore des ennuis, ils vont te virer du camp ! Volodia haussait le ton, des notes de colère dans la voix. Je suis sérieux. Tu sais qu'Irina s'est sacrément fait remonter les bretelles à cause de la guirlande ? Et d'ailleurs, Olga Leonidovna m'a chargé de te rappeler que c'était le dernier avertissement.

Iourka ne savait pas quoi dire. Il fit un bond, avant de se mettre à tourner en rond, puis il se planta comme un piquet et réfléchit. Est-ce qu'il s'ennuyait dans ce camp ? Oui. Est-ce qu'il avait envie de partir ? Pas vraiment. En réalité, il ne parvenait pas à définir précisément ce qu'il voulait, mais dans tous les cas, être viré du camp, c'était la honte... Pour lui encore, ça ne faisait rien, mais pour Ira Petrovna ? Si elle se retrouvait avec un avertissement dans son dossier et une mauvaise évaluation ? Sympa le bonhomme, qui non content de se cacher dans les jupes d'Ira, la monitrice, la trahit par-dessus le marché. Non, ça ne faisait pas partie de ses plans, tout ça.

— On vous a confié une mission et vous faites du chantage ? dit-il en soufflant, s'énervant tantôt contre les responsables du camp, tantôt contre lui.

— Personne ne te fait de chantage et personne n'a envie que tu sois viré. Comporte-toi correctement, c'est tout. Obéis à tes moniteurs et aide les autres.

— Obéir ? demanda-t-il d'un air irrité.

Il se sentait acculé. Il avait l'impression que tous s'étaient mis d'accord pour lui en faire baver, qu'ils s'introduisaient dans sa tête pour connaître ses pensées et ses sentiments dans le seul but de l'écraser, de l'étouffer... Il venait à peine d'arriver que déjà on se jetait sur lui, on l'accusait, on le grondait, on le sermonnait. C'était injuste ! Iourka fut pris de rage et parla sans se rendre compte de ce qu'il disait. Il voulait évacuer cette colère qu'il réprimait, casser et détruire tout ce qu'il trouvait sur son chemin.

— Mais pour qui vous prenez-vous, tous, pour que je doive vous obéir ? Hein ? Vous allez voir, tu vas voir ! Un spectacle, c'est ça ? vociféra-t-il. Je vais vous en faire un, de spectacle, vous m'en direz des nouvelles !

— Des menaces, maintenant, ricana Volodia, comme si la tirade de Iourka ne l'avait pas du tout touché. Eh bien, je t'en prie. Tu seras viré. Merci, au revoir. Et qui sera puni pour ce spectacle ? Toi ? Non, moi ! Et qu'est-ce que j'ai à voir là-dedans ? C'est parce que je t'ai dit la vérité ? Alors que tu ignorais que l'administration t'en voulait. Je comprends même pas pourquoi ils t'ont placé ici.

— J'ai rien fait de mal ! lâcha Iourka, perdant courage. Tout ça, c'est… ça s'est fait tout seul : les assiettes, la guirlande… Je voulais pas ! Et pour Ira non plus, je voulais pas…

— On le sait que tu ne voulais pas.

Volodia avait prononcé ces paroles tellement sincèrement que le visage de Iourka s'allongea d'étonnement.

— C'est-à-dire ?

— Je te crois, acquiesça-t-il. Et les autres aussi croiraient Ioura Koniev s'il n'avait pas si mauvaise réputation. Depuis ta bagarre de l'année dernière, on a des contrôles à n'en plus finir, ici, ça n'arrête pas. Leonidovna n'a qu'un seul mot à dire pour que tu sois viré. Alors, Ioura… comporte-toi en homme. Irina s'est portée garante pour toi, et moi aussi je suis concerné maintenant. Ne nous trahis pas.

À droite de la scène se trouvait un piano et, au centre, le buste du chef de file du prolétariat. Iourka, contrarié, brûlait d'envie d'envoyer la tête de Lénine par terre, qu'elle se brise en mille morceaux, mais il respira un grand coup afin de se calmer. Il s'approcha de Vladimir Ilitch Oulianov, dit Lénine, et pressa son front contre son crâne chauve et froid avant de regarder Volodia d'un air triste.

— Puisque tu es si franc du collier, dis-moi donc… Vous me donnez pas de rôle pour pas qu'on voie mon visage en public, ça ferait honte au camp, c'est ça ?

— Qu'est-ce que tu vas chercher ? Tu n'as de rôle parce que je n'en ai pas encore trouvé. Les acteurs sont tous très jeunes, tu aurais l'air d'un géant au milieu de Lilliputiens et on n'a pas de géant dans le scénario. Il sourit. Dis-moi plutôt ce que tu sais faire. Chanter ? Danser ? Jouer d'un instrument ?

Iourka jeta un œil au piano et sa poitrine se serra. Il fronça les sourcils et fixa le sol.

— Je sais rien faire et j'ai envie de rien, rétorqua-t-il, conscient de mentir non seulement à Volodia, mais surtout à lui-même.

— Entendu. Revenons au début de notre conversation : tu vas m'aider et rester tranquille pour te refaire une réputation.

La conversation se trouvait dans une impasse. Ils se turent. Iourka lorgna le nez de Vladimir Ilitch du coin de l'œil puis souffla dessus pour en chasser la poussière. L'autre Vladimir (pas Vladimir Ilitch, le chef du prolétariat, mais Vladimir Lvovitch, le directeur artistique) se pencha de nouveau sur son cahier. Pendant ce temps, le goûter que Iourka avait quitté avant les autres s'était terminé et les acteurs commençaient à entrer dans la salle.

Macha Sidorova se présenta la première. Elle sourit à Volodia et ignora Iourka avant de rejoindre le piano en balançant légèrement ses hanches dans sa jupe patineuse. Iourka la regardait fixement, depuis l'année dernière, Macha avait changé. Elle s'était allongée, avait perdu du poids, ses cheveux descendaient jusqu'à sa taille ; elle était devenue coquette, comme une grande. Elle s'assit, le dos bien droit, les jambes longues et bronzées.

— Sonate n° 14 en do dièse mineur, opus 27, de Beethoven.

Macha secoua ses cheveux et posa les doigts sur le clavier.

Iourka fit la grimace : la *Sonate au clair de lune* ! Macha n'avait rien trouvé de plus original ? Cette pièce, tout le monde savait la jouer, elle était soulante. Iourka avait beau râler, il était un brin jaloux parce que ce n'était pas à lui que Macha jetait des regards tendres et timides et que ce n'était pas pour lui qu'elle jouait, mais pour Volodia.

Arrivée au bout du morceau, elle recommença – sans doute pour que Volodia reste encore un peu à côté d'elle et la regarde d'un air approbateur en lui souriant.

La horde des acteurs en herbe déboula dans la salle en faisant claquer la porte – ce que Iourka, en bonne tête de linotte, aurait aimé faire lui aussi. L'attention de Volodia et de Iourka se porta immédiatement sur les enfants. Ils braillaient, tous avaient quelque chose d'urgent à communiquer au directeur artistique. Ils se mirent en cercle autour de lui, et il tenta de les calmer. Puis ce fut à son tour de faire preuve de sang-froid, lorsque la fameuse trinité pénétra dans la salle. Non pas la sainte Trinité avec un grand « t » – le père, le fils, le Saint Esprit... mais une autre, moins spirituelle, plus superficielle : celle que formaient Polina, Ouliana et Ksioucha, que Iourka avait surnommées les POUK, à partir des initiales de leurs prénoms. Les trois jeunes filles incarnaient le symbole des trois singes : « Ne pas voir, ne pas entendre, ne pas dire », mais à l'envers : j'ai un œil partout, je tends l'oreille et je bavarde autant que possible. En entrant, elles posèrent partout leurs regards curieux puis montèrent avec grâce sur le plateau, comme des oiseaux. Elles s'étaient mises sur leur trente et un et portaient toutes les trois le même rouge à lèvres et le même parfum polonais Być može, « Peut-être ». Iourka connaissait bien cette fragrance : la moitié du pays se parfumait avec.

Il avait d'abord pensé que Volodia mentait quand il disait qu'il n'y avait qu'un adulte dans la troupe, mais lorsqu'il vit le directeur artistique en sueur, il comprit : celui-là était le premier étonné que le spectacle ait acquis une telle popularité. Polina, qui prenait de plus en plus de graine, prit Volodia par le bras : Volodia, si on mettait en scène une pièce contemporaine ? J'en connais une super intéressante, qui parle d'amour, et d'ailleurs je pourrais jouer le rôle de...

— Les filles, vous n'êtes pas sans savoir que le casting est déjà fait, intervint Macha, pâle de colère. Elle avait visiblement compris que ce n'était pas l'atelier de théâtre qui était populaire, mais le moniteur. Puisque vous êtes arrivées en retard, vous sortez !

Ce n'est pas grave, bredouilla Volodia, troublé, les joues s'empourprées. (Et comment ! Avec toutes ces belles filles qui lui tournaient autour et n'avaient d'yeux que pour lui... Iourka aussi aurait été troublé) La pièce *Les Jeunes vengeurs* compte beaucoup de filles, restez ! Nous trouverons des rôles pour chacune de vous. Il nous faut quelqu'un pour jouer Iefrosinia Zenkova, par exemple...

— Ah ! c'est comme ça ! À elles, on leur trouve des rôles, et moi je dois jouer les nounous ? s'emporta Iourka.

Sa protestation resta lettre morte. Aux glapissements des enfants se joignirent les gémissements des adultes. S'ensuivit un grand tintamarre.

— Je pourrai m'occuper des costumes ? glapit Ksioucha. Je ferai des robes super belles.

— Des robes super belles pendant la guerre ? s'indigna Iourka.

— La pièce se passe pendant la guerre ? demanda-t-elle d'un air déçu. Ah...

— Bah oui ! aboya-t-il. Évidemment, puisqu'il est question de Portnova. Elle vient à un atelier de théâtre et ne sait même pas de quoi ça parle... Volodia ! Pourquoi c'est moi qui dois faire la nounou ?

— Vovtchik, allez ! On choisit une pièce contemporaine ! tempéra Polina. L'opéra rock *Junon et Avos* !

Macha, qui avait quitté le piano, hurlait sur ses rivales, Ioura hurlait à l'injustice, les enfants hurlaient à cause du choix du spectacle – ils avaient prévu autre chose – et

Volodia hurlait sur tout ce beau monde, pour avoir le silence. Personne n'écoutait personne.

— Qui a dit que le spectacle était barbant. C'est toi, Oulia ? (Macha, que la colère avait décoiffée, tirait sur l'ourlet de sa robe en coton.) Et toi, Polina, pourquoi tu ricanes, ça te convient pas ?

— Et qu'est-ce que ça peut te faire, à toi ? T'as peur qu'on te le prenne ? tacla Ouliana.

— T'as qu'à faire la nounou toi-même, rétorqua Iourka, vexé.

— Le métro de Moscou est tellement beau... proclama un jeune garçon rondelet du détachement de Volodia.

— Volodia ! Volodia ! Volodia ! Je peux dire quelque chose ? Volodia !

Les garçons sautaient et prenaient le directeur artistique par la main.

— Attendez, les enfants. L'un après l'autre... répondait-il pour les calmer.

— Je me tenais tout au bout du quai pendant que les rames passaient : tagadam, tagadam ! Tout au bout, comme maintenant... tagadam... s'exclama le grassouillet fanfaron en tournant sur lui-même.

— Sacha, éloigne-toi du bord du plateau, tu vas tomber !

— Tagadam !

— Quelle grincheuse !

— Et moi, je peux ?

— C'est pas juste !

— Je serai costumière.

— Silence ! rugit Volodia.

Le silence s'abattit sur la salle. On aurait entendu une mouche voler, les cœurs tambouriner et Macha haleter. Tous étaient immobiles sauf le fanfaron aux formes rondes qui tournait sur lui-même au bord du plateau, haut d'au moins un mètre.

Badaboum…

Tout à coup sa jambe se tordit, il écarta les bras en un geste grotesque et prit son envol au ralenti avant de retomber lourdement. Le cœur de Iourka se serra, Macha ferma les yeux, les lunettes de Volodia s'embuèrent.

Boum !

— Aaah ! Ma jambe !

— Sania !

Le fanfaron faisait peine à voir, et Volodia encore plus. Il se précipita vers le blessé, ses mains tremblaient, il se maudissait : « J'aurais pu l'en empêcher, j'aurais pu… » Iourka, bien qu'il en voulût à Volodia, fut le premier à lui venir en aide. Il bouscula les acteurs indolents et se retrouva instantanément près de Sacha.

— Écartez-vous, mon père est médecin ! dit-il citant le héros d'un film étranger à la mode, puis il se mit à genoux.

Mais Iourka ne plaisantait pas : son père lui avait montré un tas de fois comment ausculter un patient. Il examina la cheville égratignée et le genou éraflé, puis, très professionnel, il conclut que le blessé devait se rendre immédiatement à l'infirmerie et assura avec autorité qu'il n'avait pas besoin de civière.

Volodia essaya de prendre Sacha par le bras, mais celui-ci éclata en sanglots et refusa catégoriquement de prendre appui sur sa jambe valide.

— Ioura, viens m'aider. Mets-toi à gauche, seu… seul je ne… haleta Volodia.

Sachka gigotait et gémissait, il pesait aussi lourd qu'un moniteur et continuait à protester et à se lamenter.

— Maman ! Mamaaan ! geignait-il

— Allez, on le soulève. Un, deux et…

Iourka commandait activement sans laisser paraître qu'il était lui-même blessé : quelque chose s'était tordu et il souffrait. Il arrivait à peine à se pencher en avant.

— Macha, c'est toi qui les gères en notre absence, ordonna Volodia.

— Macha lança à ses rivales un regard triomphant. Ksioucha ne lâchait pas le morceau :

— Est-ce que je peux m'occuper des costumes ?

— Oui, oui, répondit Volodia, énervé, puis il laissa des consignes : Lisez les documents, je reviens plus... Sacha, je sais que tu as mal, mais arrête de hurler, bon sang !

* * *

Ils marchèrent lentement et longuement jusqu'à l'infirmerie, accompagnés par les plaintes du blessé. Il fallait être aveugle pour ne pas voir que Sacha gémissait non de douleur mais de peur, et aussi pour attirer l'attention. Iourka restait silencieux et concentré, il ne pensait qu'à son coccyx. Volodia essaya de convaincre Sania :

— Prends sur toi, on y est presque.

Lorsqu'elle entendit les pleurs, l'infirmière accourut, caquetant comme une poule, puis s'affaira et plaignit le malheureux. Ensuite elle repoussa Iourka sans ménagement et regarda le moniteur d'un air sévère, voire hostile. Iourka haussa les épaules et s'éloigna de l'infirmerie : il préférait éviter que Larissa Sergueïevna ne demande si la pommade lui avait fait du bien, car cela aurait eu pour conséquence que Volodia soit au courant de la blessure honteuse de Iourka. C'était un détail, mais désagréable quand même. Il décida d'attendre Volodia qui se cachait derrière la porte. Il voulait savoir si son diagnostic était juste : une grosse bêtise et quelques plaies, sans entorse ni luxation.

Près du perron, au milieu des églantiers en fleurs, il repéra un petit banc confortable. Il s'y allongea, contemplant le ciel et respirant à pleins poumons l'air embaumé par le parfum frais des fleurs. Il se sentait bien, ici et maintenant, et réalisa à quel point il faisait chaud dans la salle de cinéma.

Volodia sortit dix minutes plus tard. Il décala les jambes de Iourka, s'affala sur le banc, puis soupira profondément.

— Alors ? Il va survivre ? demanda Iourka avec paresse, inhalant l'air, si pur et si frais qu'on aurait pu le boire.

— Un genou égratigné et deux petits bleus, rien de grave. Pas de quoi brailler si fort.

Iourka releva la tête tout en restant allongé.

— C'est l'audition, il s'est fait remarquer. Apparemment, il a voulu montrer tous ses talents d'un coup. Et tu ferais bien d'y prêter attention – ce serait dommage de laisser partir une si belle voix !

Volodia sourit. Sur son visage fatigué, ce sourire semblait si sincère que Iourka s'étonna : lui était-il destiné ? Il en fut ravi. Hélas, le sourire disparut aussi vite qu'il était apparu.

— J'en ai marre de tout ça ! s'écria Volodia en se frottant les tempes.

— Marre de quoi ? De diriger ?

Iourka s'étira et plaça ses mains sous sa nuque ; il regardait le ciel dont le bleu profond lui faisait plisser les yeux.

— C'est le premier jour à peine et j'en ai déjà marre ! Marre de m'occuper des enfants, marre de rendre compte de chaque broutille aux moniteurs, d'entendre des reproches… pour des broutilles aussi ! Et maintenant cet atelier de théâtre qui m'est imposé… et pour couronner le tout un enfant blessé.

— Mais alors pourquoi tu es venu ? Tu savais que ça ne serait pas une partie de plaisir.

— Je le savais… mais pas dans le détail. Quand j'étais pionnier, j'avais l'impression que ça n'était pas si compliqué de surveiller des enfants ! Et puis que cela me permettait de toucher un salaire, de passer les vacances dans la nature avec comme point fort une mention favorable pour entrer au

Komsomol et ensuite au parti, éventuellement. Mais en réalité, ça ne se passe pas comme ça.

Volodia s'approcha et se pencha légèrement sur Iourka.

— On m'a refourgué le détachement des plus jeunes, comme si c'était plus facile. Tu parles ! Avec eux, je suis tout le temps sur les nerfs ! Je les compte toutes les cinq minutes, ils détalent pour aller avec l'autre moniteur, ils n'obéissent absolument pas. Qu'est-ce que je peux faire ? Leur hurler dessus ?

— Et pourquoi pas, puisque la responsable pédagogique le fait ? La « pédagogue », qu'elle aille…

Iourka se renfrogna.

— En effet, elle n'aurait pas dû, acquiesça Volodia. Elle nous apprend à ne pas lever la voix sur les enfants. Si on est obligé de marquer le coup, il faut critiquer l'erreur commise par l'enfant et non pas l'enfant directement. Et le plus important, c'est de ne pas le faire devant les autres.

— C'est elle qui t'a dit ça ? se mit à rire Iourka. Elle est bien bonne, celle-là…

— Oui, c'est elle. Ça s'est passé hier avant la venue de l'inspection et de la mise au jour de tout un tas de manquements. Ils viennent chaque année maintenant. Et devine à cause de qui on a droit à tout ça ?

— À cause de moi ?

Iourka ne voulait pas y croire, son humeur en fut quelque peu affectée.

— Qui a eu la bonne idée de se battre au beau milieu du camp ? Et encore, tu devrais être content que la police ne t'ait pas embarqué.

Volodia le regardait d'un air sévère mais son envie de lui faire la morale fut réduite à néant dès que son regard se posa sur la maison verte qui faisait office d'infirmerie. Découragé, il passa du rôle de moniteur à celui de simple garçon, et soupira profondément. Visiblement, penser à Sacha et à sa blessure l'entraînait dans un tourbillon d'inquiétudes et de problèmes. Quand Volodia reprit la parole, sa voix était rauque et froide :

— Demain je dois amener le cinquième détachement à la rivière. Il y aura une autre monitrice avec moi, Lena, elle a plus d'expérience que moi. Sur la plage, il y aura aussi un prof de sport, il m'aidera à surveiller les enfants. La zone de baignade est déjà délimitée, tout est fait dans les règles. Et pourtant, j'ai horriblement peur. Et Lena aussi. Elle m'a raconté qu'une de ses copines monitrices avait été jugée l'année dernière parce qu'une fille s'était noyée dans la rivière. En pleine journée, sous les yeux des moniteurs... Aujourd'hui, on n'a pas pu se baigner – le temps d'arriver au camp et de s'installer, c'était déjà l'heure du déjeuner. Mais demain, ça y est, on les amène. Si je m'écoutais, je leur interdirais d'entrer dans l'eau !

Iourka tressaillit – effectivement, l'Hirondelle avait connu des accidents, il en avait entendu parler. Il voulut remonter le moral de Volodia.

— T'en fais pas. On est à peine au début du séjour, on a encore du temps devant nous, tu vas t'habituer. Regarde Ira Petrovna, c'est pas la première fois qu'elle est monitrice, donc c'est qu'il y a aussi du bon dans tout ça ?

— Tout ce que je vois de positif, pour le moment, c'est le salaire et la mention qui permet d'entrer au parti plus tard.

— Tu en as tant besoin que ça, du parti ? s'enflamma Iourka. C'est la deuxième fois que tu en parles.

Ce qui énervait Iourka, comme tous les ados, c'était la tendance qu'avaient les gens de vivre dans une sorte d'inertie, à suivre la direction qui leur était donnée, sans jamais avoir la tentation de faire un pas de côté.

Volodia haussa les épaules.

— Évidemment ! On dirait que tu n'es pas au courant que sans la carte du parti, on ne trouve pas de boulot intéressant, on ne peut aller nulle part. Sûr que le système politique n'est pas idéal, il est même un peu vieillot, excessif, mais il fonctionne.

— Hein ?

Iourka leva les sourcils d'étonnement. Il ne s'attendait pas à entendre pareil discours dans la bouche de Volodia. Qui avait justement tout à fait l'apparence de ceux qui suivent avec ferveur les règles d'un système qui « fonctionne » – et voilà qu'il le jugeait excessif et vieillot...

— Comment ça, hein ? Ça reste entre nous, on n'est plus sous Staline, certes, mais enfin, on ne sait jamais...

— C'est sûr !

Iourka réussit à s'asseoir mais son coccyx le faisait souffrir et il fit la grimace.

— Sans doute que les progressistes n'apprécient guère qu'on vive encore dans ce pays comme il y a cinquante ans : les pionniers, le Komsomol, le parti. Je ne suis pas aveugle. Mais on n'a pas d'autre solution.

— Je suis pas d'accord ! Iourka se redressa et se retourna pour regarder Volodia dans les yeux. Il y a toujours une solution.

Volodia sourit d'un air arrogant et condescendant, et pourtant Iourka se réjouit, bizarrement.

— Tu passes ton temps à ne pas être d'accord, Koniev. Ce n'est pas possible de vivre comme ça non plus. Bien sûr qu'il y a une solution. Dans ce cas, faire ce qu'on a à faire, entrer au Komsomol, au parti, même si on considère que ça ne sert à rien. Parce que s'entêter à essayer de détruire des choses indestructibles, ça oui, ça ne sert absolument à rien.

Iourka, qui avait véritablement l'habitude de critiquer systématiquement tout et de n'être jamais d'accord sur rien, ne sut quoi répondre. Il ne voulait pas avouer que Volodia avait raison. S'opposer à tout ne servait à rien.

Dès lors, Iourka changea d'attitude envers Volodia. Le moniteur ne semblait plus un robot à ses yeux, il s'était transformé en être humain, avec des inquiétudes et des problèmes à gérer, sans savoir toujours très bien comment. Iourka avait l'impression que leurs idées se rejoignaient, en quelque sorte, et il avait envie de le soutenir.

— Si tu veux, je peux t'aider, dit-il, cédant à son impulsion.

— C'est-à-dire ?

— Avec les enfants, par exemple. Pas seulement surveiller ceux de l'atelier, mais aussi ceux de ton détachement. Demain, par exemple, je peux t'accompagner à la rivière...

Iourka demeura en suspens, surpris de son propre élan.

— Puisque tu t'inquiètes... ajouta-t-il dans sa confusion.

Le visage surpris de Volodia s'éclaira :

— C'est vrai ? Ce serait super ! dit-il en joignant soudain les mains devant lui. Pourquoi est-ce qu'on ne parle que de moi et de mes soucis ? Ça ne se fait pas. Parle-moi de toi.

Les hurlements tonitruants émanant du haut-parleur suspendu au poteau empêchèrent Iourka de répondre.

Ce n'était pas les trompettes de Jéricho, non, mais le clairon qui sonnait l'heure du dîner. La terre trembla, non pas parce que les murailles tombaient mais parce que les pionniers marchaient en tapant des pieds sur le sol. Pareils à des généraux, les moniteurs criaient à leurs armées : « En rang par deux ! En avant, marche ! » Le camp se mettait en mouvement.

À peine Volodia eut-il entendu le sifflement du hautparleur qu'il se dirigea vers le théâtre pour rassembler la troupe et la conduire au réfectoire. Iourka se leva en ronchonnant pour se rendre à l'infirmerie afin que Larissa Sergueïevna l'enduise de nouveau de crème. Le lendemain, quoi qu'il arrive, il allait se retrouver en maillot de bain et il n'avait pas envie de se faire remarquer avec un postérieur en mauvais état.

Il savait que le premier détachement allait également se baigner à la rivière le lendemain, mais bizarrement, lorsqu'il pensait à son derrière, ce n'était pas son détachement à lui qui l'inquiétait, mais le cinquième. Plus précisément, son moniteur.

Chapitre 3
Espèce de bovin

IOURKA AIMAIT PARTICULIÈREMENT LE MATIN, à l'Hirondelle. Il restait aussi longtemps que possible sous la couverture chaude avant d'aller se débarbouiller aux lavabos. Tout était parfait à ce moment-là : les oiseaux chantaient, les arbres bruissaient, le camp était endormi et mélancolique. Ensuite, quelqu'un passait un disque sur la fréquence radio du camp pour sonner le réveil – on aurait pu croire qu'il s'agissait des pécheurs dans les flammes de l'enfer, mais non, c'était un simple clairon…

Même si pendant la journée, il faisait chaud, la température baissait brutalement la nuit, dans la forêt. La terre se refroidissait, et au petit matin, pile à l'heure du réveil, le camp se recouvrait de brume et d'une humidité qu'on ressentait particulièrement quand il fallait sortir du bâtiment encore tiède. Pour se débarbouiller, même les plus aguerris avaient besoin d'une bonne dose de courage – l'eau de source qui coulait au robinet était si froide qu'elle brûlait et faisait claquer les dents. Mais il y avait quand même un avantage indéniable dans tout ça : une fois débarbouillé, le sommeil était complètement effacé.

Iourka avait la chair de poule, il rêvait de retourner sous sa couverture et mit un certain temps à comprendre que quelqu'un lui parlait. Il essuya son visage, renifla, jeta la serviette sur son épaule, puis son œil fut attiré par Ira Petrovna. Elle était visiblement énervée, mais pourquoi ? Sa conscience encore ensommeillée refusait de se réveiller aussi vite.

— Koniev ! Tu m'entends, là ?

— Ira Petrovna ? Oui ? Bonjour !...

Elle leva les yeux au ciel et parla sans desserrer les dents :

— Je te pose la question pour la dernière fois : pourquoi as-tu abîmé les lilas hier, hein, dis-moi ?

Iourka la regarda avec étonnement :

— Quels lilas ?

— Ne fais pas semblant de ne pas comprendre ! Les lilas qui poussent derrière le local électrique !

— Je n'ai rien abîmé du tout, Ira Petrovna !

Elle le regardait avec suspicion.

— Qui c'est, alors ?

— Je ne sais pas...

— Hier soir tu étais en retard au dîner et j'ai remarqué qu'il y avait des feuilles et des branches près des portes du bâtiment et aussi un bouquet dans un vase sur la table de nuit de Polia. Et ce n'est pas la première fois que tu abîmes les lilas ! Ils sont tout déformés maintenant.

— Et pourquoi ce serait moi ? Polia a peut-être cueilli ces fleurs toute seule !

Iourka était horriblement vexé car il était innocent, cette fois encore. Il n'avait rien fait et c'était lui qu'on réprimandait de nouveau – la loi des séries, sans doute. C'était plus simple de l'accuser, évidemment ; une fois que tu as fait une bêtise, après c'est forcément toi.

Il se renfrogna, tâchant d'imaginer de quelle punition il allait écoper pour cette faute qu'il n'avait pas commise.

— Irin, ce n'est pas lui, c'est vrai, dit une voix dans son dos. Iourka se retourna et vit Volodia. Ioura était au théâtre hier soir, ensuite il m'a aidé à amener un gamin à l'infirmerie

– c'est pour ça qu'il était en retard au dîner. Ce n'est pas lui qui a abîmé les lilas.

Ira Petrovna perdit contenance ; elle regarda d'abord Iourka d'un air étonné puis Volodia.

— Lui, il t'a aidé ?

— Hier, j'ai eu un petit problème à gérer pendant l'atelier. Sachka est tombé de la scène et Ioura est allé chercher de l'aide, assura Volodia.

Comme elle ne pouvait pas ne pas croire Volodia, elle baissa le ton d'un air gêné. Iourka souffla et adressa à Volodia un regard plein de gratitude.

— Je ne savais pas... D'accord, Koniev, dit Ira Petrovna, tu as apporté ton aide, alors je te dis bravo. Je vais demander aux filles d'où viennent les lilas.

— Voilà. Pourquoi ne pas y être allée directement ? bougonna Iourka.

La monitrice se contenta de lui tapoter les cheveux, ce qui lui valut un soupir excédé. Puis Iourka s'énerva vraiment.

— Des excuses, peut-être ? cria-t-il dans le dos d'Ira Petrovna.

Celle-ci s'arrêta une seconde, lança un « Excuse-moi » par-dessus l'épaule, et s'éloigna.

Iourka, souriant, se tournant vers Volodia.

— Merci, dit-il. Puis il soupira : Je pensais que j'allais être puni.

— Mais non. Tu n'es pas responsable. À l'évidence, Olga Leonidovna a réussi à convaincre Irina de s'en prendre à toi pour le moindre problème. Alors voilà, elle te cherche des noises.

— Et qu'est-ce que tu fais là ?

— Je suis venu te dire que nous irons à la rivière à dix heures. Hier tu as proposé de m'accompagner...

Ira Petrovna revint subitement et les interrompit :

— Ioura, après le petit déjeuner, au lieu de faire le ménage, tu prendras avec toi Mitia du deuxième détachement... tu vois qui c'est, n'est-ce pas ? Et vous irez vérifier les matelas dans le bâtiment des enfants. Certains se sont plaints qu'ils étaient humides. Vous enlèverez ceux qui ne font plus l'affaire, vous les apporterez dans le local de stockage ; pendant la sieste je demanderai à quelqu'un d'en apporter des neufs.

Iourka gémit de désespoir :

— Eh bien, merci, Ira Petrovna, de ne pas m'atteler à une charrue, c'est très aimable à vous !

— Fais attention à ce que tu dis, sinon... Elle s'interrompit lorsqu'elle vit Ksioucha sortir du bâtiment. Ksioucha, eh ! J'ai une question à te poser...

— En voilà une qui va prendre pour les lilas, ricana Iourka.

Volodia soupira.

— Apparemment, tu ne peux pas venir à la plage ?

Iourka haussa les épaules :

— Je vais essayer de finir vite.

Une fois débarbouillé, il rejoignit son détachement pour se changer. Il serra la main de Vanka et de Mikha qui prenaient le frais sur le petit banc près de l'entrée, fit un signe de la tête à Macha qui souriait bizarrement de toutes ses dents, puis au moment d'entrer, il se pétrifia sur le seuil. Près de la porte, le grand journal mural du détachement était affiché, dédié au lancement du séjour et au premier jour dans le camp. C'était un beau journal, bien illustré, mais l'humeur de Iourka s'assombrit quand il vit qu'on le critiquait publiquement dans une caricature.

Sur le côté du dessin, on voyait un bel arbre en pleine santé, un pommier, et sous ce pommier, Iourka pendait la tête en bas, attaché à la guirlande par la cheville, bras et jambes écartés. Le dessin était plutôt drôle et réussi, mais l'expression du visage de Iourka était franchement ridicule. D'ailleurs, ce n'était pas un visage mais plutôt une gueule. Large comme celle d'un cochon, ouverte, et sans dents de devant. Pourtant Iourka avait toutes ses dents ! Et belles, qui plus est ! Ce n'était pas gentil. Iourka n'aurait pas dû être affecté outre mesure, c'était un grand garçon, mais c'était quand même vexant. Apparemment, c'était une habitude ici.

Drôle ou pas, c'était désagréable. Surtout parce que cette gueule de cochon allait rester affichée toute la journée, tout le camp allait la voir, les détachements lisaient volontiers les journaux muraux des autres.

Même le meilleur des gâteaux au fromage blanc, au petit déjeuner, ne pourrait en effacer l'arrière-goût. Avant d'aller chercher les matelas, Iourka réussit à savoir, auprès d'un membre actif du détachement, le nom de l'artiste qui avait fait ça. C'était Ksioucha, des POUK. Iourka, même s'il n'avait pas l'intention de se venger, en prit bonne note.

* * *

Pour aider Iourka, on fit appel à Mitka, celui dont la voix annonçait les nouvelles sur la fréquence radio. Plus précisément, c'était Iourka qui venait en renfort, parce que Mitka était toujours affecté à ce genre de missions : transporter des choses, traîner des objets d'un endroit à un autre, soulever des charges, etc. Non seulement Mitka chantait et parlait bien, mais en plus il était grand et costaud… c'est-à-dire, plus précisément, légèrement enrobé.

Les deux garçons sortirent la demi-douzaine de matelas humides et les jetèrent à proximité du bâtiment. Iourka, dans un premier temps, accusa les enfants – ils avaient dû avoir peur et n'avaient pas pu se retenir ; cela pouvait arriver à n'importe quel octobriste[1]. Mais ce n'était pas la raison. Tous les matelas étaient humides, sur plusieurs rangées. Iourka en fit le tour d'un air inspiré en se grattant la barbe.

— Mit, peut-être que le toit fuit ? Il paraît qu'il a plu voilà quelques jours, peut-être qu'il y a un problème.

1. Enfant de 7 à 9 ans qui se prépare à entrer chez les pionniers.

Mitka leva les yeux, examina le plafond d'un œil critique, mais ne vit pas de tache :

— Et personne n'aurait remarqué la fuite ?

— Ça s'est passé au moment du changement de groupe, il n'y avait personne… Il faut grimper et jeter un coup d'œil.

— Eh bien, à toi l'honneur ! Le toit ne supportera pas mon poids, gloussa Mitka.

En deux temps trois mouvements, et sans même utiliser d'échelle, Iourka avait grimpé et repéré le problème. Au-dessus des matelas humides, le revêtement en résine était lézardé et de l'eau s'infiltrait dans les fentes. Iourka s'accroupit, souleva le revêtement avec le doigt et se dit à lui-même :

— Sans doute qu'il s'est fendu pendant l'hiver à cause des températures en-dessous de zéro ; et maintenant la pluie et la chaleur l'ont achevé. Il faut en parler à l'intendant…

— Iou'ka, Iou'ka, salut ! cria-t-on soudainement en bas.

Iourka sursauta d'étonnement.

Un groupe d'enfants coiffés de bobs jaunes passait – c'était le cinquième détachement qui se dirigeait vers la rivière, avec deux moniteurs. L'un des garçons de la troupe de théâtre, Olejka, souffrait de rhotacisme, il ne prononçait pas les « r » ; il s'arrêta, rompant la formation, puis se mit à crier et à agiter énergiquement les mains.

— Volodia, 'egarde, c'est Iou'ka !

— He ! Non mais descends immédiatement, tu risques de tomber ! cria Volodia d'une voix sévère.

— Qu'est-ce que tu fais là-haut ? couina Sacha, le petit rondelet qui était tombé du plateau la veille.

— Je guette les chasseurs de trésor. Ils fouinent dans le coin. Vous ne saviez pas que ce territoire était occupé par les Allemands pendant la guerre ? inventa Iourka dans la foulée.

Ses yeux s'emplirent soudain de frayeur, non parce qu'il risquait de tomber, mais parce qu'il avait vu Ira Petrovna, l'air strict et affolé à la fois, arriver sur le chemin d'un pas décidé en soulevant des tourbillons de poussière.

— Atterris, Gagarine. Je ne plaisante pas, descends tout de suite de là, dit Volodia.

— Koniev, nom de nom, Koniev !

Le cri d'Ira Petrovna dut résonner dans tout le camp.

— Pourquoi vous m'appelez par mon nom de famille ? Ce n'est pas poli, feignit de se vexer Iourka.

Mais Ira ne lui prêta pas attention :

— Descends immédiatement du toit ! Plus vite que ça !

— À toute vitesse ? Comme vous voudrez.

Iourka se mit debout, marcha jusqu'au bord de la toiture et fit mine de sauter.

— Non, Iourotchka, ne fais pas ça ! Descends comme tu es monté, ne saute pas ! Surtout ne saute pas, gémit Ira.

Lorsqu'elle vit le sourire fourbe de Iourka, son ton se fit suppliant :

— Mais Volodia, fais quelque chose !

Volodia plissa les yeux pour calculer la hauteur et demanda calmement :

— Est-ce que tu viens avec nous à la rivière ?

Les enfants se mirent à bramer : « Allez viens ! », « Oui ! », « Iou'a avec nous ! »

— Je ne sais pas, je dois encore apporter les matelas... À moins que vous ne me libériez, Ira Petrovna ? Mitka peut les porter tout seul...

Iourka se balançait dangereusement sur la pointe des pieds, au bord du toit.

Ira Petrovna poussa un petit cri effrayé :

— Va donc où tu veux, mais descends de là, Koniev !

Ioura haussa les épaules. Puis il s'accroupit et sauta. Ira Petrovna cria. Quand Koniev sortit sain et sauf des buissons, elle poussa un ouf de soulagement.

— Les matelas sont là-bas par terre, dit Iourka en souriant. Vous ne me faites pas confiance, Ira Petrovna, vous pensez que j'ai l'intention de m'estropier ? Et bien pas du tout !

— Koniev, hors de ma vue ! dit-elle en s'éloignant.

* * *

Sur le sable jaune, les vingt paires de chaussures pour enfants étaient alignées sur deux rangées égales. À proximité, étendues sur leurs serviettes de bain, Polina, Ouliana et Ksioucha prenaient des poses gracieuses, offrant leurs corps aux rayons du soleil. Un peu plus loin à l'ombre, Macha s'était installée avec une pièce de Tchekhov et s'ennuyait ferme. Iourka lui jeta un coup d'œil ; lui revint alors à l'esprit, sans qu'il en sût la raison, le principe dramaturgique de Tchekhov – qu'il ne comprenait pas – selon lequel le fusil accroché au mur dans le premier acte doit absolument tirer un coup de feu au deuxième. Rien dans l'expression de Macha ne semblait hostile, c'était plutôt l'inverse, elle avait quelque chose de romantique – sa robe claire à volants flottait au vent, dévoilant par moment ses cuisses dorées. « Mais quand trouve-t-elle le temps pour bronzer ? » s'étonna Iourka.

Sans réponse à sa question – sans avoir vraiment cherché –, il se retourna et remarqua Vanka et Mikha à l'autre bout de la plage ; eux aussi, apparemment, avaient terminé leurs travaux d'intérêt général de balayage puisqu'ils étaient étalés sur leurs serviettes. Iourka passa à côté d'eux sans s'arrêter ; ce qui l'intéressait, ce n'était ni les copains ni les filles, c'était Volodia.

Ce dernier, les pieds dans l'eau, surveillait attentivement les enfants dont il avait la garde. La rivière faisait paresseusement rouler de petites vagues, les rayons du soleil la rendaient scintillante, des gouttelettes jaillissaient et voletaient entre les mains des enfants. Dans la zone de baignade, circonscrite par un grillage et des bouées, le cinquième détachement barbotait et jappait, l'eau semblait en ébullition. Dans la barque qui flottait derrière les limites de la zone, Jénia, prof de sport, hurlait de temps à autre sur Olejka, qui s'approchait hardiment des bouées. Lena, la deuxième monitrice du cinquième détachement, se trouvait elle aussi sur la plage, assise en hauteur sur la chaise de surveillance. Elle observait et donnait les consignes à travers le haut-parleur, mais, à la différence de Volodia, elle semblait parfaitement contente et détendue.

— Ptchiolkine[1], arrête d'asperger tout le monde ! ordonna Volodia.

Ptchiolkine obéit immédiatement, mais dès que les moniteurs détournaient le regard, il ricanait et recommençait à donner des coups dans l'eau avec le plat de la main.

Encore quelques pas et Iourka se retrouva près de Volodia ; il n'avait pas encore ouvert la bouche que l'autre l'écarta :

— Je n'ai pas le temps. Plus tard. Excuse-moi.

Sans tourner la tête, Volodia remarqua du coin de l'œil une nouvelle infraction et cria – tout près de l'oreille de Iourka :

— Ptchiolkine ! Encore une fois et tu sors de l'eau !

Iourka, assourdi, écarquilla les yeux, l'air désarmé. Les réprimandes de Volodia faisaient visiblement leur effet, car ni Ptchiolkine ni aucun enfant n'éclaboussa plus les autres ni ne les poussa. Tout du moins, le firent-ils de manière plus modérée, sans mettre en danger la vie ou la santé de leurs camarades.

Iourka frotta son oreille droite, qui sifflait encore et retourna par précaution sur la plage, résolu à ne plus déranger Volodia, pâle d'angoisse et de plus en plus nerveux.

Vanka, lorsqu'il vit son camarade, agita les mains en signe d'invitation. Iourka se dépêcha de le rejoindre sur la serviette. Il n'écoutait ses copains que d'une oreille, se tournant

1. Ce nom de famille est formé sur le mot russe *ptchiola*, qui veut dire « abeille ».

constamment vers Volodia, vers les POUK et vers Macha. Cette dernière, d'ailleurs, feignait de lire alors qu'en réalité, elle lorgnait les trois coquettes d'un œil désapprobateur et Volodia d'un air attendri. Elle attendait que le moniteur regarde de son côté. Mais cela n'arriva pas. Volodia ignorait tout le monde : Macha, la superficielle trinité et Iourka. Tendu, il ne quittait pas des yeux les enfants qui barbotaient.

— Iourets, tu veux jouer au vingt et un ? demanda Mikha en sortant un jeu de cartes de sa poche.

— Distribue, marmonna Iourka d'un ton distrait, puis il retira ses sandales et s'assit en tailleur. On joue quoi, une pichenette sur le front ?

Concentré sur tout ce qui se passait, sauf sur ses cartes, Iourka perdit royalement. Son front lui faisait si mal qu'il avait l'impression d'être anesthésié ; pendant ce temps, les autres ne cessaient d'augmenter l'enjeu.

— On joue un aller-retour ? proposa Mikha en plissant les yeux d'un air rusé.

Vanka se frotta les mains, Iourka acquiesça.

Lorsqu'ils commencèrent une partie de *dourak*[1], il s'intéressa enfin au jeu. Et pour cause, l'enjeu était de taille. Hélas, Iourka n'eut pas de chance : peu d'atouts et beaucoup de petites cartes, des deux et des six. Le jeu de Vanka n'était pas normal, il comptait cinquante-quatre cartes. « Elles sont pipées ou quoi ? » s'étonna Iourka.

Mikha avait gagné, il sourit avec une joie maligne en regardant ses camarades et dégourdit ses mains d'impatience. Ses yeux disaient : « Je vais vous faire un de ces allers-retours, vous m'en direz des nouvelles. » Le pire, c'était que Mikha était doué dans ce domaine.

Iourka se tendit lorsqu'il posa son dernier atout : il ne lui restait qu'une seule carte, le dix de pique. Il était foutu !

1. Équivalent du jeu de pouilleux.

Vanka sautilla sur place et jeta triomphalement la dame d'atout : « Tiens ! Prends ça ! » Iourka déclara forfait, agacé. Il soupira et approcha sa tête de Mikha.

Bim ! Il reçut une lourde baffe sur le front – c'était l'aller. Sa tête partit en arrière. Il n'eut pas le temps de reprendre ses esprits... que bam ! un violent coup sur la nuque. Sa tête partit en avant cette fois : c'est tout juste si son visage ne s'enfouit pas dans sa poitrine. Il vit trente-six chandelles, puis tout devint noir.

— Je vais prendre ma revanche ! hurla-t-il en essayant de recouvrer la vue. Cette fois, c'est le gagnant qui décide du gage.

— Quel gage ?

— Tu le sauras quand tu auras perdu.

— Que ça reste convenable ! Et sans les moniteurs ! Je ne vais plus courir après Irina les ciseaux à la main, à lui demander si elle veut bien que je lui coupe les cheveux.

— Ça marche.

Iourka retroussa ses manches. S'il calculait correctement et comptait les cartes de ses adversaires ainsi que les tours, il pouvait gagner sans atout.

Il eut de la chance – un trois, un sept et un as. Il allait leur montrer de quoi il était capable ! Et en effet ! Non seulement il avait gagné à plates coutures mais en plus il pouvait choisir le gage ; d'après ses calculs, c'était Mikha qui allait perdre. En effet. Celui-ci jeta ses cartes sur la serviette et s'approcha de Iourka, oreille tendue :

— Alors ?

— Tu vas au milieu de la plage, tu te mets à genoux, tu frappes quatre fois ton front par terre en criant...

Pour que Vanka ne l'entende pas, Iourka se pencha vers l'oreille de Mikha et lui chuchota sa mission à l'oreille.

— Et pourquoi quatre fois ? demanda Mikha d'un air renfrogné.

Vanka grogna de satisfaction et répondit à la place de Iourka :

— Parce qu'il te reste quatre cartes. Si ça ne te convient pas, on peut compter les points, comme au vingt-et-un…

— D'accord, d'accord, acquiesça Mikha, qui s'éloigna, accablé, pour exécuter son gage.

Il ne s'installa pas au centre de la plage, comme le lui avait indiqué Iourka. Au bout de quelques pas, il s'arrêta pile devant les POUK puis regarda d'un air interrogateur Iourka, qui ne réagit pas immédiatement ; ce n'est qu'au bout de quelques secondes qu'il lui fit signe de la main : « Pas là, plus loin » ; mais Mikha ne comprenait visiblement pas et fit tout l'inverse. Quand Vanka le vit s'agenouiller lentement, il cria :

— Qu'est-ce qu'il va se passer maintenant ?!

Iourka riait intérieurement.

— Je veux descendre à la mine !

— Hé ! Pronine ! Ça va pas bien ? glapit Ouliana.

— Oh mais va-t'en ! dit Polina en faisant un geste de la main.

— Je veux descendre à la mine !

— Micha, ça suffit maintenant ! Tu as mis du sable partout sur ma robe ! dit Ksioucha d'un air mécontent.

— Je veux descendre à la mine ! Je veux descendre à la mi-i-ine !

Iourka, allongé par terre, se tordait de rire. Vanka tapait d'une main sur la serviette et, de l'autre, se tenait le ventre. Les POUK avaient saisi leurs robes, leurs jupes et leurs chemises pour rouer Mikha de coups ; les cris qui s'élevaient étaient si aigus que même le cinquième détachement en resta muet. Macha, qui s'était mise à l'ombre, observait la scène en souriant. Même Lena riait. Volodia se détourna, l'air irrité, puis haussant les sourcils, se mit à hurler soudain :

— Les filles, calmez-vous !

Les filles ne se calmèrent que lorsque Mikha quitta la plage, le visage rougi et le dos meurtri, vêtu de son seul maillot de bain.

— Pourquoi à la mine ? demanda Vanka en donnant un coup de coude à Iourka.

Iourka fit la grimace et haussa les épaules.

— Qu'est-ce qu'on trouve d'autre sous terre ? C'est la première chose qui m'est venue à l'esprit.

Un silence, tout relatif compte tenu du fait qu'on se trouvait dans un camp de pionniers, s'abattit sur la plage. Iourka, qui souffrait de la chaleur, décida d'aller se baigner. Lorsqu'il se leva, il surprit une remarque au vol :

— Volodetchka n'est pas gentil du tout… Il se tourna vers les filles – c'était Ksioucha qui parlait, l'air renfrogné. Il a des filles pas possibles en maillot devant lui et il ne daigne pas les regarder, même quand ce crétin de Pronine fait n'importe quoi. Tu es là à faire des efforts et lui ne pense qu'aux enfants.

— C'est qu'il les aime. Ce qui est une qualité rare, d'ailleurs. Polina se retourna et s'allongea sur le dos. C'est mignon, il fera un bon papa.

Iourka, qui était en train d'enlever son short et sa chemise, éclata de rire en disant : « Mais bien sûr, madame la future maman. » Heureusement pour lui, les filles n'avaient pas entendu. La discussion continuait.

— Peut-être qu'il lui est arrivé quelque chose et qu'il est inquiet ? dit Ouliana, prenant la défense de Volodia.

— Inquiet pour quoi ? Un prof de sport et une autre monitrice sont là, avec nous, dit Ksioucha d'une voix traînante. Non, c'est qu'il n'est pas gentil, et si ça se trouve, il va frapper Ptchiolkine…

— Mais non ! la coupa Ouliana. Peut-être qu'il a une copine ? L'autre monitrice, par exemple, Lena. Ils dorment dans des chambres voisines, alors peut-être qu'ils ont… Bon, inutile de vous faire un dessin. Et puis ils se sont disputés ?

Polina s'assit :

— Mais tu as raison !

— C'est pas possible ! assura Ksioucha.

Polina, calmée, se rallongea.

— Et pourquoi ?

— Parce que, hier Volodia n'était pas à la soirée, alors que Lena si, et qu'elle a dansé avec Jénia !

— Mais c'est vrai ! s'exclama Polina. Tout le monde vient quand il y a une soirée, même les moniteurs des détachements des petits. C'est là que tout se passe !

— Calme-toi, Polina ! Au lieu de t'exciter, tu devrais dire à Volodia de venir aujourd'hui, proposa Ksioucha. Comme ça, on verra bien avec qui il danse.

— Et pourquoi moi ? C'est quoi, ce…

Polina n'eut pas le temps de râler, Ksioucha l'interrompit pour crier :

— Eh ! Koniev ! Qu'est-ce que tu fais, planté là ? Tu nous espionnes ?

Iourka perdit pied : pourquoi aurait-il cherché à écouter leur discussion débile, elles parlaient fort, toute la plage les entendait. Il aurait pu ignorer leur attaque, mais pour la forme, il marmonna :

— Je reste planté là si ça me chante. La plage est à tout le monde.

— À tout le monde, bien sûr, siffla Ksioucha comme un serpent. Dégage.

— Tu vas me lâcher les baskets à la fin ? riposta Iourka, qui n'avait jamais entendu une fille parler sur ce ton.

— Tu nous fais passer pour des idiotes devant Volodia, alors non, je te lâche pas ! On t'a très bien entendu inciter Pronine à agir comme il l'a fait !

Iourka croisa les bras d'un air irrité.

— Et qui m'a fait passer pour un imbécile avec le dessin dans le journal ?

— C'est ta faute, c'est toi qui as cassé la guirlande. Allez, bouge de là, espèce de bovin, tu me caches le soleil !

— Mais oui ! acquiescèrent ses vipères d'acolytes.

Bovin ? se répéta Iourka, perturbé ; Ksioucha faisait-elle référence à son nom de famille, « kon », « cheval » ? Les chevaux n'étaient pas des bovins, mais des équins... Et toi, espèce de reptile, le soleil ne pourra rien pour toi. Quand on est aussi bête, y'a plus rien à espérer. Et c'est pareil pour vous !

Il ramassa le short qu'il avait laissé par terre et s'éloigna. Il était énervé, vexé, et également étonné : qu'est-ce que ces trois-là voulaient à Volodia ? Et si elles obtenaient quelque chose de lui, qu'en feraient-elles ? Elles se le partageraient ? Comme elles se partageaient les tâches qui visaient à le... séduire ? C'est-à-dire à accumuler des détails sur sa vie privée ?

Iourka trouvait tout ça absolument ridicule, il connaissait la véritable raison de l'angoisse de Volodia : d'abord, on lui avait fait peur avec l'histoire de la noyée et maintenant les enfants se battaient dans l'eau – comment rester de marbre ?

À ce moment-là, le prof de sport souffla dans son sifflet et quelqu'un cria à l'aide dans l'eau.

Volodia tressaillit, se précipita vers la rivière, prêt à plonger avec ses vêtements. La voix fluette retentit de nouveau, la jeune fille n'avait plus peur, mais elle était en larmes :

— Voilà qu'il recommence !

« Qu'ils aillent tous... » lut Iourka sur les lèvres de Volodia.

C'était une fausse alerte : personne ne se noyait, les enfants s'étaient simplement disputés. Tous les adultes de détendirent. Tous, sauf Volodia, qui déglutit de rage et serra les poings. Les enfants, à ce moment-là, s'excitèrent et commencèrent à se battre pour de bon.

Iourka n'avait pas l'intention de rester là à observer tranquillement Volodia, comme le faisait la superficielle trinité. Son visage se durcit, il fit pivoter vers l'arrière la visière de sa belle casquette importée de l'étranger, et pour avoir l'air plus impressionnant encore, il se mit à regarder les enfants d'un air méchant. Puis il s'approcha de Volodia, à présent dans l'eau, séparait les cogneurs et les remettre dans le droit chemin.

Après la courte mais intense bagarre, ils sortirent ensemble Ptchiolkine de l'eau – qui avait essayé de filer en douce – en l'attrapant par son maillot. Iourka le fit s'asseoir sur le sable et se pencha vers lui :

— Ptchiolkine, tu veux devenir un pionnier ?

— Oui.

— Et tu sais que les garçons qui frappent les filles ne le deviennent jamais ?

— Non, enfin… c'est elle qui a commencé !

— Peu importe. On n'embête pas les filles !

Pendant que Iourka faisait la leçon au fauteur de troubles, Volodia, visiblement soulagé, retourna dans l'eau surveiller les autres. Laissant le pathétique coupable à sa punition, Iourka surveillait le cinquième détachement de loin, lançant des ordres et parvenant à éviter les disputes entre enfants. Il aida ensuite Volodia à compter les claquettes, les vêtements et les pionniers.

Ses efforts ne furent pas vains. Il fut heureux d'entendre la trinité et même Macha, qui n'avait d'yeux que pour Volodia, s'exclamer : « Quelle perle, ce Iourka ! C'est un moniteur-né ! » Le mot « perle » l'avait tellement flatté que, l'espace d'un instant, il avait oublié l'offense – les filles lui avaient fait un compliment ! Les paroles d'Ira Petrovna résonnèrent avec joie dans sa poitrine : « Je n'ai jamais douté de toi, Ioura. Et aujourd'hui je suis fière ! J'en parlerai à la réunion. Qu'ils sachent qui est notre Koniev ! »

Pour une raison inexpliquée, la chose la plus douce, la plus agréable et la plus heureuse d'entre toutes fut le mot « merci » murmuré par Volodia dans un soupir ; la bonté transparaissait dans ses yeux vert gris – qui étaient véritablement verts et gris. Toute la journée et toute la soirée, ce « merci » avait réchauffé son cœur. Parce qu'il était mérité et parce qu'il venait de Volodia. Le peu de temps passé sur la plage avait permis à Iourka de mieux le comprendre et de se rapprocher de lui, du moins en avait-il l'impression. Peut-être même qu'ils étaient devenus amis.

* * *

La gestion des gamins agités au bord de la rivière ne fut pas le seul problème de Volodia. Ce jour-là, pendant la répétition, Olejka harcela le directeur artistique pour obtenir le premier rôle. Pourquoi pas lui ? Il avait une voix qui portait, il mémorisait rapidement les textes et incarnait parfaitement les personnages… le seul problème, c'est qu'on ne comprenait pas grand-chose quand il parlait. Volodia ne voulait pas le vexer, mais il ne pouvait pas lui donner un rôle avec trop de texte. Il promit finalement d'auditionner tout le monde et de choisir le meilleur. Il lui assura qu'il ne le laisserait pas sans rien.

Iourka observait tout ce cirque et trouvait le temps long. Surveiller Macha était non seulement ennuyeux mais également douloureux physiquement : elle s'entêtait à pianoter la *Sonate au clair de lune,* qui prenait la tête à la longue, et qu'en plus elle jouait mal. Il essayait de ne pas écouter, mais entendait quand même ; il aurait donné n'importe quoi pour que Macha et ce satané instrument disparaissent. Sans cette musique, ses blessures, qui avaient mis si longtemps à cicatriser, ne le feraient pas souffrir.

La musique… Il ne s'imaginait pas sans elle, elle était enracinée en lui. Il avait mis ensuite du temps à s'en défaire, un an ou une vie ? Il était parvenu au prix de gros efforts à vivre dans le silence, et brusquement surgissaient ce piano et cette Macha, parfait exemple de la mauvaise pianiste, ainsi que la tentation de jouer et le sentiment de pouvoir faire mieux – pas maintenant, mais avant, dans l'autre vie, quand il avait des capacités et des compétences. Aujourd'hui il avait tout oublié, il ne lui restait qu'à écouter les autres, qu'à s'étouffer dans son silence intérieur, son vide, avec une haine ardente envers lui-même.

Il regardait Macha, les dents serrées. Il s'efforçait d'ignorer les regards langoureux qu'elle jetait sur Volodia, en vain ; la rage ne le quittait pas, elle montait en puissance à son insu. Il aurait voulu passer à autre chose, par exemple à la trinité, mais les filles ne vinrent pas à la répétition.

À peine la séance terminée, Iourka fila se changer pour la soirée. Lorsqu'il sortit de sa chambre, il ne pensait qu'au paquet de cigarettes Yava qu'il avait dissimulé dans sa cachette derrière la palissade, près du bâtiment en construction, quand quelqu'un l'appela :

— Iourtchik !

Polina le saisit par le bras et le regarda dans les yeux, d'un air de connivence :

— Je peux te parler une minute ?

Depuis cette histoire de bovin, Iourka pensait ne plus jamais s'adresser à aucune des filles de la trinité. Sauf qu'au bout d'une demi-journée, l'offense s'était déjà atténuée. Voilà maintenant que c'était elles qui venaient le voir ! Il hésita un quart de seconde, puis la curiosité l'emporta sur l'agacement. Il se retourna et lui envoya un regard à la fois interrogateur et énervé.

— Qu'est-ce que tu veux ?

— Tu es vexé ? Ça ne sert à rien, Ioura. Viens plutôt par là.

Polina indiqua la chambre des filles. Ouliana et Ksioucha l'y attendaient. Iourka n'aimait pas du tout l'air sournois qu'elles arboraient.

— Écoute, Iourtchik... Polina sourit gentiment en enroulant une mèche de ses cheveux blonds avec le doigt. Apparemment tu t'entends bien avec Volodia ?

Iourka soupira : voilà ce qui les intéressait. Elles étaient amoureuses du moniteur et voulaient que Iourka les mette en relation avec lui. Et puis quoi encore ? D'autant qu'il n'avait pas oublié comment l'avait appelé cette vipère de Ksioucha sur la plage, pendant que Polina et Ouliana opinaient du chef. Et maintenant il faudrait qu'il leur rende service ? Fallait pas rêver ! Quoique... Un plan perfide se forma soudain dans la tête de Iourka.

— Exact, répondit-il en regardant la trinité d'un air mystérieux. On commence à bien s'entendre. Et alors ?

— Est-ce que tu sais s'il aime venir aux bals ?

Iourka haussa les épaules :

— Non, je ne sais pas, sans doute qu'il accompagne les enfants.

Polina se mordit la lèvre :

— Dis, peut-être que tu pourrais le convaincre de venir ?

Iourka fit semblant de réfléchir à la proposition alors qu'il connaissait déjà sa réponse.

— Je peux essayer, je ne promets rien. Mais...

— Mais quoi ?

Polina sourit encore plus largement, avec une expression si faussement doucereuse que les dents de Iourka faillirent rester collées comme s'il avait mangé du caramel.

— Et qu'est-ce que j'y gagne ? demanda-t-il avec un sourire arrogant.

— Qu'est-ce que tu veux ?

De nouveau, il feignit de réfléchir, et pour parfaire son personnage, il se frotta le menton.

— Que Ksioucha m'embrasse sur la joue, deux fois, et devant tout le monde !

— Quoi ?!

Ksioucha qui, jusque-là était restée tranquillement assise sur le lit, bondit et rougit comme une pivoine. La proposition de Iourka, apparemment, ne lui convenait pas du tout.

Iourka écarta les bras :

— C'est ça ou vous vous débrouillez toutes seules pour que Volodia vienne au bal !

Les trois filles se regardèrent. Ouliana soupira : « On a déjà essayé… », Ksioucha protesta d'un signe de la tête.

— Iourtchik, tu peux attendre une minute derrière la porte ? demanda Polina en jetant un coup d'œil à Ksioucha. Ça sera rapide.

Il acquiesça. Il n'eut pas le temps de sortir que les filles se mirent à chuchoter. Deux minutes plus tard, Ksioucha, la mine sombre, apparut derrière la porte.

— D'accord.

Iourka hocha gravement la tête. Sitôt le repas terminé, il quitta le réfectoire et se dirigea vers le bâtiment des enfants pour inviter Volodia au bal. Il avait un contrat à respecter.

Chapitre 4

Bonne nuit, les petits

IOURA S'ARRACHA À SES SOUVENIRS ET CHASSA le triste sourire de son visage. Une angoisse maladive mêlée de nostalgie le transperçait jusqu'au tréfonds de son âme, en particulier ici, entre ces murs. Il avait tellement envie de se retrouver là, mais vingt ans plus tôt, pour entendre de nouveau la musique et le rire des enfants, ainsi que la voix sévère de Volodia. Mais il fallait avancer : c'était pour ça que Ioura était revenu à l'Hirondelle aujourd'hui.

Il se leva du fauteuil grinçant, secoua la poussière de son pantalon et se dirigea vers la sortie non sans jeter un dernier coup d'œil au plateau.

La route, dont l'asphalte était miraculeusement resté intact, le mena vers les détachements des plus jeunes. Les bâtiments étaient beaux, à l'époque, avec leurs peintures aux couleurs vives et leurs motifs, ils ressemblaient aux petites maisons des contes russes. Aujourd'hui ils faisaient peine à voir : la plupart s'étaient transformés en tas de planches mouillées et pourries sur lesquelles on distinguait encore des restes de peinture ancienne. Seules deux maisonnettes avaient plus ou moins tenu le coup – Ioura ne parvenait pas à se souvenir de leurs numéros – le mur gauche et le toit de l'une étaient effondrés, tandis que l'autre, quasiment intacte, s'était légèrement inclinée. En revanche, il valait mieux ne pas regarder à l'intérieur : sur le seuil, le sol s'était affaissé, la porte était tombée et l'entrée semblait un trou béant, sombre et effrayant. Ces bâtiments accueillaient toujours les détachements des plus jeunes, loin des bals et du cinéma. Iourka aussi avait logé ici lors des premiers séjours.

Lorsqu'il passa près de l'aire de jeux, un sinistre grincement métallique le fit tressaillir – le vent poussait les manèges rouillés qui tournaient lentement, comme s'ils attendaient encore que des enfants viennent leur apporter un peu de joie. Sauf qu'il n'y avait plus d'enfants depuis longtemps et que l'aire de jeux était envahie d'herbes hautes.

Ioura adorait cet endroit, dans le temps. Le terrain autour des manèges était recouvert d'un grand tapis de pissenlits d'abord jaune-vert puis blanc, saupoudré d'aigrettes envolées, qui semblait un nuage. Il pouvait cueillir des grappes de fleurs et courir à travers le camp en soufflant dessus pour les répandre sur les cheveux des filles qui s'énervaient et criaient bêtement avant de se précipiter pour l'attraper et lui rendre la monnaie de sa pièce.

Aujourd'hui les pissenlits avaient fleuri depuis longtemps déjà. Iourka se baissa, cueillit une fleur qu'il fit tourner entre ses doigts, puis sourit amèrement et souffla dessus. Seules quelques aigrettes s'envolèrent, comme des parachutes. Elles restèrent tant bien que mal en suspension sur quelques dizaines de centimètres, peu motivées, avant d'aller se poser sur l'asphalte noir, imprégné d'humidité.

Ioura jeta la fleur par terre et se dirigea vers un manège à travers le tapis d'herbe humide. Au cours des années, ce manège avait rouillé, évidemment, et il s'était enfoncé dans la terre, mais il restait solide. Sans réfléchir, Ioura s'assit dessus et le fit légèrement bouger avec ses jambes. Le manège se mit à tourner, grinça comme il grinçait à l'époque, ce qui plongea de nouveau Ioura dans un tourbillon de souvenirs.

* * *

Sur l'aire de jeux, les pissenlits fanés formaient un grand champ cotonneux. Le duvet se détachait, volait dans les airs et picotait le nez. Iourka respira à pleins poumons l'air frais du soir et s'engagea sur la route qui menait aux bâtiments des plus jeunes.

Tout était calme alentour, les enfants dormaient déjà et dans les chambres des moniteurs, la lumière était éteinte. Volodia ne devait pas dormir, où était-il si l'extinction des feux avait eu lieu ? Il s'était déjà tiré à la discothèque ? Iourka regarda sur les côtés d'un air perdu, percevant le silence du soir que seuls venaient briser le frémissement du vent et le cri-cri des grillons. Et si Volodia y allait sans lui, considérerait-on que le contrat avec les POUK avait été honoré et qu'il aurait son bisou ?

Soudain, au milieu des bruissements de la nuit, Iourka entendit un bruit de pas légers et le grincement des planches du perron. Il se retourna et vit un gamin vêtu d'un pyjama avec des fusées marcher sur la pointe des pieds. Ce petit garçon rondelet qui descendait les marches du cinquième détachement s'arrêta brusquement, vacilla légèrement et poussa un petit cri ; Iourka reconnut le contrevenant, c'était Sacha – le garçonnet agité qui s'était blessé et que Volodia et lui avaient dû traîner à l'infirmerie la veille. Vu le poids d'adulte que pesait cet enfant, pas étonnant que le grincement des planches et des marches en bois soit aussi déchirant.

Iourka se plaqua contre le mur de la maison voisine. Caché dans l'ombre, il en fit le tour et se retrouva derrière le garçon ; encore deux pas, et il posa en douceur une main sur l'épaule de l'enfant et appliqua l'autre sur sa bouche pour étouffer le cri de peur.

— Pourquoi tu traînes dehors après l'extinction des feux, hein, tu me dis ? siffla Iourka dans l'oreille du gamin.

Sacha rentra la tête dans son cou et couina, ce qui projeta de la salive sur la paume de Iourka, qui fronça les sourcils avant de lancer :

— Promets-moi de ne pas crier si je retire ma main. Sinon je t'emmène dans la forêt et je te jette dans un nid de vipères !

Sacha hocha la tête, Iourka retira sa main de la bouche baveuse.

— Je voulais juste… juste des groseilles, bredouilla-t-il. J'ai vu deux bosquets près de l'infirmerie, alors je…

— Mais, Sania ! Iourka parvenait à peine à se retenir de rire. Il prit une voix menaçante : Des groseilles au mois de juin ? Toutes les baies qu'on trouve près de l'infirmerie sont toxiques !

Sacha fronça les sourcils – visiblement il ne croyait pas Iourka. Ce dernier grogna puis réfléchit avant de déclarer lentement :

— Et pourquoi pars-tu à la recherche de groseilles en pleine nuit ?

Sacha lui répondit avec assurance et fermeté :

— Parce que ! Est-ce que je dois montrer à tout le monde où j'ai repéré des groseilles ? Ils s'en passeront, les autres !

— Sais-tu, Sania, que le vieux Lénine, avant de mourir, a demandé à tous de partager !

Sacha se mordit les lèvres sans répondre et se contenta d'afficher un regard lugubre.

— Comment es-tu sorti du bâtiment ? demanda Iourka. Les portes sont fermées à clef, non ?

— Volodia ne parvenait pas à nous mettre au lit, alors j'ai filé en douce pendant qu'il sermonnait Kolka.

— Mais c'est pas vrai ! s'écria Iourka en imaginant la panique de Volodia lorsqu'il verrait le lit de Sacha vide. Allez, on rentre.

Il attrapa le gamin, qui piaillait, par l'oreille, et malgré sa résistance, le traîna jusqu'à la petite maison.

Iourka ouvrit lentement la porte de la chambre, Volodia, debout au-dessus du lit vide, éclairé par la seule lueur d'une veilleuse, regardait devant lui, les yeux grands écarquillés de peur. Tout autour de lui, les enfants chuchotaient à qui mieux mieux, visiblement peu déterminés à dormir.

— C'est ça que tu cherches ? demanda tout doucement Iourka en poussant Sania dans la chambre.

Volodia regarda autour de lui d'un air perdu et lorsqu'il vit le fugitif, son visage s'éclaira immédiatement.

— Je pensais que ma fin était venue. Il soupira, l'air soulagé, et se tourna vers Sacha : File te coucher, et vite ! Tu voulais t'échapper, c'est ça ?

Sacha se glissa en silence sous la couverture et se tourna sur le côté, sans répondre. Iourka vendit la mèche :

— Il voulait des groseilles. Mais dis-moi, pourquoi les enfants ne dorment pas ? Il est déjà tard.

— Je n'arrive pas à mettre ces crétins au lit ! Les filles se sont endormies en quelques secondes et rêvent depuis longtemps déjà, quant à eux, je pense que quelqu'un a mis de la caféine dans leur dîner.

Iourka hocha la tête en observant les rangées de lits bien alignés. Les enfants s'étaient tus. Ils écoutaient, raides et attentifs, non pas les adultes mais Olejka, qui, les cheveux ébouriffés, annonça d'une voix d'outre-tombe, en déformant les « r » :

— Il était une fois, dans une ville toute noi'e, dans une maison toute noi'e, vivait une toute noi'e…

— Chatte ! cria Iourka. Les enfants sursautèrent et éclatèrent de rire. Pff ! C'est pas intéressant du tout et ça fait pas peur.

— J'en connais une aut'e sur un ce'cueil avec des 'oues. Elle fait peu', c'est la pi'e de toutes !

— Elle fait pas peur non plus. Mais quoi, Volodia ne vous raconte donc pas de bonnes histoires qui font peur ?

— Nan. Au cont'ai'e, il s'éne've pa'ce qu'on écoute des histoi'es qui font peu' au lieu de do'mi'. Mais pou' tout te di'e, on se les 'aconte quand même…

— Et vous pensez que je ne suis pas au courant ? dit le moniteur en riant.

Il voulait dire autre chose, mais lorsqu'il se retourna, il vit le loustic de Ptchiolkine s'agiter bizarrement sous sa couverture.

Iourka n'écoutait Olejka que d'une oreille tout en pensant qu'il fallait libérer Volodia et se rendre au bal avec lui ce soir, coûte que coûte. Il l'avait promis à Ksioucha, chose promise chose due ; il avait mis son plus beau jean et son polo marron préféré, celui que son oncle lui avait rapporté de RDA[1] au printemps. Peut-être que ce n'était pas la peine de se pomponner autant ? De quoi Ksioucha l'avait traité, déjà ? De bovin ? C'est comme ça qu'il fallait s'habiller, alors, ainsi le serpent embrasserait le bovin !

Pendant qu'Olejka racontait tout bas l'histoire des ongles dans le gâteau, Volodia tira la couverture de Ptchiolkine en criant d'un air victorieux :

— Et voilà ! Un lance-pierre ! Qui a bousillé le plafonnier ?

Iourka revint en pensées vers son point de mire : « Comment sortir Volodia de là ? En couchant les enfants. Comment coucher les enfants ? »

Très vite, la solution lui apparut.

— Et vous savez pourquoi Volodia ne vous raconte pas d'histoires qui font peur ? Pour que vous dormiez mieux. Et il a raison. Car il sait bien ce qui arrive à ceux qui ne s'endorment pas après l'extinction des feux…

— Quoi donc ? demanda Sacha les yeux exorbités.

— Quelque chose de mal ? demanda un garçon aux cheveux bouclés, qui restait figé.

1. République démocratique allemande.

— Quelque chose qui fait peu' ? s'effraya Olejka.

— Je ne le ferai plus, gémit Ptchiolkine, s'il te plaît, je veux garder mon lance-pierre.

— Maman ! lança une voix fluette de fille derrière la porte. Volodia se précipita immédiatement vers la sortie pour attraper la fautive et la ramener dans la chambre des filles. Au ton de Ptchiolkine, Iourka comprit que Volodia avait fait preuve de sévérité et confisqué le lance-pierre.

Iourka s'assit sur un lit vide et arbora une mine grave :

— Je vais vous dévoiler un grand secret. Vous ne devez en parler à personne, je vous interdis absolument d'en toucher un seul mot aux octobristes, vous faites encore partie des petits malgré tout. Et je me ferais tirer les oreilles si jamais on apprenait... (Il fut interrompu par un chœur dissonant de gamins qui juraient avec ardeur de tenir leurs langues). Iourka toussota, donna à sa voix un ton dissuasif et reprit : Des fantômes rôdent dans le camp la nuit ! Il y a longtemps de cela, avant la révolution d'Octobre, se trouvait non loin d'ici la demeure d'un maître dans laquelle vivaient un comte et une comtesse. Ils vivaient en bonne entente, même s'ils s'étaient mariés par intérêt...

— Iou'ka, pa' inté'êt, ça veut dire quoi ?

— Olejka, ne me coupe pas la parole. Par intérêt, c'est quand les parents se sont mis d'accord pour que leurs enfants se marient, et que non seulement leurs enfants sont très jeunes, mais qu'en plus ils ne se connaissent pas. Ils se marient simplement pour avoir encore plus d'argent, expliqua Iourka comme il put.

Volodia était de retour dans la pièce. Il était content, ses yeux brillaient, il s'assit à côté de Iourka, et celui-ci poursuivit :

— Ainsi, le comte et la comtesse s'aimaient. Ils avaient une grande cour qui comptait cent paysans et aussi beaucoup d'amis : d'autres comtes et comtesses, des princes et des jeunes princesses et même un grand-prince – un parent du tsar – qui était pour ainsi dire un camarade du comte. La guerre russo-japonaise éclata et le grand-prince demanda au comte de s'engager avec lui dans la marine. Le comte ne pouvait pas refuser. Il offrit à sa femme, au moment de son départ, une belle broche en diamants et il partit à la guerre. Jamais il ne revint…

Tous les enfants s'étaient calmés. Installés sous leur couverture, ils fixaient Iourka avec des yeux brillants de curiosité. Volodia essuya ses lunettes avec le revers de sa chemise et, fronçant les sourcils, considéra les enfants d'un air sévère. Iourka, ravi de son effet, continua à voix basse :

— Il paraît que les Japonais ont coulé le croiseur sur lequel il se trouvait. La comtesse fut informée de la mort de son mari. Elle l'aimait tant qu'elle ne put ni croire ni accepter la nouvelle. Elle n'avait pas d'enfants. Elle resta à l'attendre seule pendant de longues années. Plus jamais elle ne porta de belles robes ni de bijoux, elle était toujours vêtue de noir et ne se séparait jamais de la broche en diamants, le dernier cadeau de son mari. Elle la portait agrafée à sa poitrine ou dans ses cheveux. Le temps passa, la comtesse se languissait. Bientôt elle tomba malade. Elle ne voulut voir personne, pas même un médecin, et mourut au bout d'un an. Elle a, paraît-il, été enterrée dans sa robe noire de veuve, mais sans la broche. Le bijou avait disparu ! Depuis lors, il se passe des choses étranges dans le domaine. Tantôt les meubles se déplacent tout seuls, tantôt les portes s'ouvrent. Plus tard, quand les bolcheviques ont pris le pouvoir, ils ont voulu transformer la propriété en sanatorium, sauf que les malades y mouraient les uns après les autres.

Quelqu'un poussa un profond soupir, dans la pénombre, et dans le lit d'à côté, un gamin commença à gigoter : c'était Sacha qui fourrait sa tête sous la couverture. Volodia donna un coup de coude à Iourka et murmura d'une voix à peine audible :

— Ioura, vas-y mollo, ils ne réussiront jamais à s'endormir !

Mais Iourka était lancé :

— La nuit, tout était calme, là-bas – même si les portes des armoires s'ouvraient toutes seules, on n'entendait pas une mouche voler. Un matin, voilà qu'on a découvert un homme mort dans son lit ! Pareil les jours suivants. Les cadavres étaient effrayants : les yeux exorbités, la bouche figée dans un cri, la langue pendante et le cou... tout bleu ! Longtemps, on a cherché un coupable, sans le trouver. Le projet de sanatorium a été abandonné. Les villageois qui habitaient non loin de là, à Goretovka, ont dévalisé la propriété et volé toutes les briques jusqu'à la dernière pour construire des maisons. Aujourd'hui, plus rien ne reste de la propriété du comte, ou presque : dans les fourrés du cerisier pleureur, il y a encore un bas-relief représentant la comtesse de profil, avec la broche en diamants épinglée à sa robe. Tout le monde a oublié cette légende depuis longtemps, mais lorsque notre camp a été construit, elle est revenue dans les mémoires ! Iourka se mit à parler très doucement : Je vais vous révéler un très grand secret, mais motus et bouche cousue, d'accord ?

— Oui, oui, murmurait-on de toutes parts.

— Sûr ? Vous donnez votre parole d'octobristes ?

— Oui, oui ! Mais pa'le, Iou'a, pa'le !

— Un cadavre a été découvert ici même, dans le détachement d'à côté ! Un seul. Les pionniers ont retrouvé le journal de la personne, ils l'ont lu et ont tout compris. Elle y racontait les bizarreries qui se passent ici la nuit. Ce cadavre, c'était celui d'un tout jeune moniteur, c'était son premier camp...

— Hum...

Volodia toussota et haussa un sourcil d'un air sceptique.

Iourka lui lança un regard malicieux (« Oui, oui, c'est de toi que je parle ») avant de continuer son histoire :

— Il avait très peur pour son détachement, et les enfants, comme pour l'embêter, avaient beaucoup de mal à dormir. Le moniteur ne parvenait pas non plus à trouver le sommeil, il allait et venait, surveillait, s'inquiétait. Une nuit, tout le monde s'était endormi sauf lui, parce que son cycle était déréglé. Assis sur son lit, il griffonnait quelque chose dans le cahier qui lui servait de journal et dans lequel il notait tous les événements de la journée : où il était allé avec les enfants, comment ça s'était passé, comment ils s'étaient comportés, etc. Soudain, il entendit un bruit léger, semblable à celui que ferait une étoffe sur le sol. Il prêta l'oreille, éteignit la lumière, s'allongea et resta immobile. D'abord, il ne vit pas grand-chose, puis quand ses yeux se furent habitués à l'obscurité, il reconnut les contours de la commode et de l'armoire, dont une des portes s'ouvrit. Le moniteur cligna des yeux une première fois – voilà que la porte était fermée ! Il pensa qu'il avait la berlue, alluma la lumière et nota tout dans son carnet. La nuit suivante, même chose. De nouveau il entendit le bruit d'une étoffe sur le sol, puis de nouveau le silence, puis de nouveau des portes qui s'ouvraient toutes seules. La chambre était vide, pas une ombre, pas un bruit ! Il cligna une fois des yeux, et hop : une porte était ouverte ; une deuxième fois et hop : la première était fermée et une autre était ouverte ! Tout ça dans le silence le plus absolu !

Un silence tout aussi profond régnait dans la chambre à ce moment-là. Les enfants écoutaient, retenant leur respiration. Des dents se mirent à claquer, dans un coin de la pièce.

— Et donc… le moniteur s'est rendu à Goretovka, et un homme âgé lui a raconté la légende de la comtesse et de la broche perdue. Il a compris que le bruissement était celui de sa robe noire. Il a voulu percer le mystère des portes de l'armoire qui s'ouvraient et se fermaient, en vain. Le matin suivant, on l'a découvert mort. Étouffé, les yeux exorbités…

— Avec le cou bleu ? demanda Sacha d'une voix rauque et étranglée.

— Parfaitement, acquiesça Iourka. La police a interrogé tous les villageois. Lorsque vint le tour du vieil homme, celui-ci leur répéta mot pour mot ce qu'il avait dit au moniteur. Les policiers pensèrent que le vieux était sénile et ne crurent pas l'histoire qu'il avait racontée sur la comtesse : à savoir qu'elle avait dans un premier temps erré dans sa maison et quand celle-ci s'était écroulée, qu'elle avait arpenté le camp et qu'elle l'arpentait toujours à la recherche de la broche que lui avait offerte le comte ; que, ne la trouvant pas, elle se fâchait et étranglait le premier venu qui ne dormait pas, parce que, à ses yeux, tourmenté par sa conscience, l'homme pouvait tout à fait être le voleur de sa broche.

Iourka reprit son souffle et Volodia en profita pour compléter son récit :

— C'est pour cette raison, les enfants, qu'il faut dormir après l'extinction des feux.

— Tout à fait, acquiesça Iourka, pour que nous restions tous indemnes, vous ne devez pas sortir du lit ni parler. Sinon vous allez entendre froufrouter la robe de la comtesse et vous la verrez ouvrir les portes à la recherche de sa broche. C'est à ce moment-là qu'elle vous attrapera ! Et vos moniteurs, sachez-le, ne dorment pas non plus la nuit, ils s'inquiètent pour vous, comme le moniteur qui est mort.

L'histoire produisit un grand effet sur les enfants : les garçons firent la moue en silence et restèrent immobiles, allongés sous la couverture qu'ils avaient remontée jusqu'au menton.

Volodia et Iourka se regardèrent. Il était clair pour tous les deux qu'ils devaient rester auprès des enfants maintenant ; ils s'assirent donc chacun dans un coin, Volodia près de la fenêtre, Iourka près de la porte. Ils s'ennuyèrent ferme.

Iourka en profita pour observer le profil de Volodia dans la pénombre : un long nez droit, un grand front, une frange dégradée, un menton pointu. Il en conclut qu'il était beau, mais à bien le regarder, à bien y réfléchir, sans doute que…

Il n'alla pas au bout de son idée, car c'était toujours la même chose qui revenait. Quoique non. Lorsqu'il avait vu Volodia pour la première fois, lors du rassemblement, il avait évalué sa beauté de façon objective. Mis à part les lunettes, on pouvait dire que la beauté de Volodia était classique – oui, c'était ça, Iourka en prenait conscience et sentait même venir une vague de jalousie – forcément qu'il était beau, puisque les filles tombaient en pâmoison lorsqu'elles le regardaient. Maintenant, dans la pénombre, Iourka voyait les choses autrement : son visage lui plaisait subjectivement, il ne ressentait plus ni méchanceté ni jalousie. Au contraire, il ressentait de la gratitude, étonnamment, sans comprendre très bien pourquoi. Ni à qui exactement elle était adressée, au destin ou aux parents de Volodia. Il était reconnaissant à ce quelqu'un de lui avoir donné la possibilité de se réjouir, dans la contemplation. C'est toujours agréable de contempler quelqu'un ou quelque chose de beau. Si ce n'étaient ces lunettes…

Un murmure retenu se fit entendre dans le silence :

— Iou'a ?

— Quoi ?

— Est-ce que la po'te peut s'ouv'i' de ton côté ?

— Non.

— Volodia, et du tien ?

— Non, tout va bien. Dors.

Cinq minutes s'écoulèrent dans le silence, puis la même voix s'éleva de nouveau, ou plutôt le même chuchotement :

— Iou'a, Volodia ?

— Quoi ?

— Allez vous coucher. Si elle vient, elle va vous t'ouv'er là.

— Vous n'allez pas vous mettre à bavarder, hein ? demanda Volodia d'une voix qui parut très sévère à Iourka.

En réponse lui parvinrent des quatre coins de la pièce des phrases plus que convaincantes : « Sûr », « On dort déjà », « Oui », « Pa'ole d'octob'iste ».

Volodia se leva et fit signe à Iourka de venir avec lui. Sacha sortit la main de sous la couverture et attrapa Volodia par le short :

— Juste une question. Volodia, Iourka pourrait-il revenir pour nous raconter des histoires qui font peur ?

— Je ne suis pas contre, mais c'est à lui qu'il faut poser la question.

— Iour ?

— À une condition. Que vous vous endormiez immédiatement et que personne ne se lève dans la nuit pour se balader. Si on entend le moindre bruit, vous n'aurez pas d'histoire, vous vous contenterez de vos rideaux bleus.

Les garçons bredouillèrent des promesses. Sacha acquiesça avec joie et s'enfouit sous sa couverture jusqu'aux sourcils.

— Tu crois qu'ils vont s'endormir ? demanda Iourka tandis qu'ils descendaient tous les deux le perron.

Volodia, sans répondre, se dirigea d'un pas décidé vers les manèges qui se trouvaient dans le fameux champ de pissenlits, en face des fenêtres du dortoir. Pour éviter les grincements, il s'assit et fit glisser la pointe de son pied, soulevant des vagues d'aigrettes blanches. Ioura vint s'asseoir à côté de lui :

— Pourquoi tu ne dis rien ?

— Je t'avais demandé de ne pas en faire des caisses, rétorqua Volodia.

— Comment ça, des caisses ?

— Mais comme ça ! Volodia ficha son index entre ses deux yeux, énervé. Comme ça, Ioura. Non seulement ils ne vont pas réussir à dormir, mais en plus, ils vont faire pipi au lit !

— N'importe quoi ! Ils sont assez grands pour aller aux toilettes !

— Et comment ils vont faire ? Tu leur as interdit d'ouvrir les yeux !

— Faut pas exagérer. D'après moi, ils font semblant. Même Sanka, le plus impressionnable de tous, est tranquillement couché dans son lit. Et si je leur ai fait peur pour de bon, eh bien, qu'est-ce que ça peut faire ? Le calme et le silence ne sont que des plus.

— On verra demain matin en quoi tes plus seront transformés.

— En rien du tout ! Ça leur a plu puisqu'ils m'ont demandé de revenir demain.

Au loin, sur la scène, on entendait une mélodie que le vent emportait, les sons arrivaient par bribes, et Iourka ne parvenait pas à reconnaître le morceau.

Suivant une vieille habitude qui datait du temps de ses études à l'école de musique, il s'assouplit les mains, étira ses doigts et fit craquer ses articulations. Il brûlait d'impatience d'être au bal. Il avait déjà réussi à faire sortir Volodia du détachement, dans cinq minutes ils pouvaient être sur la piste, à proximité de Ksioucha. Mais Volodia, apparemment, n'avait l'intention d'aller nulle part, Iourka ne parvint pas à tenir sa langue et s'empressa d'ajouter :

— Pourquoi on reste assis là ? Viens, on va au bal !

— Non, répondit Volodia, catégorique, son regard braqué sur les fenêtres sombres. J'ai autorisé Lena à aller danser et tant qu'elle ne revient pas, je n'irai nulle part. Je ne peux pas laisser les enfants tout seuls.

— En voilà un coup fourré ! C'est trop dommage... dit Iourka d'une voix traînante et contrariée.

— Pourquoi dommage ?! Quel coup fourré ? répliqua Volodia. Tu comptais sur moi ou quoi ? On ne s'était pas mis d'accord et puis de toute façon je n'aime pas les bals. Attends voir ! Il fronça les sourcils et sursauta comme si quelque chose lui était revenu à l'esprit. On m'a déjà proposé de venir aujourd'hui. C'était Ouliana. Oui, c'est ça, Ouliana, et maintenant toi. Qu'est-ce que vous manigancez ?

— Rien du tout. C'est juste que les filles ont demandé que tu viennes, elles ont pleuré. Elles veulent danser avec toi. La belle affaire.

— Comment ça, la belle affaire ? ricana Volodia. Quel genre d'affaire je pourrais avoir avec elles ?

— À toi de voir, répondit Iourka en clignant de l'œil avant de noyer Volodia dans un torrent de questions. Elles ne te plaisent pas ? Aucune ? Pas du tout ? Ou alors tu as déjà quelqu'un ? C'est Macha ?

— Mais où tu vas chercher tout ça ? Cela n'a rien à voir ! Moi je suis moniteur et elles, ce sont des pionnières. La voilà, ta « belle affaire ». Et pourquoi tu restes planté là, toi ? Rien ne te retient, va t'amuser.

Effectivement, se dit Iourka, même sans Volodia, la musique, c'était la musique. C'était le moment le plus intéressant, le plus désiré, le plus attendu des pionniers, même de Iourka, qui ne faisait pas exception cette fois. Sauf que maintenant des doutes l'assaillaient. Qu'allait-il faire là-bas ? Regarder les filles danser entre elles ? Rester assis dans un coin sans oser inviter qui que ce soit, lui qui faisait montre de tant de courage ? Et puis qui aurait-il pu inviter ? L'année précédente, il y avait Anetchka, mais elle n'était pas venue cette fois et aucune fille ne l'attirait. Iourka avait la ferme intention de recevoir le bisou que Ksioucha lui avait promis, mais s'il n'apportait pas son dû, c'est-à-dire Volodia, il ne serait pas payé. Qu'est-ce qu'il ferait au bal s'il ne dansait pas ? Allait-il se retrouver à parler de sujets inintéressants avec Vanka et Mikha ? Ou bien arpenter la piste de long en large ? Mais pour quoi y serait-il allé ? Pour qui ?

Il aurait pu essayer de convaincre Volodia, mais à vrai dire, l'envie lui était passée, il se débrouillerait pour honorer sa part du contrat la prochaine fois. Aujourd'hui il était bien là, sous le ciel sans nuages dans lequel on voyait la lumière vive des étoiles et la fine bande de lune.

— Tu ne vas pas t'ennuyer, ici tout seul ? demanda-t-il pour rompre le silence.

— Je voulais lire le scénario, mais il n'y a pas beaucoup de lumière. Volodia tapota sur la poche de son short et montra une lampe blafarde qui pendait au-dessus du perron. Sûr que ça ne va pas être marrant.

— Dans ce cas, je reste avec toi.

— Comme tu voudras, répondit Volodia d'un air indifférent.

— Ça te fait pas plaisir ? Tu disais que ça n'allait pas être marrant.

— Mais si, bien sûr, protesta Volodia, gêné.

Le vent changea de sens et apporta la musique. Alla Pougatchova et Vladimir Kouzmine chantaient que « deux étoiles étaient tombées dans la nuit de printemps ». Les étoiles tombaient bel et bien les soirs d'été. Iourka en avait remarqué quelques-unes, sans faire de vœu pour autant – d'abord parce qu'il n'était pas superstitieux, ensuite parce qu'il savait que c'était des météorites. Une myriade de véritables étoiles scintillaient, c'était la Voie lactée. En regardant le ciel, Iourka se dit que ce Volodia était bien paradoxal. Il se disait content, et pourtant il restait silencieux, le visage impassible. Pourtant, ce n'était pas ennuyeux de rester à côté de lui, en silence ou non. Volodia, comme Vanka et Mikha, portait des lunettes, il était sérieux et intelligent, mais pas intello pour autant.

Le « pas-intello-pour-autant », assis à proximité, soupira puis émit une sorte de petit beuglement qui se fondit parfaitement dans la mélodie de « deux étoiles, deux histoires lumineuses », ensuite il demanda, sans écouter la suite de la chanson :

— Au fait, Iour, cette propriété, elle se trouve loin d'ici ?

— Quelle pro… Ah, celle-là ! Elle n'existe pas. Iourka, qui peinait à distinguer le visage allongé de Volodia, dans la pénombre, s'étonna. Quoi, tu m'as cru ?

— Tu as tout inventé ? L'histoire du grand-prince, de la guerre entre la Russie et le Japon ? Tous ces détails… C'est bien vu ! Au fond, tu n'es pas si crétin que ça.

— Moi, je suis un crétin ?

— Non, justement, je dis que non.

— En revanche, le bas-relief avec la comtesse existe bel et bien. Il est dissimulé au milieu des pommiers sauvages, vers la rivière.

— C'est loin ?

— Trente minutes en barque. Alors, qu'est-ce que tu en penses, je suis crétin ?

— Arrête avec ça.

— C'est pour ça que tu te la joues ?

— Mais je ne… Ça suffit ! Volodia jeta l'éponge. On n'attend pas grand-chose des têtes de linottes en général, pas vrai ?

— Parce que je suis aussi une tête de linotte ?! Iourka fit semblant d'être blessé.

Il avait le cœur léger, pour une raison qui lui était inconnue, et il avait envie de taquiner Volodia. Il décida de ne pas céder tant que celui-ci ne s'excuserait pas. Mais Volodia n'en avait pas du tout l'intention.

— C'est ta faute si tu as cette réputation.

— J'y suis pour rien. Ce sont ces imbéciles de moniteurs qui m'empêchent de parler au pire moment et qui tirent leurs conclusions, alors qu'ils ne m'ont pas écouté. Tu as entendu parler de cette histoire de toit, par exemple ?

Volodia hésita :

— Bah… quelqu'un a dit que l'année dernière, tu…

Iourka lui coupa la parole et imita la voix criarde d'Olga Leonidovna :

— « Koniev est complètement déchaîné, il saute sur des tuiles qui tiennent à peine, il détruit les biens publics, il met sa vie en danger ainsi que notre réputation d'éducateurs, camarades. Ce Koniev est un bon à rien, un vandale et un voyou ! » Tu le penses aussi, n'est-ce pas ?

— N'importe quoi ! Je ne tire jamais de conclusions hâtives, moi.

— Mm-mm, le « pas si crétin que ça » te croit. Iourka sourit. En réalité, ça ne s'est pas passé comme ça. J'étais en train d'aider à récupérer un frisbee, et soudain j'ai vu Anetchka... Iourka s'arrêta net car il se rendit compte qu'il venait de prononcer ce prénom avec un peu trop de tendresse. Bref, une fille de mon détachement était en train de pleurer. Je lui demande ce qu'il se passe. Son frisbee s'était retrouvé sur le toit, ça faisait deux jours qu'elle demandait à l'intendant de le récupérer, mais l'autre n'en avait rien à faire. Sauf que ce frisbee était un cadeau de son père et que le séjour s'achevait le lendemain. Alors je suis monté sur le toit. C'était pas haut du tout – il suffisait de se hisser un peu pour attraper le machin. C'est là que je me suis fait griller.

— Et la fille n'a pas expliqué la situation ?

— Si, mais qui allait la croire ?

— Et comment ça s'est terminé ?

— J'ai récupéré le frisbee et je le lui ai rendu. Anetchka était aux anges, elle m'a remercié. Il n'empêche que Koniev reste malgré tout un fort en gueule et un voyou.

— OK, pour cette fois, c'est justifié. Mais pourquoi passes-tu par le trou de la palissade ?

— Pour les cigarettes, dit Iourka sans réfléchir – les mots étaient sortis tout seuls.

— Parce qu'en plus, tu fumes ?

Volodia n'en croyait pas ses oreilles.

— Moi ? Non. C'est juste pour essayer. Je le ferai plus ! rusa-t-il avant de tenter de changer de sujet. Qui t'a parlé de cette histoire de trou ? Je croyais que personne n'était au courant !

— Tout le monde est au courant, et entre-temps quelqu'un l'a bouché.

— Pff… qu'ils le bouchent, je connais d'autres manières de passer.

Volodia s'anima :

— Il y en a d'autres ? Lesquelles ? Où ça ?

— Je te le dirai pas.

— Dis-le-moi, s'il te plaît ! Ioura, et si mes garnements l'apprennent ? Ils vont sûrement s'échapper !

— Ils ne sauront rien. Et ils ne s'échapperont pas, parce que c'est loin et qu'ils sont trop grands pour pouvoir passer, assura Iourka. Lorsqu'il entendit Volodia renifler de nervosité, il ajouta pour le calmer : Ils ne s'échapperont pas, je te le promets !

— Ioura, s'il arrivait quelque chose… c'est moi qui porterais le chapeau, et je crains le pire !

Ioura tripota un bouton de moustique sur son coude.

— T'en parles à personne, de ce trou, d'accord ? Ni des cigarettes.

— À condition que tu me le montres. Il faut que je sois sûr qu'on ne puisse pas passer s'y faufiler. Et que ce n'est pas dangereux.

— C'est un gué, avoua Iourka. Arrête de paniquer. Ils sont pas tarés au point de traverser la rivière avec de l'eau jusqu'au cou. Volodia grogna dubitativement. Dis-moi plutôt ce que je pourrais leur raconter demain, à tes gamins. Je leur ai promis.

— Réfléchis. Tu as facilement improvisé hier, tu vas bien trouver autre chose.

— Facile à dire ! La broche m'avait inspiré mais maintenant, c'est la panne sèche. De quoi je pourrais parler ? Peut-être d'un tueur en série ?

Volodia éclata de rire.

— Un tueur en série ? Mais on n'en a pas ici !

— C'est juste une histoire, pas la réalité, répondit Iourka en haussant les épaules.

— Non, il faut quelque chose de plus réaliste, avec une morale à la fin, ça c'est obligatoire. Restons dans la propriété, non ? En parlant, par exemple… d'une cachette. Oui, c'est bien ça, une cachette, d'accord ?

— Hum… oui, c'est une idée. Iourka se frotta le menton. Tu as de quoi écrire ?

Volodia fouilla dans ses poches. De la gauche, il sortit un lance-pierre, de la droite, un stylo et un cahier enroulé.

— Est-ce qu'il ne fait pas trop sombre pour écrire ? demanda-t-il en tendant les objets à Iourka.

— Ça ira ! J'écris gros.

— Dans ce cas, vas-y, maestro, compose ton morceau.

— Alors voilà. Le comte et la comtesse étaient très riches. Avant de partir à la guerre, le comte réunit une grande partie de ses richesses qu'il cacha dans une malle qu'il enterra quelque part…

— Et comment a fait la comtesse pour vivre ?

— J'ai bien dit « une partie ». Il laissa l'autre à la comtesse ! Dans la pénombre d'une nuit sans lune, il prit la malle qu'il enfouit quelque part dans la terre, non sans avoir repéré l'endroit sur une carte. Mais même avec cette carte, impossible de trouver le trésor sans avoir résolu les énigmes du comte… Ou non, il faut que ce soit une cachette faite par des partisans plutôt que par un noble. Oui, c'est ça, on va y dissimuler des armes !…

Iourka ne se montra pas au bal, ce soir-là – il passa sa soirée sur les manèges avec Volodia, à inventer des histoires qui font peur, sans se rendre compte du temps qui passait.

Chapitre 5

En voilà, une monitrice

DÉSORMAIS PROCHE DE VOLODIA, Iourka commença à voir le théâtre d'un meilleur œil. Ce lieu qui, dans un premier temps, lui semblait présenter peu d'intérêt, devint spécial au bout de quelques répétitions : on s'y amusait, on s'y sentait bien, et Iourka avait l'impression de faire partie intégrante de la troupe. Peu importait qu'aucun rôle ne lui fût attribué pour le moment ; Volodia faisait en sorte que Iourka se sente utile en aidant à surveiller les enfants et en donnant des conseils pour le scénario et la distribution des rôles, que Volodia écoutait. Iourka était flatté qu'on lui fasse ainsi confiance.

Volodia commençait à lui plaire pour de bon. Certes, lorsqu'il réfléchissait au sens du mot plaire, il se trouvait embarrassé. Le terme sonnait bizarrement, faisant référence à la sympathie ou à l'amour, plus qu'à ce que Iourka ressentait à l'égard de Volodia. Ne sachant pas comment s'expliquer ce sentiment, il l'appela « l'envie d'être ami » voire « la très forte envie d'être ami ». Cela ne lui était jamais arrivé. C'était la première fois qu'il regardait un garçon de cette manière, avec un intérêt particulier et un sentiment de rivalité ; or, le plus étonnant, c'est que cette rivalité ne se manifestait pas directement à l'égard de Volodia mais à l'égard des filles qui cherchaient à attirer son attention.

La mise en scène du spectacle avançait lentement mais sûrement. À la troisième répétition, les quatre rôles principaux étaient confirmés, mais il restait encore de nombreuses questions à résoudre concernant les rôles secondaires – les comédiens n'étaient pas assez nombreux, bizarrement, peu de garçons s'inscrivaient à l'atelier.

Le rôle principal, celui de Zina Portnova, avait été attribué à Nastia Milkovaïa, une pionnière du deuxième détachement qui récitait magnifiquement le texte et ressemblait à Zina : mêmes cheveux foncés, grands yeux ronds et petite taille. En revanche, Nastia ne brillait pas par son courage ; elle était très stressée quand elle disait son texte, même ses mains rougissaient d'émotion. Aliona, la petite rousse du détachement de Volodia, jouerait le personnage de Galia, la sœur cadette de Zina. Celui de Ilia Ezavitov avait tout de même était attribué à Olejka. Bien que Volodia ne fût pas entièrement convaincu, il n'avait pas le choix : certes Olejka prononçait mal les « r », mais il se débrouillait mieux que les autres pour apprendre par cœur et faisait beaucoup d'efforts. Le personnage du frère d'Ilia, Jénia Ezavitov, fut donné à Vasska Petlitsyne, un sacré garnement qui avait vite endossé le rôle et jouait à la perfection.

Ouliana s'était battue pour incarner Frouza Zinkovaïa, secrétaire et cheffe des jeunes vengeurs, sauf que le regard de Volodia indiquait clairement qu'il n'était pas content de son jeu. Polina, en revanche, se vit immédiatement attribuer la fonction de récitante, sa prestation en voix off était remarquable. La demande de la dernière des trois filles de la trinité, Ksioucha, fut entendue et acceptée à la première répétition ; elle était d'ailleurs fière comme un coq de son titre de costumière même si elle ne savait pas coudre et qu'elle n'avait encore jamais taillé aucun costume. Macha, qui d'après Iourka ne savait jouer que la *Sonate au clair de lune*, fut nommée pianiste, faute de mieux. Le camp possédait un tas d'équipements pour la lumière, le son et autres, mais Volodia insistait pour que la musique soit jouée en direct, arguant que le spectacle, trente ans auparavant, avait été accompagné en direct, par du piano justement.

Pour le moment, les comédiens n'avaient pas beaucoup avancé dans le scénario : l'un connaissait la moitié de son texte, un autre lisait. Le tableau d'ensemble ne sautait pas aux yeux ; à la troisième répétition, néanmoins, on obtint un résultat passable. Seul Volodia ne se sentait toujours pas rassuré – certains rôles n'avaient pas encore été distribués : la grand-mère des sœurs Portnova, deux filles et un garçon chez les jeunes vengeurs, une poignée d'Allemands et tout une flopée de soldats et de villageois !

— Voilà. Volodia leva la tête de son carnet. Est-ce que tous les jeunes vengeurs sont là ? Disons ceux qu'on a pour le moment…

Sur ordre de Volodia, Nastia, Aliona, Oleja et Vasska montèrent sur scène et se mirent en rang. Ouliana s'assit sur la table.

— Parfait, acquiesça le directeur artistique. On écoute tout le monde, en commençant par les vengeurs. Les enfants, n'oubliez pas que si ce spectacle parle de Zina, il parle aussi de vous. Vous en êtes le maillon central et vous serez sous les projecteurs tout au long de l'histoire. Je vous demande d'être attentifs, je compte sur vous. Vous faites partie d'une organisation clandestine, vous êtes des héros, et jeunes en plus, vous savez que les vengeurs étaient à peine plus âgés que Ioura, Macha, Ksioucha et les autres… Leur exploit n'en est que plus grand. (Les deux « autres » froncèrent les sourcils et marmonnèrent quelque chose d'un air vexé ; Volodia ne les entendit pas et poursuivit) Parce que les enfants de cette époque n'étaient pas comme nous. Leurs parents s'étaient battus pendant la guerre civile et avaient gagné, et eux voulaient se battre aussi, ils en avaient envie. Nous avons bien peu de cervelle par rapport à eux. Voilà pourquoi je ne tolérerai aucune négligence. Petlitsyne, tu m'as écouté ?

Le regard de Volodia était si sévère que Vasska écarquilla les yeux.

— Oui-i... répondit-il prudemment.

— Avec attention ?

— Tout à fait.

— Répète ce que je viens de dire, ajouta Volodia qui ne voulait pas le lâcher, et pour cause : lors de la précédente répétition, Vasska avait tellement fait des siennes qu'il avait failli gâcher la séance.

Petlitsyne soupira d'un air affligé et se mit à crier en faisant la grimace :

— Nous sommes des partisans, nous voulons faire la guerre ! Toi ! N'admets aucune négligence ni aucun machin de ce genre...

— Garde ton sérieux, Petlitsyne ! Ce n'est pas une comédie que l'on va jouer.

— D'accord, d'accord...

Volodia secoua la tête d'un air navré. Visiblement la réponse ne lui convenait pas, mais il ne pouvait gaspiller le temps alloué au groupe pour le seul Petlitsyne et coupa court :

— Tout le monde est prêt ? Ioura, où est la carte ? Mets-la sur la table.

Une petite table ronde avait été placée légèrement à gauche du centre du plateau. Tout autour, les enfants avaient réparti des bancs, des valises, des vêtements, de la vaisselle et même un samovar, en d'autres termes, des objets qui donnaient l'impression d'être à l'intérieur de l'izba qui servait d'état-major aux jeunes vengeurs. Avant d'aller s'asseoir dans un fauteuil de la salle près de Volodia, Iourka lui fit son rapport :

— Camarade commandant, « la carte est sur la table », à vos ordres !

— Euh... L'autre fit claquer sa langue, visiblement déçu. Je n'aime pas beaucoup l'izba. Il faut mettre plus de drapeaux et plus de banderoles.

— Encore plus ? Iourka sourit et se mit à tous les lire : « Mort aux sales fascistes », « La mère Patrie nous appelle », « Nous ne céderons pas les conquêtes d'Octobre »... Ça ne suffit pas ? Et puis c'est encore tôt pour penser aux décors...

— Pas du tout. C'est le moment d'y penser, au contraire ! Si on ne trouve pas ce dont on a besoin, il va falloir le dessiner.

— C'est pas logique ! Ce sont des membres d'une organisation clandestine ! Ces gens-là, en principe, ne gardent pas d'objets de propagande dans le local, encore moins affichés sur les murs. Ils sont en territoire occupé, avec des fascistes qui font ch... qui chargent à chaque coin de rue.

Volodia se leva d'un bond. Il gonfla les joues, prêt à se disputer avec Iourka ou lui donner une gifle sans rien ajouter de plus. Soudain, le petit rondelet se faufila entre les deux garçons.

— D'où tu sors, toi ? demanda Volodia, pris au dépourvu.

— Je suis venu, répondit naïvement Sacha de sa petite voix. Volodia, pourquoi est-ce que c'est Petlitsyne qui joue le rôle de Jénia Ezavitov ? Ça devait être moi...

— Oui, sauf qu'entre tes vols planés et tes absences, Sania, tu ne me laisses par le choix, répondit sèchement le directeur artistique.

— Dans ce cas, est-ce que je pourrais jouer Nikolaï Alekseïev ?

— Non, pour ce rôle-là, il faut un enfant de 12 ans.

— Alors je vais faire quoi ?

— Sania, tu es très fort quand tu es allongé et que tu gémis... dit pensivement Volodia.

Repensant au vol de Sachka, bras et jambes écartés, tous se bidonnèrent. Seul le directeur artistique garda son sérieux :

— Au moment où les jeunes vengeurs feront péter le château d'eau, tu joueras le fasciste en train de mourir.

— Mais...

— Sania, c'est le rôle d'un chef que tu vas jouer ! Volodia se racla la gorge, se gratta sous le nez et remit ses lunettes en place d'une pichenette. Allez, c'est bon comme ça, on y va. Les vengeurs se tiennent debout autour de la table, ils étudient la carte, préparent une diversion. Nastia, tu peux commencer avec la première réplique sur le convoi ferroviaire ennemi…

* * *

À la fin de la répétition, les enfants rejoignirent leur détachement. Iourka put enfin rester seul avec Volodia et lui dire ce qu'il avait sur le cœur depuis le premier jour :

— Je comprends bien que *La Sonate au clair de lune* soit l'unique morceau que Macha sache jouer, mais il n'empêche qu'elle ne convient pas du tout ici.

— Comment ça ? répliqua Volodia. Cette sonate est parfaitement adaptée à l'ambiance.

— Pas du tout ! lâcha Iourka en bondissant de son siège. Volod, qu'est-ce que le lyrisme amoureux vient faire dans un spectacle patriotique ? Tu sais ce que c'est, la *Sonate au clair de lune* ? C'est un nocturne, un concentré de tristesse avec une telle quantité d'amour et de malheur que l'utiliser en musique de fond dans un spectacle qui parle de partisans, c'est juste… juste… n'importe quoi !

Une fois sa tirade déballée d'une traite, Iourka se tut et retomba dans le fauteuil. Volodia le fixait, haussant les sourcils d'étonnement. Il ne fit aucun commentaire sur sa déclaration vibrante d'émotions ; se bornant à lui poser une simple question :

— Qu'est-ce que tu proposes ?

— L'*Appassionata*… Laisse-moi t'expliquer avant de critiquer. D'abord, c'est le morceau préféré de Lénine, ensuite…

— C'est une pièce difficile. Qui va la jouer ?

— Macha… dit Iourka avant de se rendre compte que Volodia avait raison, personne ne pouvait jouer l'*Appassionata*, pas même Iourka. Bon, OK, alors dans ce cas on peut jouer l'*Internationale*.

— Comme en écho à l'exploit de Moussia Pinkenzon ?

— Carrément, confirma Iourka, heureux d'avoir les mêmes références que Volodia.

— C'est une bonne idée, je la proposerai à Macha. Le hic, c'est que l'*Internationale* est un hymne vif, triomphal, il ne marche pas en fond musical. Je propose de garder *La Sonate au clair de lune* pour le moment.

Iourka prit une grande inspiration avec l'intention de lancer une nouvelle salve et de dire tout ce qu'il pensait de cette sonate, mais il fut interrompu.

La porte de la salle claqua et, sur le seuil, apparut Ira Petrovna, prête à en découdre. Iourka ne l'avait jamais vue comme ça, ses yeux brillaient, sa bouche était tordue en un zigzag menaçant, ses joues étaient cramoisies.

— Koniev ! J'ignore quel était ton but, mais tu as bien réussi, je te félicite !

Écumant de rage, Ira descendit une marche en criant si fort que le cœur de Iourka se coinça dans sa gorge, puis la colère prit le dessus – elle tentait une fois de plus de l'accuser à tort !

— Qu'est-ce que j'ai encore fait ? dit-il en allant à sa rencontre.

Elle se tenait debout entre les fauteuils, dans l'allée. Iourka s'arrêta face à elle, la regarda dans les yeux, brûlant d'envie de mettre un gros coup de pied dans l'un des sièges pour évacuer un tant soit peu cette colère qui bouillonnait en lui. Mais Volodia s'approcha et lui posa la main sur l'épaule.

Ira fulminait.

— Koniev, où tu as traîné toute la nuit ? Pourquoi Macha est-elle rentrée au détachement au petit matin ? Qu'est-ce que tu as fait avec elle ?

— J'étais au détachement hier soir…

À ce moment-là, Volodia se tourna vers Ira et prit la parole :

— Ira, parlons calmement et allons à l'essentiel. De quoi il est accusé ?

— Mêle-toi de ce qui te regarde, Volodia. Tu le défends pendant les réunions alors qu'il déprave les jeunes filles !

Iourka haussa les sourcils, abasourdi par les paroles d'Ira Petrovna.

— Quoi ?? murmura Volodia d'une voix rauque.

Ira restait silencieuse.

Iourka trouva ses mots et se mit à crier :

— J'en ai plein le dos de cette Macha, j'ai rien fait avec elle ! Il faut un sacré culot pour dire des choses pareilles !

Il voulait ajouter quelques grossièretés mais garda le silence, ahuri, se rendant compte que Volodia l'avait défendu ! Sans plus prêter attention aux cris de la monitrice, il fixa son regard sur Volodia et cligna bêtement des yeux. L'envie de casser quelque chose lui avait passé.

Ira, de son côté, continuait :

— Le meilleur élément du détachement ! Une future komsomolka ! Il a fallu qu'elle se lie avec toi pour que ça parte dans tous les sens : maintenant elle travaille moins bien, elle se réveille en retard pour la gymnastique, elle fugue…

Volodia s'immisça de nouveau dans la conversation pour faire taire le flot d'accusations. Sans cela, les insultes auraient fusé :

— Bon, ça suffit, Irina. Tu dis que Macha n'était pas au détachement cette nuit ?

— En effet.

— Et comme Ioura n'y était pas non plus, tu penses qu'ils étaient ensemble ?

— Parfaitement !

— Est-ce que quelqu'un les a vus ensemble ?

— Non, mais c'est évident !

Le « c'est évident » fit définitivement enrager Iourka. Il donna un coup de pied dans une chaise qui s'envola à cinquante centimètres puis s'écrasa sur le sol. Personne, à l'exception du fautif, ne sembla s'en rendre compte.

— Qu'est-ce qui est évident ? Ioura était avec moi ! fit Volodia, qui commençait à s'énerver.

— Tu le couvres encore, alors que lui, avec la meilleure pionnière du détachement, il a...

Iourka était sidéré de la grossièreté avec laquelle Ira s'exprimait.

— Je répète : Ioura était avec moi ! aboya Volodia.

— Ne mens pas ! Je sais qu'il n'était pas avec toi. Je suis passée à proximité de ton détachement et tout était éteint ! lança Ira en montrant les dents d'un air victorieux. Volodia, je ne m'attendais pas à ça de ta part ! Et toi, Koniev... Koniev, j'ai supporté pas mal de choses, mais là, ça dépasse les bornes ! Demain je demanderai ton exclu...

— Ira, attends, dit Volodia en baissant la voix pour tenter de la raisonner. Ioura était avec moi et les garçons de mon détachement, c'est la vérité. Si tu veux des témoins, j'en ai. Et puis, pourquoi mets-tu ça sur le tapis ici, et pas en réunion ?

— Je viens juste de l'apprendre !

— Et pourquoi Macha n'était pas là au moment de l'extinction des feux ? intervint Iourka. Et pourquoi tu fais me un scandale à moi, et pas à elle ? Pourquoi est-elle pardonnée ?

— Parce que toi, tu... Parce que...

— Parce que tu t'es mis dans la tête que Ioura était excessif ! lança Volodia, n'y tenant plus. Pourquoi c'est lui qui te pose problème, et pas Macha ? Pourquoi tu t'en prends à lui sans arrêt, tu es amoureuse de lui ?...

Le silence se fit. Volodia plissa les yeux de colère, Iourka s'assit sur la chaise qu'il avait cassée et faillit tomber, Ira Petrovna se pinça les lèvres, qui formèrent une ligne droite, puis elle blêmit et tremblota. Il fallait être aveugle pour ne pas voir qu'elle bouillonnait d'une fureur qui était sur le point de se répandre sous la forme de larmes ou d'injures. Mais elle se retint et serra encore plus ses lèvres, à tel point que celles-ci devinrent toutes bleues, puis elle piétina quelques instants et sortit sans dire un mot.

Volodia ferma les poings et s'assit sur une chaise près de Iourka.

— C'est fini pour moi, n'est-ce pas ? demanda celui-ci.

Volodia releva la tête :

— Qu'elle essaye de dire quelque chose pendant la réunion, je vais la remettre à sa place... C'est inacceptable ! Quelle sorte de monitrice est-elle, si elle ignore ce qui se passe dans son propre détachement ?

Le cœur de Iourka se remplit d'une indescriptible légèreté.

— Merci, Volod, dit-il en mettant dans ce mot toute la reconnaissance qu'il pouvait.

— La question, c'est où cette Macha a bien pu passer, déclara Volodia en guise de réponse.

* * *

En allant de l'atelier au réfectoire, Iourka ne pensait qu'à son ventre qui gargouillait, il avait complètement oublié Ira et Macha. Volodia, au contraire, rouspétait :

— Ioura, tu dois absolument demander la permission à Irina... « La meilleure pionnière », mais bien sûr ! « Les meilleurs pionniers » sont censés dormir la nuit et pas se balader dans le camp...

Les paroles de Volodia rappelèrent quelque chose à Iourka.

— Volod ! Pendant que tu t'occupais de la répétition, j'ai vu Sania et Petlitsyne tenir un conciliabule. Petlitsyne a d'abord essayé de me convaincre d'aller étaler du dentifrice sur une fille pendant la nuit, puis il s'est adressé à Sania. Moi j'ai refusé, mais lui a accepté. Sans doute qu'ils préparent un acte de sabotage !

— Petlitsyne ? s'alarma Volodia. Il fait partie du deuxième détachement, qu'est-ce qu'il a à voir avec les plus jeunes ?

— C'est juste que c'est drôle, de convaincre les petits…

— Ce n'est pas drôle du tout, c'est dangereux !

— Mais enfin ! Rappelle-toi comment tu étais à cet âge-là, comme si tu n'avais jamais poussé les petits à faire des bêtises !

— En fait, non, Ioura. Personne ne venait me chercher et moi je ne me moquais de personne. Tu faisais ce genre de mauvais coups, toi ?

— Bien sûr que non ! mentit Iourka sans même rougir.

En réalité, dès qu'il avait du temps libre, Iourka se lançait dans les pires bêtises et les pires choses qu'on puisse imaginer. Sa mère lui répétait souvent que la nature a horreur du vide, et Iourka s'en rendit compte par lui-même. Le vide apparut lorsque la musique disparut de sa vie, emportant avec elle toutes ses émotions, ne lui laissant que la nervosité et la méchanceté. Comme un orphelin, il essayait de s'occuper d'une manière ou d'une autre, juste pour ne pas penser à tout ce qu'il possédait avant et que désormais il n'avait plus, pour ne pas laisser le vide faire de nouveau son apparition. Il collectionnait les timbres, collait des maquettes d'avion, faisait de la soudure, de la sculpture sur bois, élevait des poissons dans des aquariums… Mais tout cela était d'un ennui ! Alors il se mit à chercher des distractions à même de lui apporter la joie que la musique ne lui procurait plus, à chercher le sens de sa propre existence, et il se rapprocha des jeunes de sa cité, avec qui on pouvait dire qu'on ne s'ennuyait pas. Ce n'était pas des mauvais garçons, non, mais leurs occupations, n'étaient pas d'un grand intérêt. À quoi pouvait lui servir d'apprendre à piper des cartes ou à faire des tours de magie, à chanter des chansons ou des poèmes paillards, ou bien, lorsqu'il restait à traîner dans les entrées d'immeuble, à dévisser des ampoules ou à écrire des tas de gros mots sur les murs, à faire exploser des bouteilles remplies de carbure de calcium ou à tirer des fumigènes ?

Bien sûr, les jeunes de la cour de son immeuble lui avaient aussi montré des bêtises plus naïves, de celles qu'on fait dans les camps. Et pendant le seul séjour de l'année dernière, Iourka avait donné à presque tous les enfants le goût des âneries diverses et variées, et dans tous les détachements, tous les matins, il se passait quelque chose. Tantôt une victime se retrouvait aspergée d'eau froide et voulait bondir hors de son lit alors qu'elle était attachée au matelas, tantôt c'était quelqu'un qu'on réveillait en lui jetant un coussin à la figure et en criant « Le plafond s'écroule ! », la victime alors se mettait à piailler d'une voix qui n'était pas la sienne parce qu'elle avait effectivement l'impression que le plafond était en train de lui tomber sur la tête. Parfois des plaisantins attachaient les lacets d'un enfant pendant qu'il se débarbouillait devant le lavabo pour qu'il trébuche au bout de deux pas. Sans oublier les « grands classiques » nocturnes : étaler du dentifrice sur ceux qui dorment, mettre des pâtes froides sous les oreillers ou agiter discrètement les rideaux quand quelqu'un raconte une histoire d'épouvante. Les enfants étaient aussi effrayés que ravis. Iourka s'était vite lassé de ces jeux, même des plus sophistiqués.

Tout ce qui l'avait déjà barbé au cours de son dernier séjour l'intéressait encore moins aujourd'hui. Et il n'était pas le seul dans ce cas. Volodia aussi était las de ces bêtises.

— Purée… Ces garnements m'ont bien saoulé…

Son visage arborait un mélange de désarroi, d'inquiétude et d'agacement.

* * *

Après le dîner, Volodia alla chercher Iourka au milieu de la foule des pionniers qui sortaient du réfectoire.

— Dis-moi, Iour, est-ce que tu viendras nous voir ce soir ? Je voulais te demander…

— Quoi ?

— Cette histoire de dentifrice me turlupine. Ils sont encore petits, ils ne savent pas que ces choses-là peuvent traumatiser.

Iourka acquiesça :

— C'est sûr… il y a deux ans, un imbécile m'a mis du dentifrice dans l'œil. Ça m'a tellement brûlé que je me suis demandé si je n'allais pas devenir aveugle. Ma paupière est restée enflée pendant une semaine.

À ces mots, le visage de Volodia se transforma et Iourka regretta immédiatement de lui avoir raconté cette histoire.

— T'inquiète pas ! se hâta-t-il de dire pour l'apaiser. Dans la mesure où nous sommes au courant de leurs plans débiles, on peut les empêcher d'agir…

— Ça ne marchera pas. Si on les empêche aujourd'hui, ils le feront demain. Ce qu'il faut, c'est qu'ils sachent que c'est dangereux de mettre du dentifrice dans les yeux, les oreilles ou le nez. Voilà ce que j'ai pensé : il faut leur raconter une histoire d'épouvante en lien avec le dentifrice.

— Ah bon ? Hier tu voulais pas que je fasse peur à tes petits…

— Non, Iour, il vaut mieux qu'ils fassent pipi au lit plutôt que l'un d'eux s'étouffe ou soit brûlé. Encore plus dans les yeux !

Iourka se caressa le menton.

— Et qu'est-ce qu'on peut inventer de si terrible en rapport avec le dentifrice ?

— On a encore du temps avec l'extinction des feux, on va trouver.

* * *

— Ptchiolkine ! Volodia, penché au-dessus du lit, chuchotait aussi fort qu'il pouvait. Assieds-toi !

— Quoi encore ? Pour quoi faire ? bredouilla le gamin en repoussant la couverture pour s'asseoir docilement.

— Je vais te le dire. Volodia glissa la main sous l'oreiller, saisit le tube de pâte dentifrice et se redressa. Puis il regarda attentivement les rangées de lits. Qui d'autre a caché quelque chose sous son oreiller ? Sacha ?

— Et pourquoi moi ? siffla le gamin depuis la rangée de gauche près du mur.

— Parce que tu fais toujours tout comme il faut.

Iourka observait la scène confortablement installé sur le lit vide près de la fenêtre.

— Les enfants, poursuivit Volodia d'un ton moralisateur, n'allez pas mettre du dentifrice sur qui que ce soit ! Ça peut être dangereux, vous comprenez ?

En réponse à sa question, on entendit deux ou trois « ouais », trois ou quatre « d'accord ». Volodia expira à fond puis soupira ; il s'apprêtait à dire quelque chose lorsqu'un cri strident retentit dans le couloir, suivi de bruits de pas, d'un claquement de porte et de quelques sanglots étouffés.

— Je reviens. Volodia sortit en trombe du dortoir en criant : Ioura, surveille-les !

— Iou-ou-ou'ka ! prononça lentement Olejka, d'un air fripon, dès que les portes du dortoir furent fermées.

— Hein ?

— Tu nous avais p'omis une histoi'e d'épouvante.

— Oui, Ioura, tu as promis !

— On veut une autre histoire !

Iourka renâcla et croisa les bras sur la poitrine.

— Je sais pas quoi faire, déclara-t-il. Hier, Volodia m'a interdit de vous raconter des histoires d'épouvante, il dit que vous êtes trop petits. Et c'est vrai ! Vous avez même pas réussi à mettre au point votre petite plaisanterie avec le dentifrice…

— Comment je pouvais savoir qu'il allait passer la main sous mon oreiller ?! se justifia Ptchiolkine.

— Il fallait pas crier ton affaire sur tous les toits pendant le cours de théâtre, répondit Iourka du tac au tac.

— Ce n'est pas moi, c'est Sacha, grommela Ptchiolkine.

— Moi j'ai gardé mon tube ! lança triomphalement le gros Olejka en agitant le tube au-dessus de la tête.

— Mais cache-le donc ! ordonna Iourka avant d'ajouter d'un ton menaçant : Tu te rends pas compte des choses terribles qui sont arrivées aux petits rigolos qui ont recouvert les autres de pâte dentifrice, à l'Hirondelle ! Et ce sont pas des fables, j'en ai été témoin…

Tous se turent. On n'entendait que le bruit que faisait Sacha en remettant le tube sous l'oreiller.

— Iou', qu'est-ce qui leu' est a'ivé ?

Olejka sortit de sous la couverture et le fixa avec intérêt.

— De quoi tu as été témoin ? demanda Ptchiolkine en croisant les bras sur la poitrine d'un air gaillard.

Iourka fronça les sourcils – il savait que les enfants le voyaient de profil sur le fond de la fenêtre – et jeta un regard circulaire.

— Vous voulez vraiment savoir ?

Ce n'est qu'après un silence de plusieurs minutes qu'on entendit un seul et unique « oui », timide, repris par quelques autres voix.

— D'accord, dit Iourka. Sauf que je vais vous révéler encore un horrible secret… Le fantôme de la comtesse – dont je vous ai parlé hier – n'est pas le seul à se balader la nuit à l'Hirondelle. J'ai lu quelque part que le… comment dit-on… le niveau d'activité paranormale était élevé ici ! Les forces de l'au-delà et les esprits sont attirés par ce lieu… en particulier la nuit !

On entendit des dents claquer dans le lit d'à côté.

— Et ça fait peur ?

— Ooh... dit une voix mal assurée qui venait d'un autre lit.

— Non, annonça courageusement Sacha.

— Raconte ! dit Ptchiolkine pour le soutenir.

Iourka marqua une pause dramatique dans le but d'obtenir un silence complet, puis commença lentement son récit :

— Il y a quatre ans, une petite fille appelée Nina est arrivée à l'Hirondelle. C'était une fillette normale, qui n'avait rien de particulier, sauf les yeux, qui étaient très beaux. Grands et clairs. Bleus comme le ciel.

— Iou'a, tu l'as connue ? l'interrompit Olejka.

— Bien sûr, confirma Iourka sans hésiter. Certes, nous n'entretenions pas de rapports particuliers parce qu'à cette époque j'étais à peine un peu plus âgé que vous et qu'elle avait 15 ans, c'était une grande quoi... Nina n'avait pas d'amis, c'était une fille solitaire et farouche. Comme elle ne parvenait pas à se lier d'amitié et qu'elle se promenait toute seule dans le camp, on l'a qualifiée de solitaire. Les autres se moquaient d'elle, la charriaient, lui collaient différentes étiquettes et l'avaient même affublée d'un surnom : Bobyl.

Les enfants gloussèrent – « Quel drôle de nom ! » – et Iourka leur ordonna de se taire.

— Une nuit, les filles du détachement de Nina décidèrent d'aller badigeonner les garçons de dentifrice. C'était une sorte de rituel, chez les grands : si vous n'étiez pas recouvert au moins une fois de pâte dentifrice au cours de votre séjour, c'est que vous étiez venus pour rien.

Les enfants s'animèrent. Des questions balourdes fusaient de tous les côtés : « Et toi, on t'a recouvert de dentifrice ? », « Et Volodia ? », « Et toi, tu en as mis sur quelqu'un ? » Iourka répondit à certaines d'entre elles, puis demanda le silence et poursuivit :

— Personne, bien sûr, n'a proposé à Nina de participer. Si elle parvenait à oublier sa vexation par moments, à d'autres, elle était prise par des envies de vengeance. La nuit suivante, elle vida presque entièrement son tube de dentifrice sur les filles de son dortoir. Comme elle n'avait jamais été invitée à participer à ces petites plaisanteries, elle n'en connaissait pas les règles. Par exemple, qu'il ne fallait pas mettre de dentifrice dans les cheveux, parce que, en séchant, il devient aussi dur que du béton et que c'est difficile de l'enlever (les racines partent en général avec). Le lendemain matin, deux filles n'arrivèrent pas à enlever le dentifrice dans leurs cheveux ! La vengeance, c'est une sorte de maladie contagieuse... D'abord les soupçons se portèrent sur des garçons du détachement – qui étaient sur le point de subir les représailles – lorsque quelqu'un remarqua que le tube de dentifrice de Nina était presque vide alors que personne ne s'en était pris à elle... La nuit suivante, elle fut réveillée par une forte brûlure sur le visage, en particulier sur les paupières. Comme elle était à moitié endormie, elle ne comprenait pas très bien ce qui se passait, aussi elle ouvrit ses yeux et les frotta... La sensation de brûlure était si forte qu'elle se mit à pleurer tout en continuant à frotter. Ce fut pire ! Personne ne vint l'aider et, autour d'elle, les rires fusaient. Elle bondit hors de son lit et sans rien voir du tout, elle détala, se frayant son chemin à tâtons. À ce moment-là, Iourka fit une pause théâtrale et reprit son souffle. Le lendemain matin, le troisième détachement, qui était le premier à arriver pour les exercices de gymnastique, aperçut Nina dans la piscine. Elle flottait sur le ventre. Elle était morte ! Pyjama blanc, mains écartées sur le côté, cheveux ondulants sur la surface... On la sortit de l'eau, on la retourna, et là on vit qu'à la place de ses beaux yeux bleus se trouvaient deux trous rouges et brûlés !

— Quelle horreur ! s'écria quelqu'un du coin du dortoir. Et pourquoi elle était dans la piscine ?

— Parce qu'elle avait couru les yeux grands ouverts et qu'elle était tombée dans l'eau. Comme elle ne savait pas bien nager, elle s'est noyée.

— Iou'a, tu as été témoin de ça, c'est v'ai ?

— L'histoire n'est pas finie ! s'écria Iourka pour faire cesser le brouhaha. On a essayé d'étouffer l'affaire, de ne pas faire trop de vagues, le séjour a été écourté, tout le monde est rentré chez soi, mais la nouvelle s'est quand même répandue ! Les pionniers et les moniteurs qui se trouvent parfois près du bassin pendant la nuit, aperçoivent, à trois heures dix-sept, une lumière bleue au-dessus de l'eau. Cette lumière reste en suspension pendant précisément quatre minutes avant de se volatiliser, comme une rafale de vent, du côté des bâtiments des grands. C'est justement au cours des nuits suivantes que des incidents curieux se sont produits. Un matin quelqu'un s'est réveillé les joues et le front recouverts de dentifrice. Une seule personne est concernée à chaque fois, toujours le plus rigolard du détachement, qu'on retrouve avec des motifs bizarres, comme si on avait voulu viser les yeux mais sans succès. Les fameux rigolards racontent qu'ils font toujours le même rêve. Ils entendent le bruit de l'eau et sentent des doigts leur caresser le visage. Ensuite une voix douce de jeune fille les appelle : « Si on s'amusait un peu, j'ai du dentifrice… » Personne n'a pensé que ça pouvait être l'esprit de Nina Bobyl qui errait la nuit dans le camp à la recherche de gens avec qui jouer. On dit que Nina choisit toujours les plus espiègles – d'abord parce que, avec eux, c'est drôle, mais aussi parce qu'elle veut se venger. C'est pour ça qu'elle leur propose d'abord de venir jouer et qu'ensuite elle les badigeonne de dentifrice, avant de les noyer. Elle vise les yeux mais comme elle est aveugle, elle rate sa cible.

— Iour, apparemment, Nina cherche des coupables dans les détachements des grands, fit remarquer Sacha.

— D'où tu sors ça ? protesta Iourka. À mon avis, c'est à vous qu'elle peut venir rendre visite, vu que vous avez prévu des réjouissances. Faites bien attention à la pâte dentifrice !

— Ça peut vraiment brûler les yeux ?

— Rappelez-vous que jamais, il ne faut en mettre dans les yeux, dans le nez, dans les oreilles ou dans les cheveux, conclut Iourka qui se leva et s'étira, ce qui fit craquer son dos.

— Et pou'quoi pas dans le nez et les o'eilles ? demanda Olejka.

— Olej, réfléchis ! D'abord la pâte sèche et ensuite on ne peut plus respirer. Quand elle est dans l'oreille, on ne peut plus la faire sortir. C'est tout. Je vais aller chercher Volodia qui a disparu on ne sait pas où. Vous me promettez de rester tranquillement dans vos lits et de ne pas faire de bêtises ?

— Promis !

Iourka se dirigea vers la porte, s'arrêta près du lit de Sacha et glissa sa main sous l'oreiller.

— Et ça, il vaut mieux que je le prenne, dit-il en retirant le tube de dentifrice, on ne sait jamais.

— Vas-y, de de toute façon j'ai changé d'avis. Je n'irai mettre du dentifrice sur personne... pour le moment... bredouilla le gamin.

* * *

Le couloir était plongé dans le noir total. Iourka avança à tâtons jusqu'à la porte du dortoir des filles qu'il ouvrit tout doucement avant de jeter un coup d'œil à l'intérieur. Tout était calme, les filles dormaient paisiblement, mais ni Lena ni Volodia n'étaient là. Iourka repartit sur la pointe des pieds vers le dortoir des moniteurs où logeaient Volodia et Jénia, prof de sport.

Ce dortoir se trouvait tout au fond du couloir. Iourka progressa à petits pas posant les mains sur le mur, se guidant grâce à la fine bande de lumière qui passait sous la porte. Il avait toujours été curieux de voir où dormaient les moniteurs, notamment Volodia. Un prétexte se présentait enfin de lui rendre visite.

Arrivé près de la porte, il entendit murmurer : « C'est Lena qui m'a dit de venir. » Il reconnut la voix de Jénia. Cela signifiait que le bal était terminé, conclut Iourka, car les profs de sport ne quittaient pas ce genre de soirée. Il effleura la porte, prêt à toquer. Cela suffit à la faire s'ouvrir, lentement et sans bruit. La chambre des moniteurs était là, devant Iourka.

D'abord, il vit un lit fait au carré, recouvert d'un couvre-lit marron, avec, au-dessus, une affiche du groupe Machina vremeni. Puis il distingua une table de nuit, sur laquelle étaient posés le cahier chiffonné de Volodia et son étui à lunettes, ainsi qu'un verre d'eau et un flacon de valériane. Mais pas de Volodia ici non plus. Iourka fit un pas en arrière, prêt à s'en aller, lorsque le murmure se fit entendre de nouveau : « Ce n'est qu'une danse. » Apparut alors un dos large, un blouson de survêtement bleu et la nuque aux cheveux ras du prof de sport.

Jénia était à genoux devant le deuxième lit sur lequel Ira Petrovna, à moitié allongée, pleurait et s'essuyait les yeux. Sa jupe verte de patineuse était baissée sur ses chevilles et son foulard rouge partait de travers sur son pull à col roulé. Ses cheveux, habituellement retenus en une queue de cheval haute et serrée, étaient ébouriffés. Elle fronçait les sourcils comme si elle était en train de prendre une décision.

Jénia se leva, murmura quelques mots à son oreille, et Ira lâcha enfin prise. Elle s'approcha du prof de sport, le prit par le cou et l'embrassa sur la bouche.

— Rien que ça ! souffla Iourka, ébahi.

Il saisit la poignée de la porte dans le but de soustraire la vision du couple aux regards – que les enfants ne voient pas ça –, mais son coude heurta bruyamment le chambranle. Ira tressaillit et la porte claqua.

En voilà, une monitrice ! s'indigna Iourka en s'éloignant. Même s'il était tombé sur le couple par hasard, il ne se sentait pas très à l'aise et avait envie de disparaître au plus vite.

Si Ira savait ce qui se passait dans son détachement pendant qu'elle gérait sa vie privée et traînait elle-même on ne sait où pendant la nuit ! Comment Volodia avait-il pu laisser un tel bazar s'installer dans son dortoir ?

Une fois dehors, Iourka croisa enfin Volodia qui revenait du bâtiment, entraînant avec lui une petite fille de son détachement qui sanglotait. Volodia se mordait les lèvres. L'air sombre, de nouveau plongé dans des pensées noires, il ne daigna pas regarder Iourka et cria, dans la pénombre, derrière le bâtiment : « Lena, je l'ai trouvée ! » Au loin retentit la voix tremblante d'émotion de l'autre monitrice : « Dieu merci ! »

Iourka n'intervint pas dans le drame pédagogique qui se jouait, il se contenta de faire un signe de la main à Volodia.

Celui-ci hocha la tête en retour et se disparut dans le bâtiment tandis que Iourka rejoignait ses pénates.

Ira Petrovna l'intercepta tout de même. Elle se tenait sur le perron, le visage aussi rouge que les coquelicots qui poussaient dans les bosquets des deux côtés de l'entrée.

— Ioura, j'ai quelque chose à te dire, dit-elle à voix basse.

— Quoi ? répondit sèchement Iourka.

Ira Petrovna n'était pas aussi courageuse qu'à son habitude – elle se balançait d'un pied sur un autre, ouvrant et fermant la bouche sans qu'un son en sorte, terriblement gênée. Iourka n'avait pas besoin de mots pour comprendre ce qu'elle voulait lui dire.

— J'ai rien vu, déclara-t-il en tripotant avec le bout de sa basket une des briques triangulaires qui bordaient le bosquet.

Ira soupira de soulagement.

— Je suis contente que tu sois compréhensif ! Je sais que tu as tout vu. Et en effet, ce n'est pas très convenable, dans un camp avec des enfants. Mais tu es adulte ! Tu comprends...

Iourka interrompit son monologue maladroit.

— Tout cela n'a aucun sens, Ira Petrovna. C'est vous l'adulte, quant à moi... je tombe de sommeil. Les enfants m'ont lessivé.

Sur ces paroles, il alla se coucher pour de bon.

Même si ce que fricotait Ira avec le prof de sport ne le regardait pas, l'information lui serait utile. À l'avenir, elle ferait bien de s'abstenir de l'accuser à tort !

Les pensées de Iourka, au moment de s'endormir, dérivèrent vers Volodia. Dommage qu'il n'ait pas pu lui souhaiter bonne nuit. Mais ce n'était rien, demain ils se retrouveraient et inventeraient une nouvelle histoire d'épouvante, meilleure encore que la précédente. « J'ai hâte de faire du manège avec Volodia, de discuter avec lui, d'inventer de nouvelles histoires. Que demain arrive le plus vite possible ! » Iourka s'endormit en pensant à la journée du lendemain, au manège et à Volodia qui mordillait son crayon quand il réfléchissait.

Deux secondes plus tard, tout au plus, Vanka l'attrapa par l'épaule et le secoua :

— Sors. Quelqu'un t'attend dehors.

— C'est encore Ira ? marmonna-t-il.

Réunissant ce qu'il avait de forces, il finit par se lever et s'habilla lentement et mollement, sans ouvrir les yeux.

— Non, c'est Volodia.

— Volodia ?

Ses yeux s'ouvrirent tout seuls.

Il sortit et vit Volodia assis sur le banc près du bosquet, puis il entendit les ailes des papillons battre et cogner contre l'auvent du perron sur lequel ils projetaient des ombres erratiques. Iourka respira l'air frais – la nuit embaumait les feuilles humides et les fleurs – puis descendit les marches.

— J'en ai pour cinq minutes, dit Volodia en venant à sa rencontre. Lorsqu'il vit, sous la lumière vacillante, les plis sur le visage de Iourka, il s'inquiéta. Je te réveille ?

— Non, t'inquiète, répondit Iourka d'une voix nasillarde et endormie en passant la main dans ses cheveux ébouriffés. Il est arrivé quelque chose ?

— Non, non, je suis juste venu te souhaiter bonne nuit. Parce que tout à l'heure, on n'a pas...

— Mais où es-tu passé pendant tout ce temps ? s'enquit Iourka en s'asseyant sur le banc.

— Je cherchais une fille qui avait fugué. Elle s'appelle Ioulia. Tous les enfants de ce détachement sont ici pour la première fois et elle refuse de s'adapter. Elle ne parle à personne, elle demande sans arrêt ses parents, et pour couronner le tout elle a tenté de s'enfuir. Quand je l'ai retrouvée, elle a avoué qu'elle voulait s'échapper et qu'elle s'était perdue.

— Pourquoi tu m'as rien dit ? J'aurais pu la chercher moi aussi. À deux, cela aurait pris moins de temps.

— Il fallait bien que quelqu'un surveille les garçons. Ne t'en fais pas. Dès demain on va appeler ses parents pour qu'elle entende au moins leur voix au téléphone. Et c'est bientôt la journée des familles, sa mère va venir pour la rassurer. Ou la ramener chez elle. Ça serait mieux d'ailleurs.

La discussion, ensuite, ne prit pas. Ce n'était pas une question de gêne, non, l'envie de parler n'était tout bonnement pas au rendez-vous. Le cadre était trop calme et trop agréable : la nuit était fraîche, des grillons stridulaient joyeusement tandis qu'au loin résonnait le gémissement plaintif et déchirant d'un chien ou d'un vrai loup. Iourka ne savait pas si tout cela était réel ou le fruit de son imagination. Il aurait juré avoir entendu une chouette hululer !

Ce qui manquait, c'était le crépitement d'un feu. Volodia et Iourka étaient assis l'un à côté de l'autre, lançant de temps à autre quelques phrases futiles sur les moustiques qui s'étaient mués en véritables bêtes sauvages.

— Tu penses que l'histoire va fonctionner ? demanda Volodia, brisant le long mais agréable silence.

— Je crains que non, avoua sincèrement Iourka. J'ai peur qu'ils ne veuillent faire l'expérience et vérifier si le dentifrice devient aussi dur que du ciment quand on en met dans les cheveux.

— Les cheveux, passe encore, dit Volodia. C'est le nez et les yeux qu'il faudrait éviter.

Le ciel semblait allongé sur les toits des petites maisons. La Voie lactée formait un tapis d'étoiles colorées. Les feux de signalisation blancs, verts et rouges des satellites et des avions clignotaient. Iourka aurait aimé avoir une longue vue et observer les galaxies semblables, vues d'ici, à de petits nuages de brume. Il pourrait même réaliser son rêve d'enfant : voir l'astéroïde B-612 et faire un signe de la main au Petit Prince. Ces soirées d'été si calmes étaient une invitation à croire aux contes.

Il ne profita pas très longtemps de la proximité du ciel. Au bout de quelques minutes, Volodia se leva et soupira :

— J'y vais. Demain je dois me lever tôt pour la réunion, je ne peux pas arriver en retard.

Il posa une main sur l'épaule de Iourka, tantôt la serrant tantôt, la caressant, puis il lui tendit l'autre main pour lui dire bonsoir.

— Merci pour tout, murmura-t-il un peu confus.

— Demain, je m'éclipse dès l'extinction des feux, souffla Iourka. Tu m'attendras aux manèges ?

Volodia sourit, secoua la tête d'un air de reproche sans toutefois émettre de critique :

— D'accord.

Leur poignée de main parut durer une éternité. Volodia l'interrompit et Iourka se vexa – c'était trop court. Jusqu'ici, il n'avait jamais pensé retenir la main de quelqu'un en la serrant. Il comprit qu'il avait envie de garder celle de Volodia dans la sienne.

Fatigué et ramolli par la douceur de la nuit, il évita de réfléchir à ce qui lui arrivait. Il avait trop envie de dormir, trop envie d'être au lendemain.

Enveloppé dans la couverture fine, il sombra sans tarder dans un profond sommeil, installé non pas dans un lit inconfortable mais dans un champ de pissenlits.

Chapitre 6

Des discussions intimes et d'autres indécentes

LES MANÈGES, PRÈS DES BÂTIMENTS DES ENFANTS, devinrent tacitement le lieu des rendez-vous. Iourka s'y rendait l'après-midi, pour échapper à l'ennui du « temps calme », ou encore le soir avant le bal ; quelques instants plus tard, Volodia arrivait. Iourka aimait s'asseoir sur les manèges et se balancer, regarder dans le vide devant lui, penser à tout et à rien. Il adorait quand Volodia s'asseyait tout près de lui, le regard perdu au loin, silencieux. Iourka se sentait alors aussi bien que quand il passait du temps chez sa grand-mère, enfant, en plein air.

Ce qu'il avait préféré, les derniers soirs, c'était quand Volodia et lui avaient inventé de nouvelles histoires d'épouvante pour les enfants, après la répétition, pendant que le cinquième détachement était sous la responsabilité de Lena jusqu'à l'extinction des feux. Une fois, même, ils n'avaient pas vu le temps filer et étaient arrivés trop tard pour les raconter.

La première semaine touchait à sa fin : c'est ce qu'annonça la voix de Mitka lors de la matinale radio, comme si les pionniers n'étaient pas au courant. Cette journée-là, Iourka ne l'avait pas oubliée. Ils étaient assis sur un manège et Volodia avait demandé, en pointant le visage de Iourka du doigt :

— C’est quoi, cette cicatrice ?

Le silence régnait sur la place centrale : c’était l’heure du temps calme, dans tout le camp. Iourka s’était échappé, comme à son habitude, et Volodia, qui ne perdait pas le nord, lui rappela de se dissimuler dans les buissons sitôt qu’il verrait quelqu’un apparaître sur le chemin qui menait aux bâtiments des enfants ; parfois les moniteurs étaient contrôlés afin de vérifier qu’ils ne laissaient pas les enfants tout seuls. Volodia était irréprochable ; il avait conclu un marché avec Lena : elle surveillait pendant les temps calmes et lui pendant les bals. C’était le cas aujourd’hui.

Iourka saisit machinalement son menton et se mit à tripoter sa vieille cicatrice, sous la lèvre du bas, du bout des doigts.

— Des voyous m’ont agressé. Ils étaient trois, moi j’étais seul ! Et…

Iourka hésita : il racontait à tout le monde la même version concernant cette cicatrice, version dans laquelle il s’était courageusement battu contre trois petites frappes dans la rue, au prix de sa lèvre en sang. Sauf que là, il avait envie d’avouer la vérité :

— En fait, je suis tombé d’un manège quand j’avais 11 ans. J’allais très vite, je voulais faire le malin devant mes petites voisines, j’ai lâché les mains et… Bref, j’ai fait une sacrée culbute, je me suis envolé et j’ai glissé sur deux mètres, le nez au ras du sol, avant d’atterrir dans le bac à sable. Je me suis salement abîmé la lèvre, l’hémorragie a duré un quart d’heure. Mon père a même dû me faire plusieurs points de suture ! Voilà l’histoire.

Iourka craignait que Volodia ne le prenne pour un imbécile et un fanfaron et qu’il se moquerait de lui, mais l’autre se contenta de sourire gentiment :

— Au moins tu auras fait quelques secondes de vol libre. Genre « Karlsson sur le toit ».

Iourka ne put s'empêcher de sourire : « Il est bizarre ce garçon tout de même, si gentil et si compréhensif ». Même Iourka se serait moqué de son malheur, mais pas Volodia.

— Karlsson, ce serait plutôt Sania, déclara Iourka. Et moi plutôt...

— Gagarine ?

— Valeri Chklov, l'aviateur, tout au plus. Je ne suis pas monté très haut dans les airs, répondit Iourka en scrutant Volodia. Bon, maintenant que je t'ai confié un secret, tu dois m'en confier un à ton tour !

Volodia haussa un sourcil d'étonnement et acquiesça :

— D'accord, pose ta question.

— Pourquoi tu es devenu moniteur ? On voit bien que tu n'aimes pas trop t'occuper des enfants.

— Hum... Tout en réfléchissant à sa réponse, Volodia remonta ses lunettes par une pression du doigt entre les deux yeux. Il soupira et lâcha une phrase qui semblait apprise par cœur. C'est un bon moyen d'acquérir une expérience intéressante et – s'il te plaît, ne me contredis pas – obtenir une recommandation pour entrer au parti.

Iourka renâcla. Si, une semaine plus tôt, pendant le premier rassemblement, il pouvait encore penser que Volodia, en bon komsomolets, n'avait besoin de rien d'autre que de soigner sa réputation, à présent, en revanche...

— Tu recommences avec cette recommandation ! Honnêtement, c'est uniquement pour ça ? Pour ta réputation ?

Volodia perdit contenance, remonta de nouveau ses lunettes, bien qu'elles fussent parfaitement en place.

— Euh... pas tout à fait. Pour tout dire, j'ai toujours été très timide, j'ai du mal à m'entendre avec les gens, à discuter, à me faire des amis. Pour ce qui est des enfants... ma mère est éducatrice dans un jardin d'enfants, c'est elle qui m'a conseillé de devenir moniteur. Elle m'a dit que si je voulais apprendre à nouer des relations, j'avais intérêt à commencer par les enfants. S'il remonte encore une fois ses lunettes, pensa Iourka, je pousse sa main. En réalité, reprit Volodia, tu t'en sors mieux que moi, tu as moins de difficultés que moi à parler avec eux.

Ioura redressa fièrement ses épaules, puis les relâcha aussitôt.

— C'est notre mérite à tous les deux, dit-il. Moi non plus je n'aime pas m'occuper des petits, je ne sais pas m'y prendre. Mais pour ce qui est de t'aider, alors... D'ailleurs, hier, après le dîner, j'ai vu Olejka pleurer, assis tout seul près de la place centrale ; alors je me suis approché pour lui demander ce qui se passait. Il m'a répondu que les autres le taquinaient constamment pour son problème de rhotacisme, et comme il a quasiment décroché le premier rôle, les moqueries ont redoublé. Déjà que le pauvre est mal à l'aise, imagine quand les autres lui font des remarque, du style : « Tu as l'intention de monter sur scène, alors que tu ne sais pas prononcer un "r" ?! »

— Qui lui a dit ça ?

— Je sais pas. Je ne comprends pas toujours quand il parle, et là, en plus, il sanglotait, alors je captais pas la moitié de ses phrases. Du coup, Volod, j'ai pensé, comme il prononce très mal des mots comme « partisan », « guerre »...

— Un premier rôle qui ne sait pas prononcer les « r »... reprit Volodia d'un air sombre. Ce n'est pas le premier rôle, en fait, mais il a quand même beaucoup de texte... C'est lui qui l'a voulu et je pensais, qu'au contraire, ça lui donnerait confiance en lui. Il faut trouver une solution, on ne peut pas lui enlever le rôle, il serait trop vexé, il fait tant d'efforts... Tu n'aurais pas une idée ?

— Si, c'est de ça que je voulais te parler ! Comme il n'a pas encore appris tout son texte, on pourrait récrire ses répliques en enlevant le maximum de « r » ?

C'est ainsi qu'ils se décidèrent à remplacer les mots contenant la lettre « r » par des synonymes. Ça n'était pas si long à faire mais tellement compliqué qu'en une journée, ils n'avaient pas beaucoup avancé ; ils comprirent qu'il leur faudrait plus de temps. Volodia demanda à Iourka s'il serait d'accord pour être déchargé du temps calme, à condition de ne pas le quitter d'une semelle.

Iourka se mit à sauter de joie sur le manège :

— Bien sûr, bien sûr que je suis d'accord !

Non seulement il n'allait plus passer ces deux heures à ne pas savoir quoi faire – mais en plus, il serait seul avec Volodia ! Pourquoi lui avait-il posé la question ? La réponse était évidente. Toutefois, sa joie fut de courte durée. Il se souvint de la voix sévère d'Olga Leonidovna et de ses reproches : « Les enfants doivent toujours être occupés, et les moniteurs doivent toujours savoir où ils se trouvent ». Sa monitrice à lui, c'était Ira, pas Volodia. Sa bonne humeur s'envola. Libérer ce crétin de Koniev des temps calmes ? Comment ça ? Impossible. Pourquoi Volodia se moquait-il de lui ?

— Le texte n'est pas très long, pensa Volodia à voix haute, mais le rôle est quand même important, donc l'exercice est difficile et délicat. On n'a pas le temps de réfléchir trop longtemps, on doit le rendre bientôt ! Combien d'heures tu penses qu'il faut ? Six à huit, à vue de nez, où on va les trouver ? Pas pendant les répétitions et encore moins quand on est avec le cinquième détachement.

— Le texte, c'est une chose, dit Iourka. Même s'ils sont d'accord pour la réécriture, pour ce qui est de me libérer des heures, ça va être une autre histoire.

— Ce que tu ne sais probablement pas, c'est que certains enfants sont dispensés de temps calme. C'est assez étonnant. Quand j'étais en camp, personne n'était jamais dispensé, mais les temps changent, apparemment. Par ailleurs, on m'a demandé de t'engager en tant qu'assistant, pas en tant qu'acteur. Et là j'ai vraiment besoin d'assistance. Ils n'ont pas le droit de te priver des tournois, des travaux d'intérêt général, des bals, ni de t'obliger à faire la réécriture pendant la répétition, car j'ai besoin de toi.

— Je sens que ça ne marchera pas, déclara Iourka, la mine sombre.

— Je vais parler avec un responsable et demander à Lena de me soutenir, elle travaille avec moi, elle voit tout et elle sait tout. Volodia, bien évidemment, avait remarqué son changement d'humeur, et lui tapota joyeusement sur l'épaule. Tentons le coup ! On verra si je suis bon diplomate.

Dès le lendemain matin, pendant la réunion, Volodia demanda à Olga Leonidovna l'autorisation de libérer Iourka du temps calme. Ce ne fut pas une mince affaire, mais il réussit à l'obtenir.

Plus tard dans la journée, lorsqu'il se rendit sur l'aire de jeux, après la mise au calme, Volodia, qui parlait d'habitude à voix basse quand il se trouvait sous les fenêtres du cinquième détachement, cria presque :

— Tu te tends compte, Iour, on a négocié une demi-heure, tous ensemble, et c'est à peine si j'ai réussi à les convaincre. Olga Leonidovna a mis un moment à accepter, même si on voyait bien qu'elle n'était pas contre – parce que quand elle n'est pas d'accord, elle le fait savoir –, elle a demandé son avis au responsable et aux autres, pour la forme. Tous étaient d'accord, ce qui n'avait rien d'étonnant : qu'est-ce qu'ils en ont à faire que je récrive un texte ? Sur quoi Irina s'en est mêlée et s'est mise à raconter n'importe quoi, affirmant qu'au contraire une prise de parole en public serait utile à Olejka, que cela le motiverait pour aller consulter un orthophoniste ! J'ai failli tomber de ma chaise – c'est du délire, ça ne serait pas bon du tout pour Olejka ! Et encore, si elle le pensait pour de bon, si elle s'inquiétait vraiment pour lui. En réalité, elle cherche seulement à mettre des bâtons dans les roues !

Volodia n'avait toujours pas fait la paix avec elle. À plusieurs reprises, il avait essayé de s'excuser. Chaque fois, Ira ne l'avait pas laissé terminer et avait mis un terme à la conversation. Volodia s'inquiétait et avait avoué plus d'une fois à Iourka que ce désaccord avec Ira le perturbait beaucoup. Lors de la réunion, quoi qu'en dise Irina, Olga Leonidovna s'était montrée sensible au problème d'Oleja et avait malgré tout donné son autorisation à Volodia.

— C'est vrai ? On peut officiellement ne pas faire cette sieste ?! s'écria Iourka, incrédule.

Comme d'habitude, ils étaient sur l'aire de jeux. Iourka, exalté, donnait des coups de pied par terre et faisait tourner le manège. Jusque-là, les aigrettes des pissenlits avaient plané au-dessus du sol, ne s'élevant que rarement au-dessus du genou pour entrer dans le nez, alors que là, elles s'agitaient dans les airs comme des abeilles effrayées.

Simultanément, comme si on leur en avait donné l'ordre, les deux garçons posèrent le pied par terre, arrêtant le manège. Des aigrettes atterrirent dans la gorge de Iourka, qui se mit à tousser ; la vue brouillée par les larmes, il clignait stupidement des yeux et se mit à regarder autour de lui, étonné par la beauté du lieu. C'était comme s'il le voyait pour la première fois. Les aigrettes tournoyaient et se posaient paresseusement sur l'herbe, semblables à des petits parapluies blancs. Il en pleuvait aussi dans le ciel. À quelques encâblures du camp se trouvait un aérodrome. Des avions blancs survolaient chaque jour l'Hirondelle, des parachutistes blancs sautaient, ouvraient leurs parachutes blancs et entamaient leur descente jusqu'au sol, apprenant à se poser. Le spectacle était incroyablement beau. Comment Iourka avait-il pu ne pas le remarquer avant ?

En regardant attentivement, il se rendait compte que tout ce qui se trouvait là était beau, Volodia inclus. Surtout aujourd'hui, tandis qu'il lui annonçait cette fantastique nouvelle et que soudain, l'air joyeux, les cheveux décoiffés et le teint hâlé, il se mit à éclater d'un rire si communicatif que Iourka rit à son tour. Il n'avait jamais vu Volodia si ravi. Lui-même, sans doute, n'avait jamais été aussi follement heureux : on l'avait autorisé à ne pas faire la sieste, ce qui signifiait que désormais il pouvait rester autant qu'il voulait avec Volodia. À partir de ce jour, ils consacrèrent tout leur temps libre à la réécriture du scénario ; il fallait terminer au plus vite et donner le texte à Olejka pour qu'il l'apprenne.

Toutefois, ils étaient dérangés à tout bout de champ. Presque un jour fut perdu à cause de la fameuse Ioulia du cinquième détachement, qui voulait à tout prix voir ses parents. Elle fit une telle crise d'hystérie que deux adultes ne furent pas de trop pour la calmer : Olga Leonidovna, la responsable pédagogique, et l'infirmière. Le soir, Volodia était si épuisé que Iourka le laissa se reposer pendant le temps de la veillée.

Un deuxième jour fut perdu à cause des parents. C'était d'autant plus vexant que ce jour-là était passé vite et n'importe comment. Iourka, à vrai dire, l'attendait avec la même impatience que tous les autres enfants. À peine sa maman l'avait-elle enlacé que le concert du détachement avait débuté. À peine avaient-ils commencé leur balade dans le camp que c'était déjà l'heure du déjeuner. À peine s'étaient-ils mis à faire la danse du petit pont qu'il avait fallu de nouveau aller manger. À peine sa maman avait-elle lancé, avec d'autres mamans, un concours de jeux d'élastique – les adultes contre les enfants – qu'il avait été l'heure de se dire au revoir.

Tous, tant les adultes que les enfants, eurent l'impression de ne pas avoir eu le temps d'échanger plus de trois mots avec leurs proches ; c'était le cas de Iourka qui n'avait parlé que du théâtre. Il avait envie de partager sa joie d'avoir fait la connaissance d'un garçon formidable, Volodia, et de s'être lié avec lui d'une amitié si forte qu'il n'imaginait pas vivre ne serait-ce qu'un seul jour sans lui. Sa maman se serait sans doute réjouie de la nouvelle – enfin son fils avait réfléchi et ne fréquentait plus des voyous mais un vrai komsomolets. Mais lorsque Iourka avait ouvert la bouche, il n'avait pas su exprimer ses sentiments ni même les définir.

Que pouvait-il dire d'autre à sa mère ? Que la nourriture était suffisante mais pas très bonne ? Comme si elle ne savait pas comment ça se passait dans les camps de pionniers.

Avant de monter dans l'autobus, elle avait embrassé Iourka en lui demandant prudemment :

— Est-ce que tu es ami avec une fille ? Tu ne m'as présenté personne...

— Il y a Ksioucha, je vais l'inviter à danser, avait répondu Iourka en pointant Zmeïovskaïa du doigt d'un air embarrassé.

Il s'était senti très mal à l'aise. Jusque-là, sa mère n'avait jamais abordé la question des filles avec lui.

Le soir, épuisé, il n'était pas allése coucher, bien qu'il n'eût ni la force ni l'envie de bosser sur le scénario. Il était resté à discuter de tout et de rien avec Volodia sur le manège.

Grâce à ces moments passés ensemble, tous les deux étaient devenus de véritables amis, jusqu'à parler parfois de choses intimes. Mais la plupart du temps, ils ne discutaient pas : ils posaient leurs cahiers et papiers sur les genoux et agitaient leurs méninges.

— Alors, « guerre »... dit Volodia en mâchouillant son crayon.

Il prononçait chaque syllabe en savourant le « r ». « Guer-r-e »...

— « Bataille », « lutte », proposa Iourka, bâillant à s'en décrocher la mâchoire.

Ce jour-là, ils s'éternisèrent. Le soleil cognait particulièrement fort, Volodia s'était réfugié à l'ombre du cerisier pleureur près du manège et ne montrait pas le bout de son nez – que Iourka trouvait de plus en plus joli. Iourka, quant à lui, n'avait pas retiré sa casquette rouge préférée, celle qui venait de l'étranger. Son front transpirait, la boucle appuyait douloureusement sur sa nuque mais Iourka supportait stoïquement cet inconfort car il redoutait les coups de soleil, même à l'ombre.

Le travail avançait malgré la chaleur : pendant ce temps calme ils avaient davantage progressé qu'au cours des deux derniers jours. Cela dit, il restait encore beaucoup à faire. Iourka était fatigué, son cou et ses mains s'engourdissaient, mais il ne se plaignait pas : cette affaire lui semblait largement plus importante que les histoires d'épouvante. Il fit craquer son cou puis se leva et marcha autour des manèges pour étirer son dos ankylosé.

— « Bataille », c'est bien, marmonna Volodia sans lever les yeux de son cahier. Les « adversaires »...

— Agresseurs, envahisseurs... ça ne sonne pas très bien.

— C'est surtout qu'il y a des « r » partout, ajouta Volodia.

— Les occupants !

Iourka s'immobilisa, l'index levé, illuminé par son idée.

— Parfait ! Volodia sortit la tête des papiers, lui lança un regard brillant à travers ses lunettes et sourit. Non, attends. On a déjà « occupant » dans la phrase d'après et je ne peux pas l'enlever.

— Comment ça ? Fais voir.

Iourka s'affala dans le siège voisin et attrapa le cahier.

Volodia s'approcha de lui et voulut lui indiquer le passage de la pointe de son crayon. Par mégarde, la jambe de Iourka poussa le manège, qui démarra en trombe. Volodia vacilla et s'effondra brutalement sur Iourka à tel point que la visière de la casquette rouge lui heurta douloureusement le front.

Des feuilles tombèrent lentement sur le sol, que le vent dispersa. En les suivant du regard, le moniteur jeta un coup d'œil sur ses jambes et rougit.

— Oh, murmura-t-il, se rendant compte qu'il s'agrippait presque depuis une minute au genou de Iourka. Pardon ! bredouilla-t-il en retirant sa main d'un coup.

Bizarrement, Iourka se sentit mal à l'aise lui aussi. Il toussa d'embarras et tourna la visière de sa casquette, comme si de rien n'était.

— C'est bizarre de la porter comme ça.

Cette remarque, comme le ton faussement joyeux de Volodia, parurent stupides.

— C'est la première fois. Enfin, non, mais aujourd'hui il fait chaud, j'étais obligé, pour que tu… euh… pour ne pas se cogner… euh…

Décontenancé, Iourka changea brutalement de cap : Tu n'aimes pas ?

— Si, si, ça te va très bien. La frange qui dépasse, c'est rigolo. Elle est top, ta casquette ! Et ton jean aussi est super, et ton polo. Je me souviens comme tu t'étais bien sapé pour le bal… où tu n'es pas allé.

— Tous ces vêtements viennent de l'étranger, déclara Iourka avec fierté. Il n'avait jamais douté que ses habits étaient parfaits.

— Mais où as-tu trouvé ces trésors ?

— J'ai de la famille en Allemagne de l'Est, ils me les ramènent. La casquette, d'ailleurs, est américaine.

— Top ! s'exclama Volodia.

Iourka, content de lui, se mit à raconter en détails la provenance de ses fringues préférées. Il garda pour lui le défaut de son jean : il ne venait pas des États-Unis, mais d'Inde.

— En Allemagne, tu sais, il n'y a pas que les vêtements qui sont incroyables.

— Je sais, il y a aussi les technologies, les voitures. Dans un magazine, une fois, j'ai vu une de ces motos ! s'exclama Volodia, les yeux écarquillés.

— Dans un magazine… Il y a des magazines, là-bas, que nous ne verrons jamais en URSS.

— Eh là ! Je lui parle de motos et lui me répond magazines. Qu'est-ce qui te prend ?

— C'est parce que tu ne sais pas de quoi je parle. Ces magazines sont in-cro-yables !

Iourka haussa les sourcils d'un air mystérieux.

— C'est-à-dire ?

— Je dirai rien.

— Ioura, c'est quoi ces manières de gamin ? Raconte.

— D'accord, mais ça reste un secret, promis ?

— Parole de komsomolets.

Iourka le regarda en plissant les yeux :

— Tu seras muet comme une tombe ?

— Comme une tombe.

— Notre oncle nous rendait souvent visite au printemps et il nous rapportait un tas de choses : des vêtements, évidemment, du maquillage pour maman, des journaux pour papa, entre autres. Des journaux qui n'avaient rien d'extraordinaire, qui parlaient de mode ou d'objets décoratifs pour la maison, en allemand. Le soir, après m'avoir mis au lit, ils restaient dans la cuisine. Maman allait vite se coucher, laissant mon oncle et mon père en tête à tête. Ma chambre était mitoyenne avec la cuisine… comme ils commençaient à être bien imbibés, ils parlaient fort et j'entendais distinctement tout ce qu'ils disaient. Alors je tendais l'oreille. Il s'avéra que mon oncle avait également apporté à mon père des journaux, hum… d'un autre genre. Un jour que je me trouvais seul à la maison, je suis tombé dessus.

— Et alors, de quoi ils parlaient ? Ils critiquaient l'Union soviétique ? Dans ce cas, c'était dangereux de les garder à la maison.

— Mais non, c'était pas ça ! Je ne connaissais pas assez l'allemand pour comprendre, mais de toute façon il n'y avait pas beaucoup de texte, il y avait surtout des images. Des photos. Iourka pencha son visage si près de Volodia que ses lèvres touchèrent presque son oreille, puis il baissa la voix jusqu'au murmure. De femmes !

— Ah… Hum… Ah oui, je sais que ça existe, ce genre de journaux…

Volodia s'écarta un peu de Ioura mais cela ne servit à rien : Iourka se collait quasiment à lui pour lui parler directement dans l'oreille.

— Des femmes avec des hommes… Tu comprends, avec des hommes ! Et elles…

— Iour, ça va, j'ai compris.

Volodia s'écarta de nouveau.

— Tu te rends compte ? chuchota Iourka, avec enthousiasme.

— Je me rends compte. Parlons d'autre chose. Tout cela n'est pas adapté à un camp de pionniers.

— Tu vas me dire que ça t'intéresse pas ? murmura Iourka, contrarié.

— Je mentirais si je te disais que ça ne m'intéresse pas du tout, mais… ce n'est pas pour rien que c'est interdit, c'est indécent !

Volodia se leva et s'éloigna de quelques pas.

— Écoute, il y a quelque chose que j'ai pas bien compris là-dedans, Volod.

De nouveau, Iourka s'agita. J'ai vu un truc inhabituel… Tu es plus âgé, tu dois savoir. Je voudrais seulement comprendre si c'était une photographie ou alors un dessin…

— Ioura ! Volodia se précipita vers lui et murmura à son oreille : Ça s'appelle de la pornographie ! Ici tu es dans un camp, moi je suis moniteur, et ce moniteur te dit qu'il ne faut pas regarder ces choses-là, c'est du vice !

— Mais tu n'es pas en train de regarder, ni moi non plus. Je te raconte simplement ce que j'ai vu. Dis-moi juste si c'est une erreur, ou si c'est impossible, ou pas réaliste ?

— Bon sang, Ioura !

— Volod… tu es mon ami, oui ou non ?

— Mais oui, bien sûr.

Volodia rougit et se détourna.

— Alors dis-moi... D'habitude, ça se fait d'une certaine manière, d'accord ? Sous le coup de l'émotion, Iourka se mit alors à parler plus vite : Mais là, sur plusieurs photos, on voyait que le monsieur ne rentrait pas par l'endroit... tu comprends... mais par l'autre endroit... celui, sur lequel on s'assoit !

— Sur une chaise ?

Volodia semblait plaisanter, sauf que son visage n'était pas seulement sérieux, mais carrément énervé.

— Arrête, enfin ! Je veux juste savoir si c'est possible ou non de faire comme ça.

— « Arrête » ? répéta Volodia d'un ton agressif. Ioura, tu dépasses les bornes. Ça suffit, le sujet est clos ! Encore un mot et je m'en vais, et Olejka devra « exho'ter les gens à aller combatt'e les envahisseu's », et je lui dirai que c'est ta faute !

La conversation fut interrompue par le clairon qui annonçait la fin du temps calme.

— Bah, tu dois t'en aller, de toute façon... marmonna Iourka, blessé.

* * *

Pendant le goûter, Iourka écouta d'une oreille distraite les discussions animées qui portaient sur les jeux organisés pour la fête de la Zarnitsa ; il ne pensait qu'à une seule chose : au regret qu'il éprouvait d'avoir abordé ce sujet avec Volodia. Ce dernier ne regardait même pas dans sa direction, et lorsque ses yeux se posaient par hasard sur Iourka, dans le coin du réfectoire, son visage jusque-là sérieux prenait un air dégoûté. Ou bien n'était-ce qu'une impression ? Des impressions, Iourka en avait plein, par exemple que Volodia et lui étaient devenus de véritables amis, très proches. Pourtant son attitude actuelle, sa voix habituellement chaleureuse devenue glaciale, montraient que ce qui existait entre eux, c'était tout sauf de l'amitié. Une étrange angoisse s'empara de Iourka. Ils ne s'étaient même pas disputés, à peine chamaillés pour une broutille. Et désormais Iourka souffrait et avait honte.

Il se rendit à la répétition triste et songeur, regrettant d'avoir agi comme il l'avait fait. Quel imbécile ! se dit-il. Aborder un sujet pareil, avec un komsomolets. Et pas n'importe lequel, un être aussi sensible que lui. Pourquoi avait-il fait ça ? Il aurait mieux fait de demander aux enfants de la cour de son immeuble. Peut-être qu'ils auraient ri, mais la question les aurait intéressés ! Iourka avait eu la mauvaise idée d'aborder un sujet très intime, certes, mais c'était dans le but de partager – ou plutôt d'essayer de partager – des choses personnelles. Mais quel rapport Koniev, un vulgaire crétin qui traînait avec des voyous, pourrait-il entretenir avec Volodia, la crème de la crème ? Celui-ci l'avait d'abord repoussé, puis mis mal à l'aise, et enfin, cerise sur le gâteau, il l'avait achevé d'un regard. Il avait atteint sa cible sans viser, et Iourka avait chancelé.

Ses pensées en étaient là lorsqu'il s'arrêta en chemin. Pourquoi était-ce précisément à Volodia qu'il s'était adressé ? Pour qu'il le regarde ou pour qu'il le comprenne ? Et il se disait son ami ! En vérité, c'était un menteur mais sûrement pas un ami ! Les amis ne se comportaient pas de cette façon, c'est sûr !

Comme d'habitude, il y avait beaucoup de monde devant la scène. Les filles du deuxième détachement dessinaient une carte à la craie sur l'asphalte ; Aliochka Matveïev, le rouquin aux grandes oreilles, leur tournait autour tout en donnant des conseils et en faisant passer les craies.

— Qu'est-ce que vous faites ? demanda Iourka.

— On prépare la Zarnitsa. Là, on dessine une carte pour l'état-major. Olka a eu une super idée : l'état-major aura ses propres services de renseignements et on marquera sur la carte l'emplacement de chaque détachement.

— Oui, sauf que ce soir, avec le bal, ça va tout effacer.

— C'est pas grave. On repassera dessus demain. Ce sera toujours plus rapide que de repartir de zéro, bafouilla Aliochka. Tu ne veux pas faire partie des services de renseignements avec nous ?

— Non.

Iourka avait à peine eu le temps de faire quelques pas vers la salle de cinéma qu'Aliochka se trouvait derrière lui et le saisissait par l'épaule.

— Koniev, réfléchis quand même.

— Alioch, personne n'acceptera que je fasse partie de l'état-major, je resterai avec les miens. Retourne vaquer à tes occupations...

— Et pourquoi personne n'accepterait ? Pose la question. Allez, Iour ! Regarde les jambes longues que tu as, tu cours vite...

Aliochka le suivait obstinément, essayant tantôt de lui faire un croche-pied, tantôt de l'attraper par le bras. Il haletait, il reniflait, il piétinait, bref, il cherchait par tous les moyens à attirer son attention.

— Aliocha, ça suffit ! gémit Iourka. J'ai déjà réfléchi.

— Et alors ?

— Passe-moi une craie.

Aliochka lui tendit la boîte et Iourka prit une craie.

— Merci. Je ne viendrai pas. J'irai avec les miens.

— Et pourquoi tu voulais la craie ?

— Je manque de calcium, je vais la manger. Oh, on t'appelle, tu entends ?

— Ah oui ! C'est Olia. Bon, j'y vais, mais réfléchis encore.

Peut-être Iourka avait-il tort de refuser les services de renseignements ? Il aurait pu courir à travers champs, dès le lendemain. Ça aurait fait un prétexte pour rester avec Volodka. Alors que là il allait être stressé par des enfants comme Sacha qui tombent dans les tranchées, se cassent les jambes, les mains et détruisent même les tranchées. Certes Lena ne laisserait jamais Volodia seul, mais Volodia aussi aurait besoin de lui, cela ne faisait aucun doute !

C'est incroyable quand même ! protesta Iourka, pris de fierté. Je lui tourne autour, je m'affaire, comme Aliochka, et lui s'en moque. Ce n'est pas par plaisir que j'ai fait autant d'efforts, à inventer ces histoires d'épouvante débiles, pendant que lui se contente de renifler et de donner des leçons de morale. Eh bien il va se passer de tout ça ! Je n'irai nulle part. Encore moins aux répétitions. Il n'avait aucune raison de me jeter un regard pareil, qu'il se débrouille tout seul avec son stupide spectacle, je n'irai nulle part ! En effet.

Iourka tourna les talons et traversa la piste de dance pour rejoindre les courts de tennis où le premier détachement s'apprêtait à jouer conformément au planning.

Il y avait deux courts en tout et quelques tables de ping-pong. Le premier détachement, sous la direction d'Ira Petrovna, était presque au complet, il ne manquait que Macha et les POUK. Certains jouaient au badminton, d'autres les encourageaient, d'autres encore traînaient simplement sur le court, qui était entouré d'un grillage contre lequel Iourka aimait bien s'appuyer pour rebondir sur les petits losanges tout en regardant les joueurs. Sauf qu'aujourd'hui il avait l'intention de n'encourager personne, il voulait seulement battre tout le monde et décharger sa colère en tapant sur les volants du badminton.

Lorsque Vanka et Mikha le virent de loin, ils lui firent signe, l'invitant à rejoindre leur équipe. Iourka était un excellent joueur et ces deux-là étaient incapables de réussir un service ou de renvoyer une balle, seuls ceux qui aimaient perdre rejoignaient leur équipe. Ce n'était pas le cas de Iourka, qui, sans dire un mot, saisit une raquette et fit un service. Le volant s'envola vers les adversaires et atterrit sur le front d'Ira Petrovna.

— Excusez-moi ! cria Iourka.

Iourka s'attendait à ce qu'elle lui passe un savon et prit garde de ne pas réitérer ce service « parfait » ; mais la monitrice cligna joyeusement de l'œil et s'éloigna.

Depuis la scène dans la chambre de Volodia, Ira gardait ses distances avec Iourka ; lorsqu'il leur arrivait de se retrouver ensemble, elle restait hyper discrète. Iourka, évidemment, n'avait aucune intention de raconter ce qu'il avait vu, mais au vu de l'attitude angélique d'Ira, celle-ci considérait visiblement qu'il aurait pu faire des histoires ou du chantage.

Iourka râlait dans son coin. Pour qui elle le prenait, bon sang ? Cela étant, au final, la situation lui convenait : la monitrice avait cessé de l'accuser et de le marginaliser, et entre une sorte de trêve s'était instaurée entre eux. On ne pouvait pas en dire autant des relations entre Ira et Volodia.

L'horrible scène qui s'était déroulée au théâtre lui revint à l'esprit dans toute sa splendeur – le visage blême d'Ira, ses mains tremblantes, ses larmes de colère et Volodia, en face d'elle, qui fronçait les yeux d'un air méchant. Ira Petrovna ne le lui pardonnerait pas, on ne pardonnait pas ces choses-là, c'est sûr..., compatit Ioura, qui cracha soudain d'agacement... Il pensait encore à Volodia !

Volodia était partout, même là où il ne pouvait pas être. En ce moment, il devait travailler avec les comédiens dans la salle de cinéma, pourtant il sembla à Iourka avoir aperçu sa silhouette passer furtivement derrière les buissons.

La partie continuait. Iourka agita sa raquette comme s'il s'apprêtait non à taper dans le volant mais à couper en lamelles les rayons du soleil. Ceux-ci restèrent intacts et préservés, à l'inverse des moucherons, que Iourka, tout en sueur et les cheveux ébouriffés, tuaient en quantité.

C'était l'équipe de Vanka et Mikha qui comptait les points. Eux-mêmes bougeaient à peine, contrairement à Iourka qui sautait dans tous les sens comme un dératé jusqu'au moment où, sur le point d'envoyer le volant une deuxième fois dans le front d'Ira Petrovna pour marquer, il se tourna et vit de nouveau Volodia dans les buissons.

Aucun doute, c'était vraiment lui. Pensif, avec un sourire timide sur les lèvres, il s'approcha du terrain mais s'arrêta à un mètre de l'entrée, hésitant. Il s'immobilisa finalement derrière le grillage, au niveau de Iourka, et glissa ses doigts entre les losanges métalliques.

— Iour, pourquoi tu n'es pas à la répétition ? demanda-t-il à voix basse.

Sans se retourner, Iourka tapa dans le volant, puis s'approcha du grillage en regardant Volodia droit dans les yeux avec un air de défi.

— J'ai pas de rôle, alors pourquoi je viendrais ?

— Comment ça ? Volodia le regarda tristement puis, hochant la tête, il se reprit et déclara, de son ton habituel de « moniteur » : Olga Leonidovna veut que tu sois présent à chaque répétition, avec ou sans rôle. Tu m'aides et je suis responsable de toi.

— Sois responsable, en quoi ça me regarde ?

— Tu veux déjà rentrer chez toi ? Tu n'as pas grand-chose à faire pour être renvoyé.

— Et pour quelle raison on me renverrait ? Je suis en train de jouer avec mon détachement et ma monitrice. Ira Petrovna est là, elle peut le confirmer.

En attendant une réponse qui ne voulait pas venir, Iourka tapota sa raquette contre le bout de sa basket, puis il avança jusqu'au banc pour boire un verre d'eau bouillie. Volodia le suivit.

— Je t'ai vexé, devina-t-il avant de baisser les yeux d'un air coupable.

— Elle est bien bonne ! ricana Iourka. Je suis pas vexé. C'est juste que j'ai compris, on ne peut pas parler de tout avec toi, loin de là.

— Ce n'est pas vrai ! Parle-moi de ce que tu veux !

— Oui, c'est ça, bien sûr.

Iourka lui tourna le dos et but.

— Mais enfin ! Je... Tu sais quoi, Iour ? Volodia fit passer sa main sur le grillage qui grinça doucement. J'ai déjà vu des magazines de ce genre, moi aussi.

— Ah bon ? Et où tu les as eus ?

Iourka se retourna et le fixa, d'un air dubitatif.

— Je suis étudiant à l'Institut d'État des relations internationales de Moscou, au MGIMO, les parents de certains étudiants sont diplomates, et parfois ils se procurent...

— Où donc fais-tu tes études ?! cria presque Iourka. Au MGIMO ?!

— Oui. Je te demande juste une chose : ne parle à personne de ces journaux ! Ioura, je suis très sérieux. Si la moindre rumeur circulait à ce sujet, je serais viré.

— Ça, c'est pas possible !

— C'est tout à fait possible. Le type de ma promotion qui se baladait avec ce journal s'est fait épingler. Moins d'un mois plus tard, il était viré.

— Si c'est si facile d'être exclu, comment tu as fait pour entrer ? T'es pistonné, ou quoi ?

— Elle est bien bonne ! Tu penses que je n'en suis pas capable, c'est ça ?

— C'est pas une question d'intelligence, c'est juste impossible d'y être admis : le concours est difficile et en plus il faut être incroyablement « engagé ». Réunir toutes les autorisations possibles : celle du conseil du komsomol de l'école, celle du comité régional du komsomol, celle du comité régional du parti, assister à toutes les réunions...

Volodia écoutait et acquiesçait, pendant que Iourka continuait la liste des conditions qu'il fallait remplir, en faisant le compte avec ses doigts.

— Euh... à vrai dire, j'ai été admis de justesse, dit-il en souriant humblement quand Iourka daigna s'arrêter. La commission médicale m'a réformé, écoute bien, « à cause de ma vision ». Mais j'ai commencé à discuter en disant que j'avais été reçu par le bureau de recrutement militaire et que j'étais apte pour le service. Alors pourquoi je ne le serais pas pour faire des études.

— Et c'est comment, là-bas ? C'est difficile ?

— Je ne dirais pas que c'est facile, en tout cas, c'est intéressant. Je rends presque tous les jours visite à mes potes de la cité U, ils organisent des soirées hyper drôles.

— Et vous buvez du thé lors de vos petites soirées ?

Iourka voulait montrer sa colère à Volodia et fronça les sourcils.

— Il y a de tout, répondit Volodia à voix basse.

— Et de la débauche aussi ? Iourka fronça les sourcils.

— Mais enfin, nous sommes des komsomolets ! s'écria Volodia en le regardant d'un air sévère, puis il sourit : Ça va, je rigole. Il y a de tout : des jeux de cartes avec de l'argent, des filles, du porto, des livres interdits.

— Attends, comment ça, du porto ? Vous avez de l'alcool ? Iourka aussi s'était mis à murmurer. Et vous le trouvez où ? Quand notre voisine s'est mariée, sa famille n'a même pas réussi à se procurer des bouteilles de vodka, ils ont bu de l'alcool pur que le père avait tiré au travail.

— C'est moi qui appelle ça du « porto », expliqua Volodia. C'est Michka, un gars de mon groupe qui l'apporte. Il habite un village de la région où ils fabriquent une gnôle de malade. Certains affirment qu'elle ressemble à du cognac, moi à du porto. Il faudrait mettre au plus vite un terme à cette « loi sèche », qui interdit l'alcool. J'ai juste peur pour Michka, il prend des risques quand même.

Au fur et à mesure qu'ils discutaient, Iourka oublia son ressentiment, au point qu'il lui parut n'avoir jamais existé, pas plus que leur désaccord ni même le motif de leur dispute. Ils parlèrent avec sincérité, comme à l'accoutumée, abordèrent les sujets qu'ils avaient l'habitude d'aborder et se comportèrent comme ils avaient l'habitude de le faire, offrant le tableau classique de leur relation : Ioura, les cheveux en bataille et le ton passionné, et Volodia, attentif et légèrement hautain. La seule différence, c'était ce grillage entre eux deux qui s'élevait jusqu'au ciel.

— On va à la répétition, Iour ? En cours de route, je te raconterai tout ce que tu veux savoir, proposa Volodia. Son visage rayonnait, les rides, sur son front, avaient disparu. Préviens seulement Irina que tu viens avec moi.

Ioura acquiesça. Il fila voir Ira, demanda la permission de s'absenter tout en jetant des regards sur le prof de sport qui tournait autour d'eux, puis il posa sa raquette sur le banc et sortit du court.

— Ça veut dire que tu as abandonné tout le monde pour venir me chercher ? demanda-t-il alors qu'ils quittaient la place pour marcher vers la piste de danse.

— J'ai chargé Macha de veiller sur le groupe. Elle assure, mais elle ne pourra pas assister à la répétition et toi et moi devrons mettre les bouchées doubles. Demain il n'y aura pas cours.

— C'est vrai. Demain, c'est la Zarnitsa, dit Iourka, déçu.

Cela signifiait qu'aujourd'hui, à cause de la préparation des jeux, ils ne pourraient pas passer du temps tous les deux : après la répétition Iourka devait coudre des galons, car le soir les rangs et les chants du premier détachement seraient passés en revue. Le lendemain, tout le personnel, ainsi que les enfants, seraient joyeusement occupés, du matin au soir, par les grands jeux qui étaient organisés. C'était tout de même dommage que Iourka ait refusé de devenir agent de renseignement pour l'état-major.

Chapitre 7

Moment d'égarement matinal

LE MONTANT DE LA FENÊTRE, nu, sans l'ombre d'un bout de vitre, lança de longs craquements tellement stridents que Ioura sursauta. Même si la pluie avait cessé depuis longtemps, des gouttes tombaient encore par moments du toit et martelaient le trottoir défoncé, faisaient frémir les herbes et tintaient en se brisant sur les éclats de verre qui jonchaient le sol. Les rafales de vent emportaient ces sons vers les pissenlits. La nature semblait vouloir imiter la vie, remplir le vide et tromper son monde. Ioura aurait aimé la laisser faire, mais il n'y parvenait pas. Le lieu n'était pas seulement désert, il était mort. Surtout pour lui qui avait vu et entendu vivre le cinquième détachement dans la joie et la bonne humeur. Il ne restait plus désormais que les fenêtres d'un dortoir pour enfants, transformées en ouvertures béantes, à droite de l'entrée et l'étroite meurtrière de la petite chambre des moniteurs, toute noire, à gauche. À une époque, c'était la chambre où Volodia s'endormait et se réveillait sans jamais avoir dormi tout son saoul, ce qui fit sourire Ioura.

Il se souvint à quel point il rêvait de se retrouver dans cette chambre. Il y avait même jeté un coup d'œil, un jour, mais n'avait jamais vraiment été invité à y entrer.

Pourquoi donc ? Si cela n'était jamais arrivé avant, cela pouvait se produire maintenant, même si cette chambre n'était plus celle de Volodia.

Incapable de détourner le regard de la fenêtre, Ioura se leva du manège. Il serait un invité sans hôte.

Tout en calculant s'il pouvait sauter par-dessus le trou au niveau du perron, il se retrouva près de l'entrée, à se demander si les planches pourries allaient tenir sous le poids de son atterrissage. Il soupira, consterné : non, elles ne tiendront pas le choc. Même s'il descendait au sous-sol, il ne pourrait pas remonter, c'était trop haut et il n'avait rien sous la main qui puisse l'aider, si ce n'était une pelle, mais rien à quoi s'accrocher. Ioura se dit que s'il était parvenu jusqu'à l'Hirondelle après tant d'années, il pouvait bien réussir à entrer dans la chambre des moniteurs. Volodia lui avait peut-être laissé quelque chose en souvenir ? Un petit dessin sur le papier peint ou deux mots gravés sur la table ? Un chewing-gum collé sur la tête du lit, le papier d'un bonbon sur la table de nuit, un bout de fil dans l'armoire ? Il avait bien dû laisser quelque chose. Sauf que Volodia ne dessinait pas sur les murs, n'entaillait pas les meubles ni ne mâchait de chewing-gum. Ioura avait pourtant très envie de croire que Volodia aurait deviné qu'il reviendrait.

Il se dirigea sur la gauche et traversa les parterres de fleurs piétinés, près des fenêtres.

Sur sa plateforme en bois vert qui formait une petite marche, le bâtiment du cinquième détachement semblait posé sur un podium. Les semelles des bottes en caoutchouc de Ioura glissaient sur les planches mouillées, et il réussit tout juste à poser le pied pour jeter un coup d'œil par la fenêtre cassée. La chambre, étroite et sombre, lui parut encore plus exiguë qu'autrefois, mais ni l'agencement ni les meubles n'avaient changé : la table était collée contre le mur du fond, à sa droite, il y avait la porte, à gauche, la penderie, deux petites tables de nuit et deux lits étroits face à face, près de la fenêtre. Celui de droite était celui de Volodia. Ioura avait terriblement envie de s'asseoir dessus. Pour savoir s'il était dur ou mou, silencieux ou grinçant, confortable ou non.

Craignant de se blesser sur les éclats de verre éparpillés sur le bord de la fenêtre, Ioura les écarta en regrettant de ne pas avoir pris ses gants, puis il s'agrippa à un morceau de bois délabré, se hissa et sauta dans la pièce.

Sans se soucier des flaques d'eau, de la poussière et de la saleté, il se mit à genoux et ouvrit la table de nuit de Volodia. Sur l'unique étagère il y avait un exemplaire du journal *Krestïanka* daté de mai 1992, gondolé par l'humidité, visiblement laissé là par le moniteur. Un livre se cachait dessous. Ioura sourit à la lecture du titre, qui lui rappelait Volodia : *Théorie et méthodologie du travail pionnier*. La table de nuit ne contenait rien d'autre.

Ioura tourna son regard vers le lit. Métallique, étroit, c'était plutôt un lit de camp, avec les pieds vissés dans le sol. Au vu de la couche de saleté déposée sur les vis, il comprit qu'il n'avait sûrement jamais bougé de là. C'était sûrement celui de Volodia. Le sommier en treillis métallique mou et rouillé grinçait. Lorsqu'il dormait là-dessus, à l'époque, sûrement qu'il n'y avait pas de rouille – enfin bon – sourit Ioura, c'était fou d'imaginer qu'il a dormi là !

Il toucha le treillis qui cliqueta plaintivement, ce qui fit ressortir le silence qui régnait dans le lieu. Et le vide aussi. Mis à part les gros meubles, il n'y avait rien : pas de rideaux, pas de vêtements, pas de livres, pas une feuille de papier ni un bout de tapisserie déchiré, pas une affiche sur les murs – Ioura se souvint qu'à l'époque, il y avait celle de Machina vremeni, un groupe que Volodia aimait. Mais là, pas même un déchet… seulement de la poussière, de l'eau, cette flaque sale sur le sol et les éclats de verre près de la fenêtre. Ioura traversa la pièce pour inspecter la penderie ; il pensait que même un détritus lui aurait apporté de la joie, comme si sa présence avait pu lui donner l'illusion qu'il n'était pas venu ici pour rien, qu'il n'avait pas escaladé pour rien la fenêtre délabrée… grand sentimental qu'il était, parfait imbécile.

Pourquoi avait-il grimpé ? Pourquoi était-il revenu ici ? Et maintenant qu'il était là, pourquoi perdait-il son temps à se balader dans le camp au lieu d'aller directement à l'endroit qui l'intéressait et qui était la raison de sa venue ? Parce qu'il ne pouvait pas ne pas visiter cette chambre, et une fois à l'intérieur, il ne pouvait pas simplement repartir comme ça.

Il ouvrit les portes de la penderie et resta stupéfait : elle contenait un tas de vêtements fripés. Son cœur se serra de douleur quand il trouva, tout au fond, derrière les vieilles vestes et les vieux manteaux, quelques tuniques marron avec des galons sur lesquelles s'affichaient les lettres russes « CA » (pour l'armée soviétique, *sovietskaïa armia*). Ses mains tremblèrent lorsqu'il en dénicha une dont les boutons étincelaient, c'était la seule.

L'uniforme militaire, ils le portaient à l'occasion de la Zarnitsa. Les enfants écopaient de simples vareuses et les moniteurs de tuniques. Celle avec les boutons étincelants était celle des soldats, mais des petits soldats. Trop grande pour les pionniers, trop petite pour les communistes, elle n'allait qu'à un seul komsomolets.

Le cynisme, le scepticisme et l'autodérision, tout cela disparut d'un coup, fut envoyé aux oubliettes derrière la clôture en ruine du camp. Plus rien n'avait d'importance, ni l'âge de Ioura, ni ce qu'il avait fait dans sa vie, ce pour quoi il était doué, s'il était intelligent, s'il avait le droit de faire de l'humour… toutes ces choses avaient de l'importance dans l'autre vie, loin d'ici, loin du présent. Là, dans le camp de son enfance, Ioura pouvait être celui qu'il était avant : plus vraiment pionnier et pas encore komsomolets ; aussi drôle que cela paraisse, tout ça lui correspondait encore aujourd'hui.

À la seule petite différence qu'avant il pensait que c'était très important, tandis qu'aujourd'hui, ce qui importait, c'était la petite fripe marron qu'il tenait dans ses mains vieillies. Et le souvenir de cette personne aux épaules revêtues de galons noirs avec les lettres « CA », la poitrine couverte de boutons dorés et brillants.

* * *

— Bonjour, les pionniers ! Vous écoutez « La matinale des Pionniers », lança le haut-parleur pendant que Iourka se lavait les dents. Après le petit déjeuner, lorsque le clairon sonnera, préparez-vous pour la Zarnitsa ! Rendez-vous à tous les détachements sur la place centrale du camp...

Ce matin-là avait commencé comme les autres, avec les exercices de gymnastique que Iourka n'aimait pas des masses : il fallait courir pour se rendre à l'entraînement sans avoir vraiment eu le temps de se réveiller. Ce jour-là, il arriva à l'heure, ce qui l'énerva deux fois plus : il fallait attendre Ira Petrovna et les autres enfants du détachement alors que la plupart des moniteurs étaient déjà là. Volodia, par exemple, s'échauffait avec son groupe. Iourka eut envie d'aller le saluer, puis il se ravisa car il était occupé. De dos, il montrait des exercices aux enfants, avec cœur et dévouement. Échauffement du cou et des épaules, puis des coudes et des articulations, mouvement des bras de haut en bas, sur les côtés. Tout en écoutant d'une oreille les filles parler du bal de la veille, non loin de là, Iourka observait Volodia donner ses ordres :

— Écartez les jambes de la largeur des épaules ! Nous allons échauffer le torse. Flexion avant, bras tendus vers le sol. Volodia effectuait les mouvements en même temps. Sania ! Ne sois pas aussi brusque, tu vas te casser quelque chose !

Qu'avait fait Sania ? se demanda Iourka. Mais il n'essaya pas de le trouver. Sous ses yeux se déroulait un spectacle des plus curieux : Volodia se penchait lentement et gracieusement vers l'avant et touchait le sol, non pas avec ses doigts mais avec la paume de ses mains. Son tee-shirt avait glissé et découvert ses reins pendant que son short de sport rouge épousait ses hanches minces, ses jambes, et l'endroit arrondi et souple qui les surmonte.

Les pensées de Iourka vagabondèrent, avant de se concrétiser en phrases qui allaient de « Qu'est-ce qu'il est souple » à « Mais qui autorise à se balader en short ? Il y a des enfants et des… filles ici ! ».

Volodia se redressa et se baissa de nouveau. Au chaos qui régnait dans la tête de Iourka se substitua un silence assourdissant. Son corps s'engourdissait. Il ne pouvait détacher les yeux du spectacle. Ce n'est qu'au bout d'un long moment qu'il se reprit et se rendit compte qu'il fixait sans vergogne, depuis une bonne minute, les fesses moulées dans le vêtement rouge.

Son corps semblait aspergé d'eau bouillante, le sang lui montait au visage, des gouttes de sueur perlaient sur son front, et ce n'était pas dû à la chaleur ambiante, car l'air était encore empli de la fraîcheur du matin.

« Mais qu'est-ce que tu regardes ? » hurla Iourka dans son for intérieur. Il se sentit bête de se retrouver dans une position pareille, bête d'avoir rougi, bête d'être resté le regard fixe, et maintenant cette réaction bizarre, sorte de secousse légère et agréable. Non, cette réaction n'était pas bizarre mais tout à fait normale, au contraire, et Iourka ne l'expérimentait pas pour la première fois. Ce qui était bizarre, c'était qu'elle était causée par Volodia et pas par des filles. Pourquoi ? Il y avait pourtant un tas de belles filles ici, qui faisaient les exercices, toutes beaucoup plus intéressantes que Volodia. Mais si ces filles étaient plus intéressantes, pourquoi était-ce Volodia que Iourka regardait ? Est-ce que le matin était responsable, et que Ioura n'avait tout simplement pas eu le temps de se réveiller ?

Personne, sans doute, n'avait remarqué son comportement – tout s'était passé très vite –, mais après la discussion de la veille sur les fameux journaux et ses questions ridicules, Iourka avait extrêmement honte de lui. La voix de Jénia, le prof de sport, qui venait d'apparaître sur la place accompagné d'Ira, le sortit du terrible embarras dans lequel il se trouvait et des reproches qu'il se faisait :

— Bonjour, les pionniers ! On démarre les exercices !

Iourka était tellement sidéré par ce qui s'était passé pendant la gymnastique qu'une heure plus tard il n'avait toujours pas repris ses esprits. Il avait l'impression d'avoir avancé au milieu d'un épais brouillard jusqu'au petit déjeuner ; ensuite il était retourné dans ses quartiers afin de se préparer pour la cérémonie du rassemblement, avait revêtu l'uniforme de la Zarnitsa et noué son foulard.

Il jeta un œil à l'horloge accrochée au mur, il était en retard. Tous les autres avaient déjà quitté le bâtiment, on entendait au-dehors le brouhaha de la cérémonie et la voix d'Olga Leonidovna portée par les haut-parleurs. Iourka, devant son miroir, ne parvenait pas à nouer correctement le foulard rouge qui pendait autour de son cou. Il commençait à s'énerver.

— Qu'est-ce que tu fais là au lieu d'aller au rassemblement ?

La voix de Volodia déchira si soudainement le silence de la pièce que Iourka sursauta. C'était comme si un éclair de foudre l'avait frappé à l'intérieur. – Volodia était arrivé sans crier gare et à un moment inopportun.

— J'arrive… tout de suite. Et toi, qu'est-ce que tu fais là ?… Pourquoi tu es venu ?…

— Lena a amené mon groupe au rassemblement. Ne te voyant pas sur la place, je suis venu aux nouvelles. Mon détachement est resté à l'état-major, tu nous accompagnes ?

Iourka observait le menton de Volodia par-dessous, dans le reflet du miroir, sans même se tourner vers lui, il ne voulait pas faire volte-face et le regarder dans les yeux... Il fut soulagé de comprendre qu'il n'allait pas le croiser de la journée. Heureusement que la veille il avait évité Aliochka Matveïev et refusé de rester à l'état-major.

— Ioura, ohé ! Pourquoi tu ne dis rien ? Qu'est-ce qui se passe ?

Iourka tira sur les extrémités de son foulard avec agacement, puis les laissa emmêlées. Il se tourna vers Volodia et, tout en s'efforçant de ne pas regarder son visage, il dit :

— Je me suis levé du pied gauche, je crois. Et maintenant, je suis en retard, par-dessus le marché. Vas-y, je te rejoins.

Ce qu'il voulait par-dessus tout, à ce moment-là, c'était que Volodia s'en aille. Or le garçon s'approcha de lui, sourit avec indulgence puis ricana.

— Mais comment ça, Iour, tu as passé toutes les étapes de la vie de pionnier, tu es déjà grand, et tu ne sais pas nouer ton foulard ? Il approcha ses mains et commença à arranger le foulard de Iourka avec habileté.

— Je ne... dit-il en avalant ses mots. Sa gorge était sèche – de nouveau une chaleur l'envahissait.

Volodia réussit à faire le nœud avec une grande dextérité, comme s'il avait fait ça toute sa vie. Enrouler ici, passer là, tirer, et le tour était joué. En faisant glisser le foulard sous le col, il avait effleuré le cou de Iourka. Un contact involontaire d'une seconde, sans doute, qui avait fait sur Iourka l'effet d'un choc électrique.

— Il va falloir que tu apprennes à nouer ton foulard, dit Volodia.

— Quoi ?

Même s'il avait entendu, le bourdonnement dans ses oreilles l'empêchait de comprendre le sens des mots. Volodia soupira :

— Je dis que je vais t'apprendre à faire des bêtises ! dit-il avant de cligner des yeux d'un air espiègle.

— De quoi ?

Iourka leva un sourcil de surprise.

— « Apprends-moi à faire des bêtises ! » ? C'est dans *Yeralach*, le dessin animé.

Iourka fronça les sourcils : son cœur s'emballait, comme dans un début de crise, et Volodia se lançait dans des blagues ?

— Bon, alors, tu m'accompagnes à l'état-major ? redemanda Volodia, feignant de ne pas remarquer le trouble de Iourka.

— Non, je vais aller en forêt avec mon groupe. Pendant la réunion du détachement, on a décidé que je ferais partie des services de renseignements.

— Ah, d'accord...

Les yeux de Volodia étaient devenus tristes, la petite lueur s'était assombrie. La conscience de Iourka en fut titillée.

— C'est que j'ai promis d'y aller ! se hâta-t-il de justifier.

En réalité, il n'avait rien promis à personne, il avait simplement l'intention de demander à faire partie des services de renseignements... Pourquoi mentait-il ? Encore une fois ! Et à Volodia, qui plus est !

Le temps pressait, impossible de réfléchir. Iourka entendit que le micro, sur la place, avait été coupé et que la corne retentissait pour que les pionniers se mettent en rangs et se rendent à l'endroit où la Zarnitsa allait se dérouler.

Volodia se dirigea vers la sortie et fit un signe de la main à Iourka.

— Peut-être nous verrons-nous ce soir, mon groupe aussi a demandé à aller dans la forêt, mais Lena et moi n'avons pas encore réfléchi à la manière d'organiser l'excursion.

Iourka se contenta d'un « ouaip » et partit du côté de la place, là où les colonnes de pionniers se séparaient en deux équipes, sous la houlette des profs de sport et des moniteurs, chacune rejoignant son emplacement.

Cependant, même s'il fuyait Volodia, Iourka ne pouvait pas échapper à ses propres pensées et oublier ce qui s'était passé, oublier ses réactions, oublier Volodia. Et même s'il tâchait de mettre de côté son égarement du matin, ses réflexions le ramenaient toujours à des sujets en lien avec Volodia : comment il s'en sortait avec les enfants, à l'état-major ; ou encore sa promesse de venir le voir le soir au campement, avec les enfants ; puis la dispute de la veille et la conversation qui allait avec ; l'air coupable de Volodia, la veille aussi, devant le grillage du court de tennis, tellement sincère que Iourka s'en voulait désormais ! Comment avait-il pu douter de lui ? Et comment avait-il pu – même si ce n'était qu'en pensée – le traiter de menteur et ne pas croire en la sincérité de son amitié ?

Penser à cette amitié, d'une manière ou d'une autre, ramenait Iourka à ce qui s'était d'abord passé pendant les exercices de gymnastique et ensuite à l'intérieur. La sincérité de son amitié… Et Iourka, est-ce qu'il était sincère ? Et s'il l'était, pourquoi est-ce que l'effleurement accidentel de son cou l'avait effrayé à ce point ?

Iourka refusait d'avouer qu'il ne s'agissait absolument pas de frayeur.

La Zarnitsa, l'une des activités les plus intéressantes et les plus importantes du camp, attendue depuis si longtemps, se déroula dans une sorte de brouillard dont il ne se souvint que par bribes, à cause de ces pensées qui le remuaient.

Il essayait de se concentrer mais n'arrivait à rien. Aussi il s'énerva : « Mais combien de temps peut-on passer à s'éparpiller à ce point ! Reprends-toi ! » Puis aussitôt il se justifia : « Mais comment ça, "s'éparpiller" ? Est-ce que Volodia est un éparpillement ? Au contraire, il est très… très… » Mais Iourka ne parvint pas à déterminer précisément sur quoi porter ce « très ».

Ira Petrovna l'avait autorisé à être agent de renseignements et s'était même réjouie de son ambition, convaincue qu'il trouverait l'emplacement de la base ennemie. L'équipe de Iourka avait pris position sur le territoire assigné. Iourka s'apprêtait à monter la tente avec l'aide de Vanka et de Mikha lorsqu'il reçut une nouvelle désagréable : Macha avait demandé à le rejoindre dans les services de renseignements. Elle avait longuement insisté, en pleurnichant et en se tordant les mains – Ira avait fini par céder, malgré ses réticences. Tout en boutonnant sa vareuse militaire, Iourka les regardait de travers : Pourquoi, bon sang de bonsoir, Macha désirait-elle former un binôme avec lui ?

Ses motivations devinrent rapidement limpides. À peine se retrouvèrent-ils en forêt, où espions et combattants ennemis pouvaient déjà rôder, que Macha, après quelques minutes d'hésitation, lui demanda timidement :

— Iour... Volodia et toi... êtes amis, n'est-ce pas ?

Iourka leva les yeux au ciel et fit claquer sa langue – il avait compris. Mais que lui voulaient toutes ces filles ? Qu'il remplisse les fonctions de porte-parole et se mette à jacasser sur le compte du moniteur du cinquième détachement ?!

— Iour, pourquoi est-ce qu'il ne vient pas aux bals ?

Iourka essaya d'abord de l'ignorer. Il pensait qu'en restant ostensiblement silencieux sans répondre à ses questions, elle comprendrait... Macha comprit, sans doute. Mais ne se calma pas pour autant :

— Mais, Iour, je ne te demande pas de faire quoi que ce soit ni de... Seulement de me raconter ! Il a une petite amie, c'est ça ?

Au bout de dix questions, il lui semblait entendre un disque rayé et il commença à s'énerver.

— Iour, c'est Polina qui lui plaît ? Il t'en a sûrement parlé... Il lui jetait de ces regards, pendant la dernière répétition...

— Comment ça, « de ces regards » ? explosa Iourka. Il ne regardait personne ! Il est venu ici pour travailler !

Macha resta interdite, le dévisageant d'un air effrayé. Iourka lui enjoignit de partir et ajouta à voix basse :

— Mach, nous faisons partie des services de renseignements, tu comprends ? Si on nous remarque et que nous sommes faits prisonniers, notre équipe va perdre un paquet de points !

Elle se calma. Pendant une vingtaine de minutes.

— Iour… Est-ce qu'il t'a dit quelque chose sur moi ?

D'agacement, ses cheveux se dressèrent sur sa nuque.

— Mais, Iour… Qu'est-ce tu as ? Tu peux pas me dire ? C'est que, tu comprends… Elle rougit, s'approcha de lui et le tira par la manche. Tu comprends, Volodia… il me plaît… Mais il est inaccessible. On dirait qu'il ne voit pas les gens autour de lui, comme si personne ne l'intéressait… C'est pour ça que tu es mon seul espoir de me rapprocher de lui…

— Te rapprocher de lui ? Macha, tu n'as pas besoin de me mêler à tes histoires ! J'ai déjà assez morflé à cause de toi. Ça suffit.

— Mais Iour, ce n'est pas un grand sacrifice, que je te demande, là ! Essaye seulement de savoir ce qu'il pense de moi. Toi tu peux. Vous êtes souvent ensemble. Le soir, par exemple, ou la journée, pendant le temps calme, tu lui dis simplement… tu lui demandes…

— Attends un peu, ordonna Iourka avant de s'immobiliser lui aussi. D'où tiens-tu que je le vois pendant les temps calmes ?

— Ça, c'est mon secret ! Tout le monde le sait. Et les soirées aussi, tu les passes avec lui.

— Et toi, où est-ce que tu traînes le soir ? Et avec qui ?

Macha en resta bouche bée.

— Où est-ce que je « traîne » ? C'est toi qui traînes ! Et puis, cela ne te regarde pas !

— Si, cela me regarde ! Puisque Ira pensait que toi et moi sortions ensemble. En plus, c'est à cause de ça qu'elle s'est disputée avec Volodia, donc tes petites balades le concernent aussi à présent. Pourquoi est-ce qu'elle a pensé ça ? Où est-ce que tu traînes ? Et avec qui ? Et qu'est-ce que j'ai à voir là-dedans ?

— Qu'est-ce que j'en sais ? Tu n'as qu'à lui demander à elle. Et demande pour moi aussi. Mais pas à elle, à Volodia... Je ne peux pas me charger de ça : d'abord, ça ne se fait pas, qu'est-ce qu'il penserait de moi ? Et ensuite, je n'ai pas d'occasion de discuter avec lui, moi. Aide-moi, tu veux bien ? On fait un échange. Je te laisse le piano. Pas pour tout le spectacle, mais pour un morceau. Pas la sonate, bien sûr, quelque chose de plus simple...

Toutes ces questions irritaient horriblement Iourka. Il aurait réussi à se contenir s'il n'y avait pas eu la dernière phrase.

— De plus simple ? répéta-t-il. De plus simple ! J'ai mal entendu ou tu penses que tu joues mieux que moi ?

— Qu'est-ce que tu vas chercher ? Bien sûr que non, c'est juste que...

— C'est beau les rêves ! Tu penses que tu es meilleure que moi et que tous les autres. Tu penses que tu es la seule à mériter Volodia ? Tu te prends pour le centre du monde ? Tu penses que tout d'un coup, emporté par un élan, il est tombé amoureux de toi ?

— Je me prends pas pour le centre du monde ! rétorqua Macha, agacée. Et pourquoi pas moi ? Regarde donc autour de nous ! Qui d'autre ? Elle s'esclaffa. Toi, peut-être ?

Iourka leva les yeux au ciel et se frappa le front avec la paume de la main, en signe de dépit.

— Tu parlais de Polina, par exemple.

— Donc, c'est d'elle qu'il s'agit...

— Je ne sais pas ! Et puis qu'est-ce qui te fait penser que quelqu'un lui…

Iourka était tellement énervé et perturbé qu'il ne remarqua pas les larmes qui coulaient des yeux de Macha. En revanche, il remarqua des taches jaunes qui se promenaient dans les buissons non loin derrière – les ennemis.

— Cache-toi ! murmura-t-il avant de filer.

Parmi les agents de renseignements ennemis qui passaient tout près, il reconnut Vasska Petlitsyne. Quand il repéra l'herbe piétinée, il conclut qu'il fallait quitter le chemin à cet endroit pour tomber sur la base. Il prit cette direction.

Macha, qui faisait tout son possible pour montrer qu'elle faisait la tête, marchait sans parler. Iourka se délecta de ce silence pendant une vingtaine de minutes au bout desquelles ils se retrouvèrent dans le camp ennemi.

L'équipe jaune s'était installée à l'endroit où la forêt de feuillus devenait forêt de conifères. Le sable, sous les tentes, était jonché de pommes et d'aiguilles de pin, l'air sentait la résine. Iourka, pour la énième fois, plongea dans les buissons épais pour observer ses ennemis de loin. Il ne nota rien de vraiment intéressant – c'était la même chose que dans son équipe à lui. Deux filles s'affairaient autour du feu pendant que Petlitsyne traversait le camp accompagné d'un camarade, apparemment en direction de la tente du commandant. Semion, prof de sport, faisait passer les tests relatifs à chaque discipline : sauts, flexions, pompes, étirements. La majorité des enfants faisait le guet autour du drapeau jaune.

Iourka ne resta pas caché très longtemps : il repéra, sur la carte faite à la main, l'emplacement de l'ennemi par rapport à sa propre base, vérifia avec un compas et traça le parcours. Macha et lui devraient désormais retourner dans leur camp sains et saufs afin de transmettre les informations à la commandante, Ira, et de lancer l'assaut.

Iourka se sentait aussi pressé qu'un citron. Mais un citron sale, poussiéreux et éreinté ! Il parvint tant bien que mal à rejoindre la base, croisa trois fois des soldats ennemis dont les chuchotements lui apprirent, ainsi qu'à Macha, que tous les autres agents de renseignement de leur équipe avaient été neutralisés. Ils étaient donc seuls désormais et beaucoup de choses dépendaient d'eux, ce qui effraya Iourka. Mais la peur d'être attrapés et de devoir repousser un assaut était une peur positive et rationnelle. Sauf qu'une autre peur, négative, irrationnelle, profonde et honteuse, vint momentanément recouvrir la première : le soupçon que quelque chose n'allait pas chez lui.

Lorsqu'ils arrivèrent au camp et transmirent les renseignements à Ira Petrovna, celle-ci s'affaira, tourna en rond en montrant les galons de capitaine qui ornaient sa tunique et divisa les soldats en trois groupes : le premier devait rester au camp et protéger le drapeau bleu, le deuxième, dont elle prenait le commandement, se rendrait directement sur la base ennemie, et le troisième, sous la houlette de Jénia, fut sommé de prendre le camp ennemi à revers, c'est-à-dire en faisant un détour. À la grande joie de Iourka, Ira prit Macha avec elle, et lui se retrouva avec Jénia. Le trajet, long et ennuyeux, revint à sa mémoire par bribes, il se souvenait des images floues d'une forêt qui n'en finissait pas, des vareuses de ses camarades, des chuchotements et de l'inquiétude d'être repérés et capturés à cause du bruit que faisaient les dix enfants. Les troupes, cependant, progressèrent sans embûche avant se mettre en embuscade en attendant que l'autre moitié apparaisse sur la ligne de front. Jénia, allongé sous les bosquets près de Iourka, murmurait d'un air anxieux : « Les jaunes ne s'attendent pas à une attaque par l'arrière, on a l'avantage, on attrapera le drapeau avant Irina. » Iourka rit aussi discrètement qu'il put, il avait envie d'ajouter : « Et on le jettera à ses pieds. »

Dès réception du signal d'arrivée des troupes, les enfants se mirent en marche, mais l'assaut, pas très organisé, évoquait plutôt une bagarre entre gamins. Ils se jetèrent les uns sur les autres et ce fut la mêlée générale. Certains tourbillonnaient dans tous les sens comme dans une centrifugeuse, au milieu du tas, d'autres parvenaient à s'extirper avant de replonger dans la cohue. Iourka réussit à arracher des galons à deux enfants. L'un fut donc considéré comme blessé, c'était Mitka, dont le galon gauche était resté en place. L'autre, Petlitsyne, était mort, ses deux galons ayant été arrachés.

Lorsque le drapeau jaune fut saisi, grâce aux prières d'Irina et aux mains de Vanka, le détachement bleu se mit en ordre et retourna dans ses quartiers en chantant des chants de guerre. Ira rayonnait de joie. Jénia était contrarié, car ce n'était pas un de ses soldats qui était arrivé en premier au drapeau, un soldat d'Irina – et il traînait la jambe sur le côté en jurant à voix basse. Iourka riait et entonna avec les autres :

Que le détachement se mette à chanter comme avant,
Moi je rejoins le chœur progressivement.
De nouveau nous voilà jeunes, prêts pour la victoire,
Nos épaules sont larges, elles peuvent tout recevoir[1] *!*

Malgré sa joie, il sentit ses jambes se dérober sous lui à cause de la fatigue. Il avait envie de calme et de silence. De retour au camp, qui fêtait sa victoire, il soupa à la hâte et alla s'isoler du bruit sous sa tente, s'étalant comme une étoile de mer sur son matelas dur.

Il voulait s'assoupir et fourra la tête dans son duvet, mais le sommeil ne venait pas ; ce n'était pas les sons qui parvenaient du dehors qui l'empêchaient de s'endormir, mais ses pensées. Quoi qu'il fît désormais, il ne parvenait pas à les chasser de

1. Texte extrait de « Chansons sur le premier détachement de pionniers » (paroles de S. Runge, musique de A. Dolukhanyan). (Note des autrices.)

son esprit. Pendant la journée il était occupé et arrivait tant bien que mal à les mettre de côté, mais là, une fois seul, c'était impossible : il fallait qu'il prenne son courage à deux mains et cesse de se mentir – ce qui s'était passé pendant les exercices de gymnastique ne pouvait pas être considéré comme un moment d'égarement. L'envie et le plaisir de regarder Volodia étaient si forts et si profonds qu'il en ressentait encore, quand il y pensait, des picotements agréables dans la poitrine. Mais qu'est-ce que c'était ? Comment était-ce possible... Ce n'était pas convenable d'avoir des vues sur qui que ce soit, et encore moins sur Volodia... Ce qui était inconfortable, c'était qu'une fois toutes les excuses écartées, il avait conscience de ne pas vouloir détourner le regard ! Iourka eut soudain la nausée.

Il s'assit, repoussa le duvet, se frotta le visage et se gratta vigoureusement la tête. Non parce que sa tête le démangeait mais parce qu'il voulait effacer ces pensées honteuses qui ne lui servaient à rien.

Dehors, la nuit tombait, le camp bruissait : quelqu'un grattouilla une guitare et une chanson douce et joyeuse se répandit. De tous côtés retentissaient les voix excitées des dizaines de pionniers ; Iourka eut même l'impression d'entendre distinctement Sacha, le petit joufflu, pas très loin, évoquer la bouillie de sarrazin servie au dîner.

— La soirée commence à peine et toi tu dors, soldat ?

Iourka eut d'abord l'impression de rêver. Pourtant, Volodia se trouvait bien devant lui, de toute sa hauteur. Il portait la même vareuse que Ira, à deux différences près : sur la sienne les boutons brillaient, et les galons, sur les épaules, n'étaient pas ceux d'un capitaine. Gêné, Iourka tâcha de l'accueillir tranquillement, mais sa voix se teinta malgré tout de quelques pointes de nervosité :

— Mes respects, camarade lieutenant.

— Lieutenant-chef, sourit Volodia en se tournant pour montrer l'intégralité de ses galons, puis il pointa ses étoiles de l'index.

— Oh, c'est vrai ! feignit de s'étonner Iourka avant de se rallonger. Tu es vivant ?

— Presque. Imagine : j'avais oublié de récupérer mon laissez-passer, alors je suis allé à l'état-major, mes camarades montaient la garde, ils ont exigé que je le leur présente. Ils se sont accrochés à mes bras et à mes jambes et se sont mis à tirer dans tous les sens et à me frapper dans le dos. Ils ne se rendent pas compte que leurs petits poings sont très efficaces. Maintenant j'ai mal sur tout le corps. Et aux épaules aussi. Tu ne veux pas m'aider à m'étirer ?

— N-non… bégaya Iourka. Je sais pas faire.

— Dommage… Volodia pinça les lèvres et s'étira sur le lit voisin, soupirant avec délectation : Ça fait du bien…

Iourka restait immobile, craignant de faire le moindre mouvement. L'épaule de Volodia, affublée d'épaulettes rigides aux galons noirs flanquées des lettres CA, était appuyée sur la sienne. Iourka ne pouvait pas ignorer ce contact ni s'écarter pour qu'il cesse. Volodia, quant à lui, semblait ne se rendre compte de rien. Il roula sur le côté, regarda Iourka et fronça les sourcils – l'autre détourna le regard.

— Qu'est-ce tu as, là… Il tendit la main vers les cheveux ébouriffés de Iourka, mais celui-ci se rejeta en arrière. Hier encore, il n'aurait eu cette réaction pour rien au monde, mais depuis le fameux moment, les contacts avec Volodia lui procuraient une sensation trop intense, il avait l'impression qu'on le transperçait de la tête aux pieds. De l'herbe ? Pourquoi tu as de l'herbe dans les cheveux ?

— … et des coccinelles dans la tête… Iourka, gêné, termina la phrase à sa place. Je suis agent des renseignements. J'ai passé la journée dans la forêt.

Volodia le regarda d'un air triste.

— Et moi, toute la journée, j'ai dû supporter les enfants… Dès la fin du déjeuner, ils se sont tous mis à gémir, comme s'ils s'étaient concertés : on veut faire comme les grands, on veut faire la Zarnitsa et passer la nuit ailleurs ! Ils faisaient des caprices, ils se plaignaient. C'est tout juste si Lena n'a pas poussé une gueulante. Volodia passa sa main sous sa tête. Sania et Olejka étaient tellement déchaînés que je n'ai pas eu d'autre solution que de les amener ici.

Iourka essayait de l'écouter, sans toutefois y parvenir. Le sens de ses paroles se perdait dans le désir de le toucher… Il se détourna brutalement et marmonna :

— Ira a dit que tu ne prendrais que quelques enfants avec toi. Où sont les autres ?

— Je leur ai dit que seuls ceux qui se seraient bien comportés pendant le travail de l'état-major pourraient venir.

— Ça en faisait beaucoup ?

— Non, j'ai opéré un tri très sélectif… c'est surtout ceux qui participent à l'atelier de théâtre. Comme il y avait des déçus, je leur ai donné le choix : soit seulement quelques-uns d'entre vous viennent, soit personne ne vient ; je ne voulais pas prendre une telle responsabilité. Lena leur a ensuite promis de les amener à la salle de cinéma le soir et de leur passer un dessin animé…

Iourka se leva et regarda Volodia. Son visage semblait détendu, sans marque de fatigue. Certes, il ne s'était pas trouvé dans les bosquets ni n'avait pris d'assaut une base ennemie, mais la fatigue causée par les enfants n'était pas moins intense pour autant…

— Tu viens près du feu ? On va raconter de super histoires.

— Encore des histoires d'épouvante ? marmonna Iourka en faisant passer l'agacement qu'il éprouvait contre lui-même pour de l'agacement envers les histoires d'épouvante.

— Ça te saoule, c'est ça ? acquiesça Volodia. Moi aussi. S'ils en réclament, j'en raconterai une sur la Dame de Pique[1].

Volodia sourit chaleureusement, des étincelles espiègles dansaient dans ses yeux, mais Iourka fut pris d'une sourde angoisse. Il marmonna : « Allons-y » et sortit vite fait de la tente. À cause de ce maudit événement du matin, il lui semblait maintenant que le comportement de Volodia cachait quelque chose, qu'il ne s'était pas allongé simplement parce qu'il était fatigué et que ce n'était pas par curiosité qu'il avait passé la main dans ses cheveux. Mais peut-être ne s'agissait-il que d'impressions – Volodia n'était au courant de rien ! Il n'avait rien vu et aucune pensée triviale – Iourka en aurait donné sa main à couper – ne traversait jamais sa tête du gentil komsomolets.

Volodia sortit et suivit Iourka tout en l'examinant d'un air sceptique. Olejka et Sacha s'installèrent immédiatement autour de leur moniteur et l'invitèrent à s'asseoir à la place qu'ils lui avaient spécialement réservée. Iourka, profitant de ces quelques instants de solitude, s'assit à distance du feu de bois.

Les enfants écoutaient Ira Petrovna dans un tel silence que sa voix pourtant faible parvenait jusqu'à Iourka :

— … Les premiers camps de pionniers apparurent dans les années 1920, ils étaient installés en campagne, c'est-à-dire que les pionniers ne vivaient pas dans des bâtiments en dur, mais dans des tentes. Vous vous souvenez du film *L'Oiseau de bronze* ? Les enfants acquiescèrent. C'était exactement la même chose. Bien sûr, si on trouvait un bâtiment approprié, les pionniers l'utilisaient, mais pendant un temps limité, car, comme vous le savez, à cette époque, il y avait peu de villes, les gens vivaient généralement dans des villages. Voilà pourquoi

1. *La Dame de pique* est une nouvelle fantastique de l'écrivain russe Alexandre Pouchkine.

la plus grande mission des pionniers consistait alors à aider les paysans dans les travaux agricoles, à éduquer les enfants…

— … pour qu'ils puissent ensuite dénoncer des gens et recevoir en retour des places pour l'Artek, le Centre international pour enfants, ajouta Iourka.

Mais personne ne l'entendit.

Irina Petrovna continua :

— L'activité la plus importante, c'était les réunions autour des feux de camp, pendant lesquelles on évaluait les résultats des travaux effectués par les pionniers dans la journée : à combien d'enfants ils avaient appris à lire et à écrire, combien de personnes ils avaient aidées à réparer et à construire. On préparait aussi les projets du lendemain. Les pionniers désignaient eux-mêmes, sans adulte, ceux d'entre eux qui méritaient d'être félicités ou blâmés avec des travaux pédagogiques à effectuer…

L'historique des camps de pionniers ennuyait Iourka – Ira en faisait chaque année le récit parce qu'il y avait toujours des enfants qui l'ignoraient. Aujourd'hui, par exemple, c'était les jeunes du groupe de Volodia qui jouaient le rôle des auditeurs attentifs, en particulier Olejka, qui était tellement pris par l'histoire qu'il gardait les yeux écarquillés et la bouche grande ouverte. Les autres se taisaient poliment. Dissimulé dans la pénombre de la nuit, Iourka n'écoutait cette histoire ennuyeuse que pour couvrir la voix intérieure qui le taraudait de nouveau.

Soudain, il perçut un bruissement léger dans les bosquets, à quelques mètres de lui. Il se raidit. Une bête s'agitait ! Il se rappela que cette forêt n'abritait plus d'animaux sauvages depuis longtemps et devina immédiatement quelle bestiole avait l'intention de faire irruption cette nuit dans le camp ; sans rien dire, il avança à pas de loups jusqu'aux bosquets.

Un faible couinement arrivait de quelque part, en bas à droite ; Iourka, perplexe, examina les racines. Les feuilles ternies de l'année précédente, qui recouvraient le sol, se mirent à bouger… Le cœur de Iourka s'emballa et il eut la chair de poule : Et si c'était des serpents ?! pensa-t-il, effrayé. Le temps sembla s'arrêter. Lentement, en essayant de ne pas faire de mouvement inutile, il recula.

Iourka avait déjà vu plus d'une fois ces adorables vipères ramper, il savait pertinemment qu'il ne fallait en aucun cas s'en approcher. Il savait que comme toutes les créatures à sang froid, elles apprécient le soleil pendant la journée, il savait aussi que le mois de juin était pour elles la période de reproduction et qu'elles aimaient se mettre en boule dans leurs nids. Des phrases entendues lors des premiers cours de formation militaire et de biologie lui revinrent en mémoire par bribes ; elles disaient que les vipères réagissaient mécaniquement : plus on s'approchait d'elles, plus elles resserraient l'étreinte de leur enroulement. Elles fonctionnaient aussi comme des ressorts : elles sautaient en l'air et mordaient. Plus la morsure était proche de la tête, plus elle était dangereuse.

Et lui, cet idiot, s'était aventuré dans les bosquets en pleine nuit, sans penser aux reptiles et sans prévenir personne. Il s'apprêtait à crier aux moniteurs qu'il était possiblement tombé sur un nid de serpents, qu'il avait déjà dit adieu à la vie et se préparait à recevoir une vipère enragée sur lui dans les prochaines secondes, quand une feuille d'érable de couleur sombre se souleva et révéla… un nez en forme de bouton. Puis il entendit un léger « snif ».

— Un hérisson !

Iourka soupira de soulagement quand il distingua les piquants au milieu des feuilles. C'est quand même vrai cette histoire de première idée qui est la bonne : Iourka avait d'abord pensé à un hérisson ! La bestiole l'observait attentivement de sous le buisson.

Iourka s'assit sur ses talons et tendit les bras pour l'attraper. L'animal, contre toute attente, ne fuit pas. Au contraire, il s'approcha de lui et enfonça son drôle de nez dans sa basket. Après un tel accueil, Iourka ne pouvait le laisser – si mignon et si vaillant – dans le bosquet. Il fallait absolument montrer cet hôte inattendu aux enfants ! Il rit, retira sa veste pour enrouler son nouvel ami dedans et l'amener près du feu.

Le hérisson fut accueilli triomphalement par les premier et cinquième détachements. Les enfants abandonnèrent Ira, bondirent et s'agglutinèrent autour de Iourka. Le hérisson passa de bras en bras, chacun voulait le toucher et le caresser. Attendris par sa drôle de manière de renifler, ils le baptisèrent Snif-snif. Tout le monde adopta ce surnom, y compris l'animal.

Lorsque l'émotion retomba, il fallut décider du sort de Snif-Snif. Ira proposa de voter pour choisir entre la liberté ou le coin rouge. Le choix fut unanime : il fallait d'abord lui donner à manger puis l'amener au coin rouge. Lorsque tout le monde fut calmé, on se rendit compte qu'il n'y avait pas d'endroit pour le garder jusqu'au lendemain.

— J'ai vu des cartons de lait concentré vides dans la cuisine du campement, se souvint Volodia. À mon avis, Zinaïda Vassilievna sera d'accord pour qu'on en prenne un.

— Des cartons ? Ne va-t-il pas les ronger ? lança Ira Petrovna avec un air de doute exagéré et un ton qui rappela à Volodia que la paix, entre eux, n'était pas encore rétablie.

— Même s'il les ronge, intervint Jénia, cela ne sera pas très grave, il partira dans la forêt, voilà tout.

— Ça ne va pas plaire du tout à Zinaïda Vassilievna ! ronchonna Ira.

— Ira, qu'est-ce que tu veux ? demanda Volodia. Que nous l'emmenions au camp en pleine nuit en passant par la forêt ?

— Non. Je ne vous laisserai pas partir en pleine nuit. Prends-le dans ta tente.

— Je ne vais pas dormir seul. Il y aura des enfants avec moi.

— Trouve une solution, aboya-t-elle.

— Qu'est-ce que tu veux que je te dise ? Que c'est « sous ma responsabilité » ? Très bien, c'est sous ma responsabilité. Elle a trouvé un moyen de faire un scandale ! s'énerva Volodia.

— Pas devant les enfants, intervint Jénia en tapota amicalement ses deux camarades sur les épaules. Ceux qui se tenaient à proximité se regardèrent d'un air perplexe. Je dégotterai dix belles boîtes pour Zinaïda s'il le faut !

L'humeur de Iourka, qui n'était déjà pas fameuse – c'était à cause de lui que Volodia avait envoyé son « T'es amoureuse de lui » – menaçait de s'assombrir complètement s'il assistait à une prise de bec, dont il était en réalité la cause.

— Je vais chercher une boîte, leur annonça-t-il en filant vers la cuisine sans attendre de réponse.

— Je vais avec Koniev, entendit-on derrière, et Iourka fut bientôt rattrapé par Volodia, visiblement mécontent.

Il alluma une lampe dénichée on ne sait où et éclaira le chemin bien que le clair de lune fût suffisant pour voir sans électricité.

— Quelque chose ne va pas ? demanda Volodia avec agacement.

— C'est juste que c'est pas la peine de se défouler sur moi, marmonna Iourka. Je vais très bien.

— Je n'avais pas l'intention de me défouler. Si cela t'a donné cette impression, j'en suis désolé. Mais… Iour, j'ai l'impression que tu me fuis.

— Pas du tout. C'est seulement que je suis fatigué.

— Ioura, ne mens pas, déclara Volodia, de la déception dans sa voix. Je vois bien que quelque chose ne va pas. J'ai dit ou fait quelque chose qui t'a vexé ? Volodia, soucieux, regarda Iourka dans les yeux et posa la main sur son épaule. Mais

Iourka redoutant tout contact avec lui, repoussa sa main. Ne me dis pas que c'est encore cette histoire de journaux ? murmura Volodia, désemparé.

— Non, c'est juste que...

— Tu te répètes : « c'est juste que », « c'est juste que » ! Dis franchement ce qui ne va pas !

— Tout va bien. Je suis de mauvaise humeur depuis ce matin, je veux pas te contaminer.

— C'est trop tard.

— Comment ça ? s'étonna Iourka qui venait de s'arrêter près de la cuisine.

— Parce que tu me fuis. Alors je m'inquiète...

— Tu t'inquiètes ? s'étonna Iourka tandis qu'une onde de chaleur envahissait sa poitrine. Pour moi ?

— Tu es mon ami, alors bien sûr que je m'inquiète pour toi, que je me fais du souci, et que... Volodia se troubla et baissa les yeux. Il serra ses lèvres, se racla la gorge et reprit : Écoute. S'il y a réellement un problème, dis-le-moi, parce que je ne... suis pas un étranger. Et en plus, je suis ton moniteur. Je t'aiderai. D'accord ?

— D'accord. Mais c'est vrai que je suis crevé. Tout va bien, Volod.

Iourka essayait de se convaincre lui-même, plus que Volodia.

— Entendu, acquiesça Volodia. Demain matin, on a l'intention d'aller à la pêche, à l'heure où tout le monde dormira encore. Tu viens avec nous ? Ou tu es trop fatigué ? Il faut se lever à cinq heures.

— À cinq heures ! Mais c'est horrible... Si je ne dors pas assez, je vais être de mauvaise humeur toute la journée, et je ne serai pas dans mon assiette.

— Tu n'es déjà pas dans ton assiette, marmonna Volodia tandis qu'ils revenaient vers le feu de camp avec la fameuse boîte. Et moi non plus, à cause de toi ! Lorsque Aliocha m'a dit qu'hier tu avais encore refusé d'aller à l'état-major, j'ai pensé que je t'avais vexé, et ma journée a été un vrai cauchemar. Je n'arrivais pas à trouver ma place.

Iourka ne pouvait pas rester indifférent à ces paroles. Volodia n'était pas dans son assiette quand Iourka n'était pas là ? Il ne trouvait pas sa place, sa journée était un cauchemar ? Ce qui signifiait qu'il avait besoin de Iourka. C'était si agréable de se sentir utile. Les inquiétudes liées à l'entraînement de gymnastique étaient passées au second plan, désormais tout pouvait rentrer dans l'ordre. Iourka sourit :

— Entendu. C'est d'accord. Je me lèverai.

— N'oublie pas de demander l'autorisation à Ira.

— Bien sûr. Au besoin, confirme-lui que je viendrai avec toi. On se retrouve où ?

— Je viendrai te réveiller.

* * *

Iourka était persuadé qu'il lui serait impossible de se lever à cinq heures du matin. Il prendrait sur lui, bien sûr, mais cela ressemblerait sans doute plus à une réanimation qu'à un réveil. Déjà, ces derniers temps, il se levait sans grande motivation, alors demain, après une journée si tendue… Ses craintes, cependant, ne furent pas confirmées.

À peine eut-il mis le pied dans la tente que la fatigue se manifesta et il s'endormit dès qu'il posa le nez sur l'oreiller. Son sommeil fut agité parce qu'il pensait à Volodia, il l'obsédait. Toute la nuit Iourka vit Volodia lui nouer son foulard, mais il s'emmêlait les pinceaux et lui effleurait le cou. Lorsque les doigts de Iourka frôlaient maladroitement la peau de Volodia, celle-ci se recouvrait de chair de poule. Le corps de Iourka tout entier se recouvrit alors de chair de poule, pour de bon, ce qui le réveilla en sursaut.

Il ouvrit les yeux, s'assit, haletant, essaya de comprendre où il se trouvait et l'heure qu'il était. L'obscurité était totale, comme le silence : on n'entendait que le vent, dehors, qui agitait les feuilles dans les arbres.

Tout doucement, en essayant de ne pas réveiller Vanka et Mikha, Iourka sortit de la tente et regarda sa montre, au clair de la lune – il était quatre heures et quart. Il soupira. Il aurait bien dormi encore un peu, mais il n'avait plus sommeil du tout.

Le ciel commençait à peine à s'éclaircir. Iourka estima que le jour poindrait seulement dans une trentaine de minutes ; pourtant distinguait déjà une faible lueur et les reflets lointains du soleil de la nouvelle journée.

Comme il n'avait rien à faire, il se mit en quête d'un endroit où se débarbouiller. Il découvrit un lavabo de fortune, accroché à un arbre près de la cuisine du campement, et s'aspergea le visage. Son corps tremblota, Iourka aurait aimé retourner dans la tente, s'enrouler dans son duvet et n'aller nulle part.

Il se dirigea vers des tentes, mais pas du côté de la sienne, à la recherche de Volodia.

Les trois tentes du cinquième détachement étaient installées en triangle, leurs entrées tournées les unes vers les autres. Iourka jeta un œil dans chacune d'elles. Dans la première dormaient des filles et dans les deux autres des garçons. Iourka ne reconnut pas immédiatement Volodia, enroulé dans son duvet jusqu'au nez. Près de lui Sacha ronflait, Ptchiolkine respirait fort et le nez de Olejka sifflait.

Il enjamba précautionneusement les enfants, s'approcha de Volodia et s'accroupit à côté de lui. Les cheveux en bataille, endormi, Volodia avait l'air ridicule et plus stupide que jamais : son cahier était posé sur sa poitrine, à côté de la lampe allumée, il avait dû lire avant de dormir. Sans doute qu'il s'était s'endormi comme ça, en oubliant d'ôter ses lunettes qui avaient glissé au bout de son nez et le gênaient ; il clignait des yeux dans son sommeil et remuait le nez comme s'il faisait un mauvais rêve. Iourka ne put se retenir, il rit le plus discrètement possible pour ne réveiller personne. Ce fut raté.

Volodia ouvrit un œil, qu'il cligna, puis ouvrit l'autre, regarda Iourka d'un air perdu dans un premier temps, puis soupçonneux, puis effrayé :

— Je ne me suis pas réveillé à temps ?!

Il s'assit d'un coup.

— Pas de panique : il te reste dix minutes.

Iourka rit de nouveau.

Volodia remonta ses lunettes, posa l'index sur ses lèvres et fit un signe de la tête vers les enfants puis vers l'entrée de la tente.

— Comment ça se fait que tu t'es réveillé si tôt ? demanda-t-il en chuchotant quand ils furent dehors.

Iourka haussa les épaules :

— J'en sais rien. Je me suis réveillé, c'est tout.

Volodia regarda sa montre.

— Bon, de toute façon, il est déjà quatre heures et demie, il faut réveiller les enfants. Tu t'en occupes ? Pendant ce temps, je vais me débarbouiller.

Iourka acquiesça et retourna dans la tente. Tandis qu'il réveillait les gamins, Volodia réussit à effacer toute trace de son sommeil et à récupérer les filets de pêche.

Iourka accompagna la petite troupe au bord de la rivière – Volodia avait du mal à s'orienter au milieu de la forêt et Iourka connaissait un super ponton pour la pêche, non loin de la plage du camp. Pendant le trajet, le jour s'était complètement levé.

— Les enfants, vous vous souvenez des règles à respecter ? demanda Volodia d'un ton moralisateur. Je vous fais un petit rappel. Interdiction de sauter et de courir sur le ponton : on reste calmement assis. La pêche, ce n'est pas un jeu. Les poissons apprécient le silence, si vous criez, ils prendront peur et vous ne pêcherez rien du tout !

Les gosses ne semblaient pas avoir l'intention de faire des bêtises – mal réveillés, ils marchaient lentement derrière Iourka et bâillaient toutes les deux minutes.

Au bord de la rivière, les roseaux bruissaient et les grenouilles coassaient d'un air plaintif. Iourka inspira profondément l'air frais et humide et s'engagea sur le ponton. Les planches grinçaient légèrement sous son poids. Une brume matinale, que les rayons du soleil levant venaient découper, rampait à la surface de l'eau. Sur le ponton recouvert d'un tapis épais de mousse, un petit oiseau furtif sautillait. Iourka était fasciné par ce volatile qui parvenait à se maintenir sur un revêtement aussi irrégulier.

Qu'un tel silence bucolique puisse régner à proximité des enfants du cinquième détachement avait quelque chose de magique. Tout était calme et paisible. Ni Ptchiolkine le fripon ni Sacha le fantasque n'avaient l'intention de se lancer dans des extravagances. Soit parce qu'ils n'étaient pas encore réveillés, soit parce que la pêche les intéressait. Assis sur les planches de bois, cannes en main, ils ne lâchaient pas des yeux les flotteurs – il ne fallait surtout pas rater la prise !

Aucun poisson cependant ne montra le bout de son nez et Iourka, quant à lui, piqua du nez.

— Peut-être que les poissons dorment encore ? plaisanta Iourka en bâillant la bouche grande ouverte.

Au cours de la demi-heure écoulée, seule la ligne d'Olejka avait bougé mais il n'avait pas réussi à la lever suffisamment vite, il restait une moitié d'appât accroché à l'hameçon et le poisson avait filé.

— Il est malin, ce poisson ! s'écria Olejka qui, malgré la situation, ne se plaignait pas. Il a att'apé l'appât mais il n'a pas mo'du à l'hameçon !

Iourka avait perdu tout lien avec le reste du monde, il s'était endormi. Le manque de sommeil, ajouté à la fatigue de la veille, se faisait sentir.

Volodia, assis près de lui, motivait doucement les enfants :

— Ce n'est pas grave, l'important dans la pêche, ce ne sont pas les prises, c'est l'activité en soi !

Ce fut la dernière phrase qu'entendit clairement Iourka. Il ne se rendait pas compte qu'il s'endormait. Une seconde plus tôt, il surveillait le flotteur, et voilà que sa tête partait désormais sur le côté et qu'il fermait les yeux ; une langueur agréable s'emparait dans son corps...

— Ça mord ! Ça mord !

La grosse voix de Sacha troubla à peine son assoupissement.

— Tire ! couina Olejka.

Iourka ouvrit les yeux et sentit quelque chose de dur et de chaud sous sa joue... C'était l'épaule de Volodia. Il redressa brusquement la tête et regarda autour de lui. Sa canne était posée à proximité, et dans le filet qui se trouvait derrière les garçons, on pouvait voir quelques petites perches. Volodia l'observait sans dire un mot.

— Oh ! Je crois que je... Iourka se sentit gêné lorsqu'il vit l'épaule sur laquelle il était appuyé. Je me suis endormi...

— Sans blague ? Je n'avais pas remarqué, s'étonna faussement Volodia. Il semblait joyeux et parvint à peine à contenir son rire. Tu peux dormir encore si tu veux... Monsieur Pommette fripée.

— Monsieur quoi ? Iourka n'avait pas compris.

— Ta joue porte encore les marques des plis du tissu. Là.

Volodia toucha tendrement sa pommette et se mit à rire. Et Iourka, qui se retrouvait pour la première fois si près de son visage, découvrit les fossettes de Volodia.

Chapitre 8

Koniev rouge au bain[1]

SOMNOLER PENDANT LA PÊCHE n'avait pas réglé le problème de Iourka : il avait toujours horriblement envie de dormir. Son intention était de rattraper les heures de sommeil qui lui manquaient pendant le temps calme de la journée. Sauf que Volodia l'attendait près du bâtiment. Lorsqu'il aperçut de loin sa grande silhouette, il pensa qu'il allait lui proposer de modifier les répliques dans le scénario, et il s'apprêtait à refuser.

— Salut. Iourka bâilla à se décrocher la mâchoire, ostensiblement, puis mit le poing devant sa bouche. J'ai sommeil, à mort.

— Ce n'est pas le moment ! Volodia eut un sourire espiègle et sortit de sa poche un jeu de clefs qu'il fit tinter. Tu disais que tu savais où se trouvait le bas-relief de l'histoire d'épouvante et moi j'ai les clefs de la station de canotage. Toi tu as les informations et moi la barque. On monte à bord ?

L'envie de dormir disparut instantanément. Iourka frappa dans ses mains d'impatience.

— Oh ! Mais il y a des avantages à être ami avec un moniteur ! plaisanta-t-il.

---

1. En référence au tableau *Cheval rouge au bain*, du peintre russe Kouzma Petrov-Vodkine.

Volodia rit et descendit les marches du perron en lui faisant signe de la tête pour qu'il le suive.

— Tu ne risques pas d'avoir des problèmes à cause de ces clefs que tu as prises ? demanda Iourka dix minutes plus tard pendant que Volodia, penché sur la serrure du portail de la station, cherchait la bonne clef.

— Qu'est-ce qui pourrait m'arriver ? Je ne les ai pas volées. J'ai noté mon nom dans le registre et je les ai empruntées. Toutes les clefs sont accrochées dans le bureau, n'importe quel moniteur peut les prendre.

Derrière le portail et la petite salle d'entreposage s'étalait un long ponton recouvert de grandes dalles de béton. Une dizaine de barques, accrochées à de petits pieux en métal par de lourdes chaînes, flottaient sur l'eau, sous leur numéro, et cognaient contre les pneus qui servaient d'amortisseurs.

— Tu sais te servir de rames ? demanda Volodia alors qu'il avançait vers le bout du ponton.

— Et comment ! Chaque été, quand la navigation est autorisée, je gagne de l'argent en travaillant comme rameur. Prends cette barque-là. Il désigna l'avant-dernière barque fraîchement peinte en bleu. Ses rames sont pratiques.

À partir de ce moment-là, ce fut Iourka qui donna les instructions. Ils retirèrent la bâche qui protégeait la barque de la pluie et montèrent à bord. Iourka montra comment s'asseoir pour garder l'équilibre, ensuite il prit les clefs de Volodia, ouvrit le cadenas et déroula la chaîne qui claqua sur le béton. Puis il éloigna la barque du ponton et l'amena vers le milieu de la rivière.

— Le courant est fort par ici, prévint-il. Je rame à l'aller et toi au retour. Sinon je vais perdre mes bras.

— Tu sais exactement où il faut aller ? demanda Volodia, qui semblait douter.

— Bien sûr ! C'est tout droit ! Il n'y a pas de carrefour ni de feu par ici.

— Et plus sérieusement ?

— Comme je t'ai dit, toujours tout droit tant que la rivière ne tourne pas. D'ailleurs… Il y a un endroit magnifique par là-bas… En pensant à ce lieu, Iourka regardait Volodia avec émerveillement. Je suis sûr que tu vas aimer.

— C'est quoi, cet endroit ?

— Hm… un endroit que les moniteurs interdisent sous prétexte que c'est dangereux. Mais c'est n'importe quoi ! J'y suis allé un jour, évidemment qu'on m'a passé un savon ensuite, mais… Viens, on y va !

Volodia réfléchit et remonta machinalement ses lunettes par la branche, avec un air hautain.

— Iour, je suis moniteur quand même… commença-t-il.

— Justement ! Tu dis « j'autorise » et c'est réglé.

— Je ne suis pas sûr… gémit-il.

— Enfin, Volodia ! s'exclama joyeusement Iourka, ne fais pas… ne fais pas trop ton Volodia ! C'est pas dangereux si on reste dans la barque, je t'assure !

— Et si on saute ? Est-ce que qu'il y aura des requins ou des crocodiles ?

— Des pirates ! Juste des algues, en réalité. Beaucoup d'algues !

— Ça prendra combien de temps ?

Iourka haussa les épaules :

— Je dirais dix minutes. Quinze maximum.

— Par cette chaleur ? marmonna Volodia. Le soleil, au milieu du ciel sans nuages, cognait impitoyablement, la rivière était large et peu profonde, sans la moindre ombre. D'accord. Mais sous ta responsabilité ! finit-il par concéder.

— Responsabilité, c'est mon surnom, dit Iourka en gloussant.

À cette heure-là, le courant était puissant et rapide, et eux allaient en sens inverse. Iourka soufflait et haletait ; par manque d'habitude, il mit longtemps à trouver son rythme ; la dernière fois qu'il avait ramé, c'était l'année précédente.

Ils avancèrent un moment sans dire un mot, bercés par le clapotement régulier des rames et le frémissement des roseaux. Sur la rive droite, s'étendait une berge plate qui s'éloignait sous forme de bande vert-jaune vers la clôture du camp. Sur la rive gauche, la pente abrupte de la berge haute, criblée de nids d'hirondelles, de racines jaillissant entre les murs de sable et de marécages surplombés par la forêt, décourageait de toute approche. La hauteur des arbres n'était pas suffisante pour jeter de l'ombre sur la rivière, et Iourka transpirait à grosses gouttes. Volodia brisa le silence d'une voix sans assurance :

— Iour, je voulais te poser une question. Je peux ?

— Vas-y, maintenant que tu as commencé.

— J'ai entendu parler de quelque chose qui s'est passée l'année dernière. Olga Leonidovna a dit que quelqu'un s'était mal conduit avec toi. C'est pour ça qu'ils ont décidé de te faire preuve d'indulgence en te reprenant cette année. Je ne savais déjà pas grand-chose de cette affaire, mais maintenant que je te connais mieux, je me rends compte que je ne sais rien du tout. Raconte-moi ce qui s'est passé, et pourquoi.

Iourka inspira profondément et expira lentement.

— C'est que dans ce camp, il y avait un… petit con. Dont le père fait partie de la nomenklatura[1], et… Hum, il faut que je reprenne depuis le début. Avant j'étudiais au conservatoire, je rêvais de devenir pianiste… Voyant que Volodia faisait les yeux ronds, Iourka devança sa question. Je ne t'ai pas raconté tout cela parce que je n'aime pas y repenser. Tu sais… j'aimais beaucoup le piano, je ne pouvais pas vivre sans. « Beaucoup », ce n'est pas le mot qui convient, en fait, j'étais passionné. J'ai toujours été attiré par les claviers, depuis que je suis tout petit.

1. Terme désignant l'élite du Parti Communiste de l'Union Soviétique.

Iourka fit une pause, cherchant les mots justes pour faire comprendre à Volodia à quel point la musique était importante pour lui. Pour lui dire qu'il ne concevait pas sa vie sans elle et qu'il ne se voyait pas lui-même sans la musique. Depuis sa plus tendre enfance, elle avait toujours été à ses côtés, les notes l'avaient accompagné en pensée, l'avaient consolé, calmé, égayé, il en rêvait toutes les nuits et les entendait toute la journée. Jamais il ne s'en était lassé. Dans le silence, au contraire, il angoissait, tout lui tombait des mains, il ne parvenait pas à se concentrer. Parfois il avait l'impression d'être obsédé – hormis le piano, rien ne le touchait ni ne l'émouvait – et il s'inquiétait de sa différence par rapport aux autres. C'était comme s'il existait dans une autre dimension ; il s'efforçait de déterminer si la musique vivait en lui ou si c'était lui qui vivait en elle. Est-ce qu'elle brillait au fond de lui telle une petite étoile ardente ou était-ce lui qui se trouvait au milieu d'un univers immense qu'il était seul à percevoir ?

Comment expliquer cela à Volodia ? C'était un ami, certes, mais c'était aussi une personne différente et étrangère à la musique. De plus, Iourka n'avait jamais abordé ce sujet avec lui. La musique faisait partie de son monde intérieur, et ce monde-là, fragile et délicat, ne pouvait pas être décrit avec des mots de tous les jours.

— J'étais pas en section générale, mais dans une école secondaire de musique. Tu vois ce que c'est ? Volodia haussa les épaules, alors Iourka lui expliqua. En plus des matières habituelles, on nous enseignait également la musique. Le cursus durait dix ans et ensuite on pouvait entrer directement au conservatoire, sans formation. Aux premières évaluations, en sixième, j'ai eu des notes excellentes. Hélas, à partir de la troisième, tout est parti en cacahuète. À la fin de l'année, on devait passer des examens ; en plus de nos professeurs habituels, on était aussi évalués par des professeurs du conservatoire qui venaient repérer les musiciens qu'ils allaient recruter après le diplôme de…

Iourka ne finit pas sa phrase.

Volodia le fixait, la tête penchée sur le côté, sans cligner des yeux ni respirer.

— Et ?

Iourka s'essuya le front et détourna le regard.

— J'ai tout raté. J'ai obtenu « moyen ».

— Et alors ? L'important, c'est de ne pas avoir « insuffisant ».

— C'est de la musique, Volod ! C'est sérieux. Soit tu es un génie, soit tu n'es rien. Les « moyens » n'ont pas leur place en musique ! On m'a conseillé d'arrêter, vu que j'avais échoué, je ne pouvais plus espérer obtenir de place au conservatoire. Comme je suis têtu, je suis resté. Pour rien. Pendant six mois on m'a traîné dans la boue, j'ai pas eu une seule note au-dessus de la moyenne, tout le monde disait du mal de moi. Quand enfin ils ont réussi à me convaincre que j'étais un moins que rien, je suis parti. De moi-même. J'ai tout arrêté. Et depuis je n'ai pas plus approché de piano.

Volodia restait silencieux, Iourka semblait hypnotisé, le regard tourné vers la rivière. Il pensait à quel point ça avait été difficile, quasiment impossible, après cette honteuse exclusion, de faire taire la musique et d'apprendre à vivre dans le silence. Jusque-là, il n'avait pas réussi à se débarrasser de ses réflexes, aussi il frappait ses mains, il comprimait ses doigts jusqu'à la douleur pour ne plus tapoter partout ses morceaux préférés et ses compositions. En ce moment même, il tambourinait malgré lui sur les rames sans reconnaître, ni même essayer de reconnaître, la mélodie.

— Mais pourquoi ne l'as-tu appris qu'en troisième ? demanda prudemment Volodia. Et pas avant ?...

— Ni moi ni mon talent n'y sommes pour rien ! ricana Iourka.

Volodia ouvrit grande la bouche :

— Dans quel sens ?

— Au sens premier ! Le fils du directeur du comité exécutif municipal faisait ses études dans la même école. Il était vraiment médiocre et séchait souvent les cours, mais il voulait entrer au conservatoire. Alors ils l'ont admis à ma place. Iourka saisit les rames et se mit à ricaner : Qu'est-ce que tu penses de ça ? Koniev vit pour la musique, mais il n'est assez bon pour le cursus, il est « moyen » ; de son côté, Vichnievski fait l'école buissonnière mais lui est reçu ; est-ce qu'il a du talent ? Non, il n'en a pas du tout ! Pas du tout !

— Mais non... lança Volodia ; il ne savait visiblement pas quoi répondre, aussi il resta effacé et détourna le regard.

Iourka tentait sans succès de réprimer sa colère. Ses joues étaient marbrées de petites taches rouges, sa voix était teintée d'amertume et une lueur fébrile brillait dans ses yeux. Inutile de lui demander de se calmer, vu son état de nervosité – la brutalité de ses coups de rames faisait tanguer la barque – et Volodia resta silencieux. Mais Iourka n'avait pas fini son histoire, il reprit la parole d'une voix faible :

— Alors tu imagines ce que j'ai vécu l'été suivant, quand je me suis retrouvé à l'Hirondelle avec cette horrible personne dans mon détachement ? Cette pourriture, ce salopard !...

— Surveille ton vocabulaire, le recadra Volodia.

Iourka, sous le coup de la colère et de l'offense, ne lui prêta aucune attention. Il se mit à pagayer furieusement, tout en sueur. Il avait complètement oublié à quel point il faisait chaud.

— Tout est sa faute, c'est à cause de lui que j'ai été viré ! Il a gâché ma vie ! Et comme si mon humiliation scolaire ne lui avait pas suffi, il a décidé de m'emmerder jusqu'ici – il m'a traité de petit juif devant tout le camp ! Ça a été plus fort que moi, je lui ai foutu une baffe dans la tronche, devant tout le camp moi aussi. Je l'ai pas raté, il avait le nez défoncé, du sang partout… C'était la première fois que je frappais quelqu'un aussi fort – il sourit – parce qu'avant, je ne voulais pas abîmer mes mains. Depuis tout petit, ma grand-mère me répétait : « Iourka, n'abîme pas tes mains, fais attention. » Pourquoi j'aurais fait attention ? Je n'en avais plus besoin.

— Attends, mais pourquoi « petit juif » ? Tu es juif ? demanda Volodia, pour essayer de s'écarter du sujet sensible.

— Oui, par ma mère, répondit Iourka sans le regarder.

— Mais comment Vichnievski a-t-il pu le savoir ? Ça ne se voit pas du tout, tu as tout d'un Russe : le nom, le prénom, le visage, les cheveux…

— Je ne sais pas, sans doute quand on était sous la douche…

— Comment ça ? Volodia ne comprenait pas.

Iourka marmonna quelque chose, puis haussa légèrement les épaules :

— Les traditions familiales.

Volodia comprit. Il souleva un sourcil en regardant Iourka sans gêne, des pieds à la tête :

— Oh, oh… je vois… Intéressant…

Iourka faillit ajouter : Tu veux que je te montre ? Mais le regard extrêmement curieux et pénétrant de Volodia le désarçonna : Qu'est-ce qu'il est en train d'imaginer ?! Sa hardiesse se mua en embarras, il eut un sourire gêné, rougit, et de nouveau, il eut très chaud.

Volodia l'observait avec des yeux pleins d'émerveillement – apparemment, il avait compris, apparemment, il s'était mis à sa place. Ensuite, il fit une grimace et siffla doucement en murmurant, l'air sidéré :

— Purée, mais quelle horreur !

Irrité, Iourka se reprocha sa franchise sur ces sujets sensibles. Volodia s'était immiscé sans le vouloir dans sa vie privée et, à voir son air intrigué, il n'avait pas l'intention de passer à autre chose. Volodia interdisait aux autres de parler de journaux pornos, mais quand il s'agissait des parties intimes de Iourka, c'était la fête ?! » s'indigna Iourka. La réaction de Volodia l'avait fortement agacé. Sa voix intérieure lui rappela doucement l'histoire de la veille, pendant la gymnastique, ainsi que le rêve qui donnait la chair de poule ; la chaleur du dehors s'ajouta à celle du dedans, à tel point que ses poumons se rétractèrent.

— J'étais pas d'accord ! regretta tout haut Iourka. Lorsqu'il vit à quel point Volodia semblait déconcerté, il balbutia : Premièrement, personne ne m'a demandé mon avis. Deuxièmement, j'étais petit et je me souviens de rien. Troisièmement... ne va pas t'imaginer des choses ! Et puis c'est moi que ça regarde ! Et c'est pas une horreur du tout !

— Mais non, mais non. Qu'est-ce que tu racontes ? Je n'ai rien dit de tel. Volodia secouait la tête, rouge jusqu'aux oreilles. Et d'ailleurs, il n'y a rien de vraiment original là-dedans, c'est une tradition vieille de plusieurs millénaires, rien d'extraordinaire... en principe... Tu es croyant ?

— T'es bête ou quoi ?

— Raison de plus...

Iourka renâcla et regarda autour de lui pour changer à tout prix de sujet mais il n'y avait aucune trace de civilisation alentour : pas de maisons visibles entre les fourrés, pas de toits à l'horizon. Ils avaient déjà parcouru plus d'un kilomètre. On ne voyait plus le camp depuis longtemps ni la station de canotage, derrière les méandres de la rivière ; les deux garçons étaient désormais entourés d'un paysage aussi beau qu'ennuyeux – quelques bois épars et des champs frémissants sous la brume de chaleur. Il n'y avait rien qui accrochât le regard. Sauf peut-être la colline haute, au loin, et le petit kiosque posé dessus. Mais leur route n'allait pas de ce côté-là. Iourka se rendit compte qu'ils étaient presque arrivés à destination.

La petite voix de Volodia l'arracha à ses pensées :

— Je suis très heureux que tu m'aies raconté tout ça. Je parle de la musique. Je me rends compte que je ne te connais pas du tout.

— Moi non plus je te connais pas, répondit Iourka en haussant les épaules. Si je t'ai raconté cette histoire de musique, c'est pas parce que tu me l'as demandé… J'ai choisi de te faire confiance.

Volodia le regarda d'un air reconnaissant.

— Tu sais… dit-il doucement, moi aussi je pourrais te dévoiler un horrible secret, mais il faut absolument que personne n'en sache jamais rien. Tu me le promets ?

Iourka acquiesça, perplexe : n'avait-il pas montré qu'on pouvait lui faire confiance ? Bien sûr qu'il ne raconterait à personne ce que Volodia lui avouerait.

— Toi, par exemple, tu refuses de vivre comme on te l'ordonne. Volodia se pencha vers lui et lui parla à voix très basse bien que personne ne pût les entendre au milieu de la rivière et du bruissement des roseaux : Tu dis que tu as des parents en RDA… N'as-tu jamais eu l'envie de quitter le pays ?

Cette question semblait purement rhétorique, pourtant Iourka y répondit :

— C'est que… ma grand-mère a essayé de retourner en Allemagne, son pays d'origine. Mais ils ne l'ont pas laissée partir. J'ai un cousin là-bas, mais éloigné, ça m'étonnerait que…

— Moi je veux partir, l'interrompit Volodia. D'ailleurs, ce n'est pas juste un souhait, c'est mon objectif premier – partir et rester là-bas pour toujours.

Iourka fut sidéré :

— Pour toujours ? Mais c'est illégal, tu peux être jugé pour ça. Et puis tu es un komsomolets, tu es tellement… réglo, tu es inscrit au parti, tu…

— C'est justement pour cela que je suis « réglo » et « inscrit au parti », comme tu dis – pour réaliser mon objectif !

Iour, c'est très simple : on ne laisse facilement sortir d'URSS que les communistes, et encore plus facilement les communistes « confirmés », et bien sûr, les diplomates communistes « confirmés » chargés d'une mission diplomatique.

— Et c'est pour devenir diplomate que tu es entré au MGIMO... conclut Iourka à sa place.

Volodia acquiesça. Même s'il n'y avait pas âme qui vive à des kilomètres à la ronde, le fait que Volodia parlât à voix basse, d'un ton inquiet, et qu'il regardât autour de lui d'un air apeuré, donna la chair de poule à Iourka. Si quelqu'un apprenait que Volodia s'apprêtait à devenir dissident, celui-ci serait exclu du Komsomol sur-le-champ. Toute sa vie et tous ses objectifs seraient réduits à néant ! Et il avait raconté tout ça à Iourka. Ce n'était pas par manque de confiance qu'il lui avait fait promettre de se taire, mais parce que la vérité était bien trop dangereuse.

— Et tu voudrais aller où ?

— En Amérique.

— Traverser la prairie dans une mustang ? demanda Iourka, en riant nerveusement.

— Plutôt à moto. Une Harley Davidson, tu vois ce que c'est ?

Iourka ne répondit pas. Il n'avait jamais entendu parler de cette marque de motos, il ne savait pas ce que c'était qu'être diplomate, mais il s'inquiéta pour Volodia. Il pensa tout de suite à la phrase « On n'est plus sous Staline », qui n'était pas si vraie que ça.

Encore sous le choc, il faillit rater le virage.

— Voilà ! C'est là ! s'exclama-t-il en pointant du doigt le mur de roseaux.

La rame toucha le fond de la rivière, qui n'était pas très profonde à cet endroit. Iourka opéra un demi-tour et fit glisser la barque à travers les roseaux.

— Qu'est-ce que tu fais ? s'étonna Volodia.

— T'inquiète pas. Aide-moi. Écarte les roseaux devant la proue sans te faire mal.

La barque racla le fond et passa entre les végétaux ; devant les yeux des garçons s'ouvrit une petite mare recouverte d'une couche épaisse de lentilles d'eau et de nénuphars. Il n'y avait pas de courant, l'eau stagnait et laissait à la flore tout loisir de prospérer. Les rames s'enchevêtraient, Iourka devait sans arrêt les débarrasser des paquets d'algues visqueuses. Mais il connaissait ce lieu et savait pourquoi il y amenait Volodia : cela valait le coup, malgré l'odeur particulière de l'eau marécageuse et les nuages de moustiques zonzonnant.

La surface de la rivière grouillait d'araignées d'eau, un coassement déchirant s'élevait d'entre les roseaux et quelques crapauds particulièrement arrogants avaient élu domicile sur les feuilles cireuses des nénuphars, observant la barque qui passait à côté d'eux. Les nénuphars étaient jaunes, de ceux qu'on trouve partout ; Iourka fit un tour d'horizon, saisissant toute la mare du regard.

— Là ! Un héron ! cria-t-il en agitant le bras du côté de la berge couverte de roseaux épais.

Volodia remonta ses lunettes, fronçant les sourcils.

— Où ça ?

— Là ! Il a l'habitude de se cacher, la canaille, on le distingue à peine au milieu des roseaux.

Iourka empoigna le bras de Volodia et le pointa en direction du rideau de végétaux marron d'où dépassait le long bec, puis il lui ordonna de tendre le doigt.

Volodia obéit et Iourka corrigea la direction.

— Ah… Ça y est, je le vois ! cria Volodia, tout joyeux. Ça alors !

— Quoi ? T'en avais jamais vu ?

L'autre secoua la tête :

— Bah non. Il est trop marrant, debout sur une patte ! À faire semblant de ne pas être là.

Volodia suivait le héron des yeux. Iourka se rendit compte qu'il lui tenait toujours la main et qu'il n'avait pas du tout envie de la lâcher… D'ailleurs Volodia ne retirait pas la sienne non plus… Il fallut tout de même se séparer pour saisir les rames et amener la barque près de la berge.

— On est arrivés, déclara Iourka, je te laisse admirer la beauté du lieu.

Il plaça la barque en travers de la mare, posa les rames et se détendit en étirant ses épaules.

Partout, des fleurs blanches tanguaient à la surface de l'eau. Des dizaines de gros nénuphars blancs comme la neige, avec un pistil jaune qui les faisait ressembler à des œufs, flottaient au milieu des feuilles de bardane vert foncé ; au-dessus d'eux, des libellules bleu perle passaient en coup de vent, faisaient parfois du surplace.

Volodia admirait la mare, attardant son regard tantôt sur les fleurs, tantôt sur les insectes. Et Iourka admirait Volodia. Il était fasciné par le sourire tendre qui flottait sur ses lèvres ; il était prêt à ramer à contre-courant cent fois et à supporter les piqûres des moustiques pour voir ne serait-ce qu'une fois encore ses yeux émerveillés.

— Des nénuphars ! C'est génial ! Volodia se pencha et toucha les pétales blancs – ils étaient si tendres et si délicats qu'il avait l'impression de toucher des objets fragiles et précieux. Il y en a tellement… Ils sont magnifiques. Comme dans *La Petite Poucette*.

Iourka fit un bond pour sortir de la barque qui tangua dangereusement.

— Et si on en cueillait un ? proposa-t-il avant de tendre la main vers une fleur qu'il attrapa par en dessous, prêt à l'arracher, mais Volodia lui donna une tape sur le poignet.

— Arrête donc ! Est-ce que tu sais que ces fleurs font partie des espèces menacées ?

Iourka cligna des yeux de peur et le regarda en face.

— C'est pour ça qu'il nous a fallu si longtemps pour les trouver, continua Volodia d'un ton moralisateur. Un tas de gens se baignent et les arrachent, résultat : l'espèce est menacée ! Et puis ça ne sert absolument à rien de faire ça ! Ce sont des plantes aquatiques, hors de l'eau, elles se fanent instantanément. Elles se ratatinent dans ta main et meurent tout de suite. Impossible de les mettre dans un pot ou dans un vase, comme les roses.

— D'accord, d'accord. Iourka tendit docilement les mains devant lui comme pour montrer qu'elles étaient vides et qu'il n'avait rien arraché ni rien détruit. Je voulais simplement t'en donner un... en souvenir.

— Je m'en souviendrai sans ça. Merci. Ça valait le coup de ramer jusqu'ici.

Ils restèrent un petit moment à admirer les fleurs. Iourka écoutait le coassement des crapauds, le bourdonnement des libellules perlées et songea qu'il en avait assez de vivre dans le silence, non pas le silence extérieur, non, le silence intérieur. En dépit de ses idées noires, il se sentait léger et paisible dans cet endroit et aurait voulu y rester jusqu'au soir. Volodia, cependant, regarda sa montre.

— Une heure déjà a passé, sans doute que nous n'aurons pas le temps d'aller jusqu'au bas-relief aujourd'hui ? s'inquiéta-t-il.

— En barque, c'est faisable, mais de la rive au bas-relief, il faut marcher un bon moment...

— Dommage... soupira-t-il, déçu. Alors on fait quoi ? On repart directement ?

— C'est vous qui décidez, mon bon monsieur. Nous disposons d'une demi-heure avant le clairon.

— Si on s'asseyait un peu, à l'ombre ? Là-bas, près de la berge, tu vois ?

Iourka, qui crevait de chaud, se renfrogna. Il aurait aimé se rafraîchir quelques minutes.

— Je vois, dit-il. Mais si on y va en barque, on va abîmer les nénuphars…

Iourka s'attendait à ce que Volodia laisse les circonstances, ou plutôt la chaleur décider, et préfère rentrer, mais celui-ci reprit soudain du poil de la bête et s'écria, les yeux brillants :

— Iour, et si on se baignait ? Est-ce que c'est possible par ici ? C'est une rivière, il y a sûrement…

Iourka réfléchit. Il lui semblait qu'il y avait un endroit praticable, juste après le méandre. Ce n'était pas vraiment une plage mais un coin où on pouvait attacher la barque, au moins. Le seul problème, c'est qu'il n'avait pas de maillot.

— Je n'ai pas pris mon maillot de bain, Volod, et mes sous-vêtements…

Iourka perdit contenance. Il portait un caleçon… S'il se baignait avec, son short ensuite serait trempé.

— Je vais pas mettre mon short sans rien dessous après.

— Comment ça, sans rien dessous ? On peut se baigner à poil, dit Volodia en clignant de l'œil et en déboutonnant sa chemise par anticipation. Qu'est-ce que ça peut faire ? Il n'y a pas de fille dans le coin, personne ne verra rien.

— Tu as raison, reconnut Iourka avant de tourner la barque pour rejoindre la plage.

Il était tout de même désemparé. Se déshabiller… Quoique non, c'était tout à fait normal, entre garçons. Il s'était déjà baigné nu des tas de fois. Et quand il se douchait, dans les vestiaires, il n'avait jamais été mal à l'aise devant ses copains. Oui, mais les copains étaient une chose et Volodia une autre. Pour la première fois, il avait affaire à cette autre chose.

Mais non, il n'était pas mal à l'aise. Malgré cette discussion sur les traditions religieuses et l'intérêt apparemment impudique de Volodia, il n'avait pas honte. Au contraire, il était excité au point de ne plus savoir quoi dire. Est-ce qu'il allait refuser ? Bien sûr que non !

Iourka acquiesça. Lorsqu'il se souvint de son moment d'égarement de la veille, il tourna la tête pour ne pas voir Volodia se déshabiller, et il ne retira ses vêtements que lorsque celui-ci plongea dans l'eau.

Il plongea à son tour et eut à peine le temps de se frotter les yeux après avoir réémergé que Volodia piquait un sprint vers la berge d'en face, frappant si fort la surface de l'eau que des jets jaillissaient de sous ses bras comme des fontaines, ce qui faisait apparaître et disparaître des petits arcs-en-ciel qui se mélangeaient aux rayons du soleil. En voilà une brasse papillon ! Pêchue et claquante, Iourka aurait aimé nager comme ça ! Il enviait Volodia dont les épaules attiraient le regard. Il pensa soudain, plein d'une admiration sincère, que même si Volodia paraissait maigre, il avait les épaules bien larges !

Iourka resta debout dans l'eau aussi tiède que du lait tout juste trait. Il ne bougeait pas, contemplait Volodia, la grâce et le naturel de son allure – son air libre et émancipé. Il le regarda faire une pause pour retirer ses lunettes et les fourrer dans son poing, puis plonger ; pendant une seconde, à la surface de l'eau apparut cette chose que Iourka avait regardée la veille, sauf que cette fois le tissu ne la recouvrait pas. Une boule remonta dans sa gorge et son corps fut pris d'une contraction agréable, comme il n'en avait jamais ressentie auparavant. Il se raidit.

Iourka prenait conscience de ce qui lui arrivait sans crier gare, lui clouant les jambes au sol. La révélation était claire et simple – et elle le sidéra : Comment avait-il pu ne pas comprendre jusque-là ? Et pourquoi trouvait-il précisément maintenant la réponse à toutes les questions qu'il s'était posées ? Cela crevait les yeux. Qu'était Volodia pour lui ? Un ami. Bien évidemment. Le genre d'ami auquel on pense avec douceur en s'endormant et avec joie en se réveillant. Le genre d'ami qu'on prend plaisir à regarder, qu'on a du mal à quitter des yeux, qu'on contemple et qu'on contemple encore. La plus belle personne qui soit sur terre, la plus gentille, la plus intelligente, en toute chose, « la plus ». Celle avec qui même le silence est passionnant – voilà le genre d'ami que Volodia était pour lui. Celui qui vous « plaît » au sens inexplicable, stupide et banal que ce mot peut avoir.

« Non, ce n'est pas possible ! » Iourka ne parvenait pas à y croire. Cela n'existait pas dans la nature, il n'en avait jamais entendu parler. Même les gamins de sa cité ne faisaient pas de blagues à ce sujet – alors qu'ils étaient au courant de tout et se moquaient de tout le monde. Iourka ne pensait pas qu'être autant attiré par son ami veuille dire que…

Cela lui avait fait peur, déjà. Notamment après la séance de gymnastique, sous la forme d'une vague angoisse. La peur véritable survenait maintenant. Pour quelle raison cela arrivait et qu'est-ce que c'était ? Cela avait-il un nom ? Est-ce que Iourka était le seul à vivre ça ? Quoi que cela fût et quel que fût son nom, c'était contrenature, cela n'existait pas, cela ne devait pas lui arriver, à lui ! Peut-être était-ce une maladie mentale ? Ou simplement de la fatigue ? Depuis le début du séjour, Iourka s'était tellement creusé les méninges, il était si fatigué, épuisé, que son cerveau tombait visiblement en rade. Il allait retourner chez lui, reprendre sa routine, et tout rentrerait dans l'ordre. Il aurait voulu y être déjà, sauf qu'il n'avait aucune envie de quitter Volodia.

Il avait envie d'autre chose – il désirait partager sa peur et sa découverte avec son meilleur ami, et lui dire des mots précieux tels que : « Tu me plais, je suis heureux que tu existes. » Mais le seul fait de s'imaginer prononcer ces mots l'effrayait plus que de sauter de trente mètres de haut dans l'eau glacée, plus que de tomber dans un gouffre. Et s'il se décidait quand même ? S'il se jetait à l'eau tête la première pour dire les choses telles qu'elles étaient, que se passerait-il, alors ? Iourka le savait, au fond de lui : Volodia se mettrait à rire et Iourka penserait qu'ils riaient ensemble alors qu'en réalité Volodia se moquerait de lui. Voilà ce qui se passerait.

Même si Iourka se découvrait un don d'éloquence et parvenait à lui expliquer la véritable signification de « plaire » et « je suis heureux que tu existes » sans rien exiger de Volodia en retour, s'il lui parlait uniquement pour lui faire part de sa joie et la partager… Volodia ne pourrait pas comprendre, c'était sûr. Il ferait tout son possible pour comprendre mais n'y parviendrait pas, il n'assimilerait pas l'info. Comment l'en blâmer, puisque, même pour Iourka, c'était impossible.

Comment pouvait-il expliquer tout ça à Volodia et comprendre lui-même ? Pour l'instant, une seule chose était claire : il n'allait pas laisser Volodia, ni l'abandonner, ni l'oublier. Les kilomètres ne seraient pas un obstacle, Iourka resterait à jamais pour lui un ami fidèle, quels que soient les endroits où la vie les conduirait, même sur une autre planète, même sur la Lune, même sur l'astéroïde B-612. Désormais Iourka aurait encore plus besoin de Volodia et ressentirait encore plus fortement la solitude et le vide quand il ne serait pas près de lui. Il allait aussi connaître le chagrin, inévitablement, lorsque Volodia serait envahi par le même sentiment que lui, et que ce sentiment ne serait pas destiné à Iourka, qui était si compliqué, mais à une fille.

Iourka restait planté comme un piquet. Il craignait de bouger, il regardait Volodia et pensait, pensait, pensait. La tête lui tournait, ses yeux ne voyaient plus rien – les éclaboussures brillaient au soleil, pareilles à des étincelles, le clapotis heurtait ses oreilles. Abasourdi, il observait son meilleur ami, son ami si spécial, qui haletait, soufflait et riait, alors que lui était incapable de faire un pas. Tout son corps était figé, il avait de l'eau jusqu'à la taille et les bras ballants.

Volodia remarqua soudain son attitude étrange et s'approcha. Iourka fixa son visage d'un air effrayé et fit une énorme bêtise : il mit sa main devant son entrejambe. Pourquoi avait-il fait ça ? Qu'est-ce qui l'avait motivé ? L'instinct et la honte – il était nu, quand même. Mais ce n'était pas seulement son corps qui était dévoilé.

Volodia fronça les sourcils :

— Ioura, tout va bien ? Il toucha son épaule froide malgré la chaleur du soleil. Tu as un problème avec ta jambe ?

Allait-il lui mentir ? Lui dire qu'il s'était coupé ? Non. Volodia demanderait à voir et il n'y avait rien à voir. Dire que sa tête tournait ? Dans ce cas, il faudrait se mettre à l'ombre... Est-ce que ce serait mieux ? Comment pourrait-il se sentir mieux désormais ?

— Non, rien. Ça va, marmonna faiblement Iourka.

— Tu es pâle... Tu trembles ? Viens, je t'aide...

Volodia s'approcha et plongea sa main dans l'eau pour toucher ses jambes.

— Non, non, c'est pas la peine, ça va passer. Je tremble pas, c'est juste que... juste que... je suis fatigué et que tout va de travers. On n'a pas eu le temps d'aller jusqu'au bas-relief. Iourka rougit.

Il rougit vraiment – ses joues devinrent aussi chaudes que si on avait posé une bouillotte dessus.

— C'est pour ça que tu n'es pas bien ? demanda Volodia d'un air dubitatif.

Au bout de quelques minutes, les deux garçons s'étaient rhabillés et installés dans la barque ; Volodia, qui n'était pas parvenu à connaître le fin mot de l'histoire, essaya de tranquilliser Iourka :

— On ira la prochaine fois. Passe-moi les rames.

Iourka sourit à peine.

Dans le sens du retour, le courant poussait la barque et le trajet fut plus rapide. Volodia chanta une petite chanson que Iourka ne reconnut pas. Les yeux rivés sur l'eau, il réfléchissait au fait de plaire.

— Regarde ce saule, s'exclama soudain Volodia en pointant la berge du doigt. Tu le vois ? Celui qui ressemble à une grande tente… à une maison, même ! Je n'en ai jamais vu de pareil !

À l'endroit qu'il montrait, la berge descendait en pente régulière jusqu'à la rivière. Le petit banc de sable qui permettait d'entrer tranquillement dans l'eau était à moitié recouvert par les branches épaisses du saule pleureur dont la couronne tombait jusqu'à la rivière.

— Viens, on s'arrête, Iour, lança Volodia.

— Là, c'est sûr qu'on va rater la fin de la sieste, tu l'as dit toi-même, se hâta de répondre Iourka.

Mais lorsqu'il vit l'enthousiasme dans les yeux de Volodia, il proposa :

— On pourrait revenir demain ?

— Et si je n'arrive pas à avoir les clefs ?

— Dans ce cas, je vais essayer de me rappeler comment arriver ici par la terre. À coup sûr qu'on peut y accéder sans barque. Iourka regarda attentivement la pente et son sommet. Je crois qu'il y a un chemin par là. Il part du gué, près de notre plage. Les moniteurs n'autorisent pas les enfants à l'emprunter et ils ont raison, c'est dangereux. La berge est sablonneuse et s'effrite sous les pieds. Tomber d'une telle hauteur peut être très dangereux.

— Essayons de venir demain ! proposa Volodia, impatient.

Iourka était très étonné :

— Depuis quand tu es aussi intrépide et avide d'aventures ?

Volodia haussa les épaules.

— Je ne sais pas. Je prends exemple sur toi.

* * *

Le soir, Iourka partit à la recherche du saule. Pour échapper aux pensées effroyables qui l'envahissaient sur le fait de plaire, il tenta de mémoriser chaque virage, chaque montée, chaque descente, chaque talus et chaque rocher, et passa beaucoup de temps à chercher le bon chemin.

Il arriva à la salle de cinéma une bonne heure après le début de la répétition. Les comédiens avaient amélioré leur jeu et Volodia était complètement absorbé. Iourka, désœuvré, tourna en rond dans la salle.

Enfin, le piano se tut. Volodia avait visiblement demandé une pause à Macha, qui, la mine renfrognée, était désormais assise non loin de la scène.

Iourka jetait de temps à autre un coup d'œil sur l'instrument et regrettait d'avoir mis cette histoire sur le tapis. Il brûlait d'envie de s'approcher du piano, de soulever le couvercle et de toucher le clavier, ne serait-ce qu'un instant, même sans produire de son, simplement pour sentir la froideur du bois laqué sous les doigts. Pendant que les autres étaient occupés par ce qui se passait sur le côté gauche de la scène, Iourka osa s'approcher de l'instrument, qui se trouvait sur la droite. Il souleva le couvercle. Un reflet lumineux passa sur les touches et Iourka fut saisi de panique.

Il se mordit les lèvres et regarda le piano avec effroi, puis, par habitude, il commença à étirer ses doigts. Soudain, une voix intérieure se fit entendre, mais ce n'était pas la sienne, c'était une voix étrangère, celle d'une vieille examinatrice, avec de l'embonpoint et une permanente. Iourka s'étonna de ne pas l'avoir oubliée. Il essaya de l'ignorer, en vain. Il ne voulait pas l'entendre et pourtant il l'écoutait, et c'était douloureux : « Tends donc tes bras et touche le clavier, il est juste là, devant toi. Joue ce que tu veux, autant que tu veux, ça ne sert à rien de toute façon. Tu n'as aucun talent, tu es médiocre, tu n'as aucun avenir dans la musique. Quand tu joues, c'est comme si tu mettais du sel sur une plaie. » Bien sûr, elle n'avait pas prononcé précisément ces phrases-là. C'étaient des inventions de Iourka.

— Ça suffit, la schizophrénie, au revoir, murmura-t-il méchamment avant de se cacher dans les coulisses.

Il erra ensuite sans but dans la salle jusqu'à la fin de la répétition, à s'ennuyer. Il rêvait de se retrouver à la régie, mais la pièce était fermée, comme toujours. Dans cet énorme bâtiment, il n'avait trouvé qu'un seul endroit plus ou moins intéressant – la pièce qui était derrière la scène. Il s'y faufila et découvrit une boîte contenant des pellicules et un projecteur. Après la répétition, il montra sa trouvaille à Volodia.

Malgré les inquiétudes que soulevait sa troublante découverte et la mauvaise humeur qui l'avait rongé toute la journée, au moment de l'extinction des feux, il se dirigea vers Volodia et son groupe. À la place des histoires d'épouvante, le cinquième détachement choisit à l'unanimité de visionner une pellicule. Les garçons votèrent pour *Les Aventures de Cipollino*, tandis que les filles avaient très envie de voir *La Belle au bois dormant*. Au bout d'un quart d'heure de discussions enflammées, les jeunes cavaliers prirent leur décision en conscience : laisser les dames choisir.

Dès que les enfants furent couchés et prétendument endormis, Iourka et Volodia retournèrent dans « leur » endroit. Iourka était maussade comme jamais. Il n'avait ni la force ni l'envie de discuter, et pire encore, de récrire le scénario. Volodia réitéra ses tentatives, il voulait connaître la vérité, mais Iourka s'entêtait dans le silence, comme un partisan. Après plusieurs essais infructueux, il se mit, pour lui remonter le moral, à meugler une valse tirée de *La Belle au bois dormant* de Tchaïkovski, qui sonnait atrocement faux, et continua ainsi pendant tout le reste de la soirée tout en faisant tourner le manège en rythme, jusqu'à l'extinction totale des feux. Bientôt, Iourka se mit à rouspéter : « C'est trop lent. Et là, il faut tenir : “mmm”. Là, c'est plus lent… » Il finit par se détendre et montra à Volodia comment fredonner l'air correctement.

À tel point qu'il rêva de ballerines la nuit suivante et que, pour la première fois depuis six mois, il entendit dans sa tête non pas des mots mais des notes. Il n'avait pas vécu de journées aussi difficiles et de nuits aussi douces depuis longtemps.

Chapitre 9
Comme Tchaïkovski

DEPUIS LA GRANDE DÉCOUVERTE DE IOURKA, son attirance pour Volodia – qui jusque-là avait été plutôt agréable car elle annonçait des discussions amicales et des activités intéressantes – était devenue pénible.

Cette situation complètement nouvelle pour lui était difficile à comprendre, aussi pensait-il qu'il valait mieux ne plus donner rendez-vous à Volodia, ne plus le voir, parce que c'était dangereux pour lui. Il s'en serait tenu à cette décision s'il en avait été capable, peut-être même qu'il aurait provoqué une dispute, exprès. Mais à la seule pensée de ne pas entendre sa belle voix et de ne pas voir le doux et tendre sourire que Volodia n'adressait qu'à lui, sa poitrine se serra. C'était comme si quelqu'un avait glissé dans son ventre un aimant qui l'attirait si fortement et si douloureusement vers Volodia qu'il lui semblait que ses muscles allaient se déchirer et ses os s'arracher. La matinée de Iourka fut remplie de sensations de ce genre et il tint difficilement jusqu'à l'extinction des feux.

Pendant le temps calme, les deux garçons voulurent rejoindre le saule par la terre ferme. La veille, au crépuscule, Iourka avait arpenté la berge dans tous les sens pour trouver le chemin qu'il retrouva sans peine à la lumière du jour. Ce qui était beaucoup plus ardu, c'était de marcher jusqu'au saule. Il fallait zigzaguer au milieu d'une épaisse forêt. Aucun chemin n'arrivait directement jusqu'à l'arbre et pour avancer il fallait s'enfoncer dans de hautes herbes, se frayer un chemin à travers des fourrés d'arbustes, enjamber des racines qui sortaient de terre. Si Iourka, à qui les lieux étaient familiers, se sentait dans la forêt comme un poisson dans l'eau, en revanche, il fallait surveiller Volodia comme le lait sur le feu. À un moment, il trébucha sur un terrain sablonneux et faillit basculer dans un escarpement qui atterrissait dans la rivière, à un autre, c'est tout juste s'il ne s'était pas effondré dans un petit marécage qu'il n'avait pas remarqué au milieu des roseaux.

Quelle que fût la difficulté de ce trajet, cela valait le coup. Avec la lumière du soleil, le saule ressemblait à une grande tente en mouvement, à l'ombre de laquelle on avait très envie de s'abriter pour échapper à l'horrible chaleur de midi. Les branches qui tombaient jusqu'au sol ressemblaient à une cascade, la lourde coiffe verte masquait le tronc.

Les garçons écartèrent les branches molles et touffues et pénétrer sous la couronne ; ils débouchèrent dans une petite prairie recouverte d'un tapis d'herbes et de fines feuilles tombées au sol. Ce revêtement doux et souple donnait envie de s'allonger dessus.

— Mais il fait clair ici ! s'exclama Volodia d'une voix sourde, étouffée par le « mur » végétal. Je pensais que le soleil ne pouvait pas traverser une couronne aussi épaisse, or on voit les rayons. En effet, quelques rayons obliques et lumineux – si peu nombreux qu'ils semblaient artificiels – tombaient sur l'herbe.

Volodia avait emporté le poste de radio. Il l'alluma et chercha longtemps une fréquence ; enfin de la musique se déversa des haut-parleurs avec des sifflements et des interruptions. C'était du Vivaldi.

— Trouvons une autre station, proposa Iourka. Quelque chose de plus gai et qu'on entendrait mieux, là c'est inaudible avec les grésillements.

— Non, on va écouter de la musique classique, insista Volodia.

— Trouve plutôt la station Iounost. Ils passent ton groupe, parfois, Machina vremeni. Volodia secoua la tête. Pourquoi tu ne veux pas, puisque tu aimes ? s'étonna Iourka.

— Parce que toi, tu aimes la musique classique. C'est qui ton compositeur préféré ?

— Chez les Russes, c'est Tchaïkovski… commença Iourka avant de s'interrompre brutalement. Qu'est-ce que ça peut faire ? Pourquoi tu fais ça ?

— Et pourquoi Tchaïkovski ? poursuivit Volodia, ignorant sa question.

Iourka avait compris – Volodia n'avait pas apporté le poste par hasard. Il avait un but précis, mais lequel ?

— Volodia, qu'est-ce que ça veut dire ?! s'énerva-t-il en tendant la main vers le récepteur. Donne-moi ce poste.

— Non !

Volodia cacha l'appareil derrière son dos.

— Tu te moques de moi, là ? fulmina Iourka, certain que Volodia avait mis de la musique classique spécialement pour lui.

Mais dans quel but ? Pour l'embêter ?

— Iour, tu n'as pas pensé entrer au conservatoire quand même ? Certes plus tard que les autres, mais quelle importance ?

— Non ! Je t'ai dit qu'ils me prendraient pas. J'ai pas de talent ! C'est même pas la peine. Et puis éteins ça ! Pourquoi tu me prends la tête ?

— Je ne te prends rien du tout. Je cherche juste le thème principal du spectacle, dit Volodia avec une sincérité qui désarma Ioura.

— Alors pourquoi cet interrogatoire sur le conservatoire ? demanda Iourka en fronçant les sourcils.

— D'abord ce n'était pas un interrogatoire, je n'ai posé qu'une seule question, et ensuite, c'est juste comme ça.

— Juste comme ça... D'accord, dit Iourka en jouant le jeu. Alors pourquoi tu cherches un morceau, si tu as choisi de garder la *Sonate au clair de lune* ?

— Je n'ai pas réellement choisi, j'ai remis la décision à plus tard. Et je trouve que c'est le bon moment, là, pour en chercher un autre.

— Macha n'aura pas le temps de le préparer, ricana Iourka, incapable de contenir sa joie mauvaise.

— Bien sûr que si. Et elle n'aura pas son mot à dire, répondit Volodia.

— Peut-être qu'on ferait mieux d'aller à la bibliothèque ? On trouvera plus vite en regardant les partitions qu'en écoutant les morceaux.

— Comment ça, à la bibliothèque ? Et quand ça ? Il ne reste vraiment pas beaucoup de temps. Écoute, on va joindre l'utile à l'agréable. Si tu arrêtes de faire la tête et que tu m'aides à choisir, l'utile deviendra agréable. D'accord ? Parce que je n'y comprends pas grand-chose en musique. Sans toi je suis perdu !

— Ça, c'est sûr : qui, parmi toutes les symphonies, choisit...

— Mais est-ce qu'on ne peut pas jouer l'air d'une symphonie au piano ?

— Oui, on peut, mais pourquoi faire ça ? Bon, OK. Iourka s'était un peu calmé. Si tu es vraiment perdu, alors d'accord pour t'aider.

Munis d'un cahier et d'un stylo, ils se cachèrent derrière le mur vert formé par les branches qui tombaient jusqu'au sol, déterminés à achever aujourd'hui la réécriture du scénario pour Olejka... Mais leur attention était sans cesse détournée.

— Ça, c'est l'aria de la suite pour orchestre numéro trois de Bach, annonça Iourka avant le présentateur radio. Il reconnaissait toutes les mélodies dès les premières notes.

— Non, ça ne convient pas, marmonna mollement Volodia.

Ils écoutèrent ainsi plusieurs morceaux sans parvenir à choisir.

— Il faudrait avoir un orchestre symphonique à notre disposition, remarqua Iourka tout aussi mollement.

À la fin de l'aria, il prit de nouveau la parole :

— Ça, c'est le *Canon* de Pachelbel. Il est vraiment magnifique, au piano. Mais ça va pas non plus, c'est trop gai.

— Vraiment ? osa Volodia. J'aimerais bien l'écouter... Tu pourrais me le jouer ? Iourka le foudroya du regard, Volodia s'empressa de le rassurer : Je plaisante, je plaisante. Quoique... En fait, j'adorerais voir Iourka Koniev assis devant le piano dans son beau costume, les cheveux bien peignés, le dos droit, en train de jouer avec application.

Puis il se mit à rire.

— Ça recommence ? Tu vas plus me lâcher maintenant ?

— Nan. Il souriait, mais lorsqu'il vit que Iourka, de nouveau, se mettait à bouder, il revint à la réécriture du texte : Alors, il nous faut un synonyme de « fourrer »...

— « Ficher » ? Ficher dans le trou ? Bah quoi, ça marche !

Volodia éclater de rire.

— On met « placer », c'est mieux.

Deux phrases plus loin et une demi-heure plus tard, Iourka prit le crayon de Volodia et s'assit dans l'herbe en le mâchouillant tout en réfléchissant à un nouveau synonyme. Volodia, fatigué, s'allongea à côté de lui, ferma les yeux et passa un bras sous sa nuque.

— J'ai tellement sommeil, je n'en peux plus.

Il bâilla en s'étirant avec un tel délice que le sommeil envahit aussi Iourka. Ses paupières se firent plus lourdes, son corps se détendit, il n'en fallait pas beaucoup plus pour qu'il s'endorme lui aussi.

Mais il se retint, secoua la tête et leva les sourcils :

— Hier, j'étais lessivé après voir marché dans la forêt, et pourtant j'ai pas bien dormi. Et toi, pourquoi tu es fatigué ?

— Oh, tu penses sans doute que les moniteurs dans les camps se reposent autant que les enfants, n'est-ce pas ? Et qu'ils ne sont pas fatigués du tout ?

— Euh… Pas de la même façon, c'est pas pareil. Cela dit, je ne crois pas que vous vous reposiez moins que nous. L'essentiel de votre travail consiste à donner des ordres et des missions, et pendant que les autres s'affairent, vous passez de bons moments allongés sous les saules. Iourka sourit. C'est pas vrai ?

— Apparemment, tu ne sais pas à quel point les enfants sont épuisants ! J'ai les nerfs en pelote à cause d'eux. C'est pour ça que les moniteurs ont besoin de plus de sommeil et de plus de nourriture – surtout plus de nourriture ! dit Volodia en levant l'index – ils doivent dormir et reprendre des forces. Et cela vaut autant pour les débutants que pour les chevronnés. Quand tu verras un moniteur désormais, même un ancien, sache qu'il a faim. Et sommeil.

— Je me souviens pas de t'avoir vu sans énergie.

— C'est parce que, la plupart du temps, je suis énervé et quand je suis énervé, je déborde d'énergie.

Cette conversation amusait beaucoup Iourka, qui rit avant d'ajouter :

— Eh bien dors, alors, monsieur le moniteur énervé, tant qu'il en est encore temps.

— Non, on n'a pas encore atteint notre quota…

— Je vais finir, dors.

Volodia ne fut pas long à convaincre : sans retirer ses lunettes, il ferma les yeux et se mit immédiatement à respirer profondément.

La radio était allumée. L'émission « L'heure de la musique symphonique mondiale » se terminait avec la symphonie numéro 40 de Mozart, tandis que le deuxième concerto pour piano de Rachmaninov servait d'ouverture l'émission suivante, « L'heure du piano russe ». Pendant la deuxième partie du concerto, plus douce, le soleil descendit sur le sommet des arbres, au loin. Un rayon particulièrement perçant se faufila entre les branches du saule et rampa jusqu'aux pommettes et aux yeux de Volodia. Lorsqu'il le remarqua, Iourka se déplaça sur la gauche pour protéger le visage de son ami. Pendant tout le temps passé à corriger le scénario, il n'avait quasiment pas bougé, si ce n'était pour se décaler et pour empêcher le soleil de venir embêter Volodia. Il surveillait le dormeur du coin de l'œil pour vérifier qu'il ne se réveillait pas.

Une bouffée d'air chaud souleva le bord de la chemise de Volodia, découvrant son nombril. Iourka fixa son ventre plat, sa peau blanche, fine et tendre comme celle d'une fille. Celle de Iourka était très différente. Il passa la main sous son tee-shirt, se tata et fut convaincu que la sienne était beaucoup plus épaisse. Il aurait voulu toucher celle de Volodia. Cette pensée fulgurante lui coupa la respiration, une chaleur envahit ses joues. Il voulait se remettre à son scénario, pourtant il restait figé, incapable de détourner son regard...

La chaleur passa de ses joues à ses pommettes, qui se mirent à palpiter. Iourka avait envie de toucher Volodia, il en mourait d'envie. Et en même temps, il avait peur – et s'il se réveillait ? Mais cette peur était si légère et si diffuse que le souffle de vent suivant la balaya et dénuda encore un centimètre de la peau de Volodia.

Perdant la maîtrise de lui-même, Iourka tendit malgré lui la main, lentement, dangereusement. Volodia soupira et tourna la tête. Il dormait toujours. Il était si vulnérable, pensa Iourka, la main levée au-dessus de lui. Ses doigts se trouvaient pile au niveau du nombril. Il attrapa le bord de la chemise, puis réfléchit. Aura-t-il assez de courage ? Non. Il soupira et recouvrit la peau avec le tissu. Puis se détourna.

Il resta longtemps assis sans bouger, perdu, les jambes engourdies. Le deuxième concerto pour piano de Rachmaninov prenait fin, à la radio, c'était la dernière minute, la meilleure, celle que Iourka préférait – la plus brillante et la plus innocente. Pas comme lui.

Il redressa le dos, voulut se lever, mais à son grand étonnement, il ne parvint pas à se déplier. Une piqûre d'angoisse, froide, parcourut son corps – Iourka ne comprenait pas ce qui lui arrivait. C'était quoi ? Pourquoi se sentait-il si à l'étroit ?

— Tu as fini ? lança soudain la voix de Volodia.

Iourka sursauta.

— Quoi ? Moi ? Non, j'ai pas fait exprès.

Il tira son tee-shirt vers le bas.

— De quoi tu parles ? dit Volodia, qui ne comprenait pas. Tu n'as pas fini la réécriture ?

— Non, répondit Iourka.

Il se leva d'un bond et s'écarta. Il ne pouvait pas regarder Volodia – il avait honte. Pour se calmer, il fit quelques exercices de respiration. Inspirer profondément, expirer lentement. Inspirer. Expirer... Cela ne changea rien du tout.

Volodia restait silencieux.

Des pensées plus horribles les unes que les autres assaillirent Iourka : Pourquoi est-ce que ça recommençait ? Et s'il s'en était rendu compte ? C'était impossible, il avait les yeux fermés. Et s'il s'en était rendu compte quand même ? Il lui dirait qu'il pensait aux journaux. C'est pas joli-joli, mais au moins il comprendrait. La seconde suivante, il s'énervait – mais il n'avait rien fait de mal. Il avait juste pensé. Il avait le droit de penser à ce qu'il voulait, non ?! Puis il tenta de se calmer – Volodia n'a pas pu voir ni comprendre – en vain.

Une fois, il avait entendu les garçons de la cour de son immeuble dire quelque chose à ce sujet – avait-il besoin de prendre une douche froide ? Il cracha par terre de colère et se déshabilla. Pendant ce temps, Volodia s'était levé et le regardait d'un air soupçonneux :

— Iour, qu'est-ce que tu fais ?

— Je crève de chaud, lança-t-il par-dessus l'épaule, puis il s'élança et se jeta dans l'eau.

* * *

Ils retournèrent au camp sans se presser, sans parler, en écoutant la radio. Le morceau en cours arrivait à sa fin, le suivant commençait, et les premières notes sortirent Iourka de ses pensées. Il comprenait – non pas dans sa tête mais dans tout son corps – qu'il connaissait ce morceau, qu'il le connaissait bien, mieux que tous les autres. C'était comme s'il entendait un piano jouer, ou plutôt une voix familière à moitié oubliée. Son cœur se serra à tel point qu'il eut du mal à respirer. Il s'arrêta brutalement. Volodia, à quelques pas de lui, se retourna, mais ne dit rien.

— Tu entends ? murmura Iourka, tendu, un peu effrayé.

— Qui ça ? Il n'y a que nous deux ici.

— Je parle de la musique. C'est celle-là, Volodia ! Écoute comme c'est beau.

Volodia souleva le récepteur et resta immobile pour ne pas que les interférences couvrent la mélodie. Les deux garçons écoutaient attentivement, craignant de faire le moindre mouvement. Iourka sourit tristement en regardant ses pieds. Une rougeur soudaine remplaça sa pâleur. Volodia l'observait, méfiant. Iourka le remarqua du coin de l'œil sans se rendre compte à quel point son regard était étrange et fixe. Il ne faisait pas attention à grand-chose, plongé dans ses sons dont il se délectait, qui le torturaient, dans lesquels il se vautrait, se réchauffait et se brûlait.

— C'est très beau ! C'est calme et harmonieux... dit Volodia à la fin du morceau. C'est quoi ?

— C'est PITCH, murmura solennellement Iourka tout en gardant les yeux baissés. Il ne parvenait pas à soulever la tête et encore moins à bouger.

— PITCH ?

— Piotr Ilitch Tchaïkovski. *Berceuse.* La deuxième de ses dix-huit pièces pour piano.

Iourka parlait comme un robot, sans émotion.

Volodia, au contraire, s'anima :

— Tu sais que cette *Berceuse* convient parfaitement... Tu as tout à fait raison : pas de nocturne ni de lyrisme amoureux ! C'est ça qu'il nous faut ! Et Tchaïkovski, c'est parfait, à coup sûr la partition sera à la bibliothèque, il faut aller la chercher au plus vite...

— Je la détestais et l'aimais tant... répondit Iourka, hors de propos, encore bouleversé.

C'était justement ce morceau qu'il avait joué lors du concours qui avait tout foutu en l'air. Ce qui le tourmentait, ce n'était pas le souvenir de cet échec. Ce qui l'empêchait de respirer, c'était de se rappeler combien il était heureux lorsque la musique emplissait sa vie, qu'elle en faisait partie intégrante, qu'elle était plus importante que tout. Ce qui lui faisait plus mal encore, c'était de se dire que cela ne reviendrait jamais. Et que sans la musique, il n'y avait plus rien, pas d'« avenir » ; sans musique, il ne restait à Iourka que la vie au jour le jour.

— Bo-o-on... dit Volodia d'une voix si tendue que Iourka se raidit. Ioura, j'en ai marre de faire semblant de ne rien remarquer, déclara-t-il d'un ton clair et décidé.

Iourka parvint à peine à expirer : « Mais qu'est-ce qu'il a remarqué ? Quoi donc ? » Volodia ne se fit pas attendre et poursuivit calmement :

— Avant-hier, tu as fui dans la forêt, hier tu étais tout pâle, aujourd'hui tu as du mal à respirer, tu es anormalement rouge. Comme tu ne veux pas me dire ce qui t'arrive, je ne te poserai plus de question. Je te propose seulement qu'on passe voir Larissa Sergueïevna, d'accord ?

— Non, non, c'est pas la peine. Tout va bien, c'est juste que j'ai de la poussière dans les yeux. Je suis allergique, tu savais pas ? Iourka dit ce qui lui passait par la tête, juste pour changer de sujet.

— Les allergies ne se manifestent pas... Volodia s'apprêtait à le contredire.

— C'est que j'ai eu des complications. Allons-y, dit Iourka pour trancher. Puis il se mit en marche et Volodia le suivit.

Ils avaient parcouru la moitié du chemin sinueux lorsque Volodia marmonna timidement qu'il craignait que les piles ne tiennent pas jusqu'au bout et éteignit la radio. Un lourd silence s'installa, même les oiseaux ne gazouillaient pas. Volodia ouvrait et fermait la bouche, comme s'il voulait poser une question mais sans parvenir à le faire. Arrivés près du ponton, il se lança enfin :

— Cette fameuse *Berceuse*... est-ce qu'elle n'est pas liée à un événement particulier ? Ne le prends pas mal, mais devenir aussi blanc quand on écoute un morceau... c'est bizarre.

— Volod, je t'ai déjà tout raconté, il n'y a rien de plus. Pourquoi tu parles sans cesse de secrets, est-ce que tu en as des malles entières, toi ?

— Des malles, ça fait beaucoup, ricana Volodia. Tu connais mes secrets les plus importants, bien que j'en ai d'autres, évidemment. Comme tout le monde.

— Alors raconte-moi le plus horrible !

Volodia réfléchit et démarra timidement, sans attendre :

— Des amis comme toi, je n'en ai jamais eus, et probablement que je n'en aurai jamais plus. Par ailleurs, ces derniers temps, je me reconnais en toi... Comme je te l'ai déjà dit, je me tiens à distance des autres. Il y a une raison à cela, bien sûr...

Il se tut. À l'évidence, il s'apprêtait à faire une révélation importante. Iourka le devinait à son ton mais également à ses gestes tendus, à ses poings fermés. La curiosité chassa l'angoisse et la tristesse attisées par la *Berceuse*. Plus Volodia restait silencieux, plus cette curiosité s'aiguisait.

— Et bien ? demanda Iourka, avec impatience.

— Je suis comme Tchaïkovski.

— Comme Tchaïkovski, c'est-à-dire ?

Volodia se retourna et le regarda dans les yeux. Si fixement que Iourka, embarrassé, se mit à cligner des paupières. Volodia, jusque-là pensif, redevint soudain le moniteur affairé et arrogant qu'il était habituellement, et affirma d'un ton catégorique :

— J'aime la musique.

— Ah bon ?! Merci pour ton honnêteté !

— Iour, plus sérieusement, tu n'es pas au courant ?

Volodia partit d'un rire bizarre, comme hystérique.

— Quoi donc ?

— Mais que Tchaïkovski...

— Comment ça, bien sûr que je sais où il est né, où il a vécu, combien de pièces il a écrites et lesquelles. Ah ! Et ce qui est intéressant, c'est que sa dernière œuvre s'appelle la *Symphonie pathétique*. Pathétique, ça vient de « pathos », ça parle de la vie et de la mort. Il l'a écrite, dirigée et il est mort neuf jours après la première !

— Ah, c'est bien.

— Comment ça, c'est bien ? Qu'il soit mort ? Attends, quelque chose m'échappe...

— C'est pas grave.

— Mais dis-moi !

L'air mystérieux de Volodia agaçait Iourka. Il se mit à lui tourner autour en le suppliant : « Mais dis-moi donc ! »

Lorsque Iourka le menaça, impatient : « Je ne bougerai pas d'un pouce tant que tu ne m'auras pas raconté ! » Volodia regarda la station de canotage sur l'autre berge et céda :

— J'ai lu son journal intime. Traduit en anglais, en intégralité.

— Le vrai ? Écrit de sa main ? Pas l'autobiographie ? demanda Iourka, sidéré.

— Mais oui... répondit Volodia avec un sourire malicieux. Tout son être disait : « Enfin je sais un petit quelque chose sur la musique que tu ne sais pas ». Il était visiblement heureux de faire réagir Iourka.

Celui-ci le regarda dans les yeux et étira ses doigts avec enthousiasme en marmonnant :

— Je savais pas. Et... de quoi ça parlait ? Et pourquoi pas en russe ? Il n'existe pas en russe ?

— Si, mais celui qui est édité en URSS a fait l'objet de coupes.

— Comment ça, des coupes ? Pourquoi donc ? C'est débile ! Pourquoi les Américains en sauraient davantage que les Russes ? C'est un compositeur de chez nous !

— C'est que, dans ce journal, il y a quelque chose... de superflu.

— Quoi donc ? demanda Iourka, les yeux brillants. Il attrapa Volodia par la main et se mit à le secouer. Quoi donc ? Raconte ! Il était comment ? Il écrivait comment ?

— Il était très capricieux, il avait des crises de colère, il buvait. Beaucoup. Il jouait aux cartes ; c'était sa passion.

Iourka s'assombrit soudainement :

— C'est bien que ça n'apparaisse pas dans le journal russe. Que les Américains se délectent des saletés sur les grands hommes russes, nous, on n'en a pas besoin ! Pourquoi est-ce qu'on s'embarrasserait des mauvais côtés de Tchaïkovski, pourquoi les remettre sur le tapis ? Et toi... pourquoi tu racontes justement ces choses-là sur lui ?

— Tu m'as posé la question, je t'ai répondu. Si je parle de ça, ce n'est pas pour noircir le tableau, c'est pour montrer que c'était un homme comme les autres. Connais-tu des détails de la vie privée de Tchaïkovski ? Par exemple qu'il s'est marié mais qu'il a quitté sa femme au bout de quelques jours seulement ? On peut dire qu'il n'a pas été marié.

— S'il n'a pas été marié, la belle affaire, qu'est-ce que ça change ? Moi, ça m'intéresse pas ! Raconte-moi plutôt comment il s'y prenait pour composer.

Volodia hocha la tête :

— Bien sûr que ça ne t'intéresse pas. Tu as parfaitement raison. Comment il composait ? Il se fixait un programme quotidien. Si ça ne marchait pas, il n'était pas content, mais il composait quand même. Il écoutait les œuvres des autres, les bonnes, pour prendre exemple ; celles qui étaient à la mode pour être au courant ; et les mauvaises pour voir les erreurs et ne pas les répéter.

— Est-ce qu'il était souvent mécontent de ce qu'il composait ?

— Très souvent.

— Est-ce qu'il écoutait la musique ? Je veux dire, est-ce que, quand il composait, il jouait la musique dans sa tête ? Ou avant de composer. C'est-à-dire...

— J'ai compris. Oui, il la jouait dans sa tête. Mais pas toujours.

Tout en parlant de Tchaïkovski, les deux garçons étaient descendus vers la rivière et avaient traversé le gué. Pris par leur conversation, ils sursautèrent d'étonnement lorsque la corne retentit, puis reprirent leurs esprits et se hâtèrent de rejoindre les détachements. Ils tombèrent sur Macha, haletante, assise sur un banc près du terrain de sport. Tout à leur discussion, ils ne répondirent pas à son timide salut.

Ayant rejoint son détachement, Iourka se mit en rang avec tous les enfants. Au lieu d'écouter Ira Petrovna, il songea que Volodia avait raison : même un grand compositeur était avant tout un être humain. Comme Iourka en était un. Et si une carrière de musicien – et non pas une vie ennuyeuse de bureau – attendait Tchaïkovski à l'âge de vingt-cinq ans – c'est-à-dire, pour Iourka, déjà presque une personne âgée – alors peut-être que pour Iourka, tout n'était pas perdu ? Cette incroyable idée le rendait heureux. Quelque part au fond de lui, il ressentait le désir de s'asseoir devant son instrument et de jouer quelque chose de vif et de joyeux. Peut-être le *Canon* ?

* * *

Après le goûter, Iourka avait encore tant de travaux d'intérêt général à faire qu'il craignait de ne pas réussir à les terminer avant la fin de la journée. Il tenta d'obtenir une dispense auprès d'Ira Petrovna en lui expliquant que le scénario devait être prêt le soir même. Mais elle se montra intraitable.

— Ira Petrovna, s'il vous plaît, insista-t-il. Il faut absolument que je termine la réécriture du scénario. Si vous voulez, je travaille ici, à côté de vous, comme ça vous verrez que je ne suis pas en train de fainéanter !

Mais la monitrice ne céda pas à ses suppliques.

— Non, Iourka, les lits ne vont pas se faire tout seuls. Ne t'inquiète pas, à nous deux, ça va aller très vite.

À deux ? Elle et lui ? Il ressentit un mélange d'étonnement et de joie. Se trouver en tête à tête avec elle, cela voulait dire qu'il pourrait lui poser quelques questions importantes et tenterait de la réconcilier avec Volodia. Il ne pensait qu'à ça dès qu'il la voyait, ces derniers temps.

À deux, effectivement, l'affaire fut rapidement menée à bien. Iourka passa le balai, Ira Petrovna arrosa les fleurs et essuya les rebords des fenêtres ; lorsqu'ils vérifièrent si les lits étaient bien faits, Iourka haussa le ton :

— On m'a chargé d'accrocher les guirlandes parce que je suis le plus grand des pionniers, d'enlever les matelas parce que je suis le plus costaud, de mettre en scène le spectacle parce que je suis le plus âgé. Pour quelle raison c'est moi qui dois placer les coussins ? Parce que je suis le plus feignant ?

— Parce que tu n'as pas encore été affecté à cette tâche, répondit Ira en soufflant. Arrête un peu. Tu vas toujours chercher une intention cachée.

— Et si elle existait vraiment, cette intention ?

— Qu'est-ce que tu racontes ? dit-elle en réfléchissant. Tu penses à Jénia ?...

Iourka l'interrompit :

— Non, à Macha. Pourquoi tu as cru que j'étais parti avec elle, l'autre jour ?

Ira se détendit nettement.

— Peu importe. J'avais l'impression, c'est tout.

— D'accord, mais pourquoi ?

— De tous les enfants du détachement, vous étiez les deux seuls absents. Macha et toi êtes les plus grands, sans doute avez-vous envie de… vous amuser. Mais c'est pas grave, tout ça, Iour, vraiment pas.

— C'est très grave, au contraire ! C'est à cause de ça que Volodia et toi vous êtes disputés !

Ira haussa les épaules, mais Iourka repartit à la charge :

— Ira, je t'en prie, pardonne-lui ! Il s'est emballé, il a dit n'importe quoi, ce n'était pas par méchanceté, Volodia n'est pas méchant. Toi-même tu es monitrice, tu sais à quel point c'est difficile, la première année.

Ira le dévisagea avec étonnement. Elle posa l'oreiller gonflé comme une voile et écarta les bras :

— Dis donc ! Voilà que Iouri Ilitch me tutoie. Quel honneur !

— Il te parle sérieusement, écoute-le au moins.

Malgré les prétextes et les protestations de la monitrice, Iourka continua à défendre Volodia jusqu'à la fin de leur service, mais Ira ne céda pas.

— Quel têtu tu fais. Et pourquoi tu parles à sa place ? S'il veut s'excuser, qu'il vienne, inutile d'envoyer des intermédiaires.

— Il n'est pas venu ? Ce matin après le petit-déjeuner, hier après le feu de camp…

— Hmmm… marmonna Ira en jetant un dernier coup d'œil à la chambre des filles – la chambre des garçons était déjà terminée. Regarde donc, Oulka a encore des fleurs. On est à la moitié du séjour et elle a déjà des tas de prétendants, sourit-elle.

Iourka ne lâchait pas l'affaire :

— C'est pas Volodia qui m'envoie. C'est moi tout seul. C'est son premier camp en tant que moniteur, alors que toi, tu es une professionnelle… Pardonne-lui, il était épuisé, fatigué…

— D'accord, d'accord. Mais dis-lui de ma part qu'il vienne s'excuser lui-même, et je lui pard… Elle s'interrompit et rectifia : Et je verrai. Elle lissa le couvre-lit, examina la chambre une dernière fois et sourit de satisfaction. Nous avons bien travaillé. Vous êtes libre, Iouri Ilitch.

En sortant du bâtiment, Iourka, fier de lui, décida de mettre la réécriture du scénario de côté et de rejoindre plutôt sa cachette pour fêter la victoire. Plus précisément, pour « fumer » la victoire.

L'année précédente, Iourka avait percé un trou dans la palissade près du bâtiment en construction pour pouvoir sortir du périmètre du camp. À cette époque, il n'y avait qu'une plate-forme nivelée prête à accueillir le nouveau bâtiment. À présent, s'élevait un bel édifice de quatre étages qui avait l'air d'un sanatorium. Au printemps, pendant les travaux, même si son trou avait été comblé, l'endroit restait quand même le moins fréquenté du camp. Bien qu'il ne fût plus adapté aux échappées, il regorgeait de recoins qui pouvaient servir de cachettes. Iourka avait installé sa planque dans un tas de dalles de béton, c'était là qu'il cachait ses cigarettes.

En sortant le fameux paquet de sous les dalles, il trembla sous l'effet de l'afflux d'adrénaline. Il n'aimait pas tant fumer, en réalité, que d'avoir une cachette et d'aller y chercher le paquet ; pour éviter que ses mains ne sentent le tabac, il trouvait une petite branche fine qu'il cassait plus ou moins en deux, puis il enchâssait la cigarette du côté pointu et l'allumait. Il pouvait même s'abstenir de fumer, se contentant de l'allumer et de vérifier que personne ne le voyait. Si c'était le cas, il filait en vitesse de sorte qu'on ne le rattrape pas.

Il fourra la main sous une dalle, dans l'attente de son rituel, et sortit le paquet. Il trouva une branche qu'il coupa selon la règle et emboîta la cigarette ; au moment où il s'apprêtait à l'allumer, il vit Ptchiolkine en train de farfouiller dans un monceau de débris sur le chemin qui menait à l'allée des pionniers.

— Hé ! cria Iourka avant de se pétrifier avec la cigarette plantée dans la branche et la branche dans la main.

— Eh oui, je vais dire à tout le monde que tu fumes ! lança Ptchiolkine avec arrogance.

— Et moi que tu te balades sur le chantier ! Qu'est-ce que tu fais là ?

— Je cherche un trésor, moi, et toi tu fumes ! cria Ptchiolkine en lui tirant la langue.

— Je ne la fume pas, je la tiens, c'est tout. Tu vois bien qu'elle n'est pas brûlée jusqu'au bout, répondit Iourka en glissant la cigarette dans sa poche.

— Je vais quand même tout raconter ! À moins que tu ne chantes une chanson paillarde, dans ce cas je dirai rien.

Ptchiolkine faisait du chantage.

— Tu es trop petit pour les chansons paillardes. Je te chanterai ce que tu voudras, mais pas d'obscénités, dit Iourka, comprenant que si ce mioche allait tout raconter, on lui tirerait les oreilles au point que même l'exclusion du camp et la séparation avec Volodia lui sembleraient anecdotiques.

Ptchiolkine ne daigna pas répondre et reprit sa marche vers l'allée des pionniers en criant aussi fort qu'il pouvait : *Iourka fait n'importe quoi, il fume du tabac, il vole des allumettes et il ne dort pas sous sa couette.* Iourka se précipita derrière lui. Le gamin tourna au niveau des courts de tennis. Profitant de l'avantage que lui donnait sa petite taille, il n'eut pas besoin de contourner les manèges, les échelles et autres équipements sportifs, il passa dessous avant de grimper se cacher. Iourka, lui, dut les contourner. Sans cela, il l'aurait immédiatement rattrapé, mais il se contentait de crier vainement : « Arrête ! » et n'entendait pour toute réponse que : *Iourka fait n'importe quoi !*

— Ioura ! Petia !

Les mots parvinrent aux oreilles de Iourka sans atteindre son cerveau. Il courut sans faiblir jusqu'au moment où Ptchiolkine se retrouva enfin à cinquante centimètres de lui : il n'avait qu'à tendre la main pour l'attraper. Sauf que la voix menaçante résonna juste au-dessus de son oreille :

— Koniev ! Ptchiolkine ! Stop !

Suivant le réflexe qui consiste à obéir aux ordres, tant Ptchiolkine que Koniev s'arrêtèrent net. Volodia, traversant le court, se précipita vers eux. Son visage était blême, ses poings serrés. Il jeta à Ptchiolkine un regard assassin. Iourka comprit que ce dernier avait échappé à la surveillance de Volodia.

— Je ne comprends pas, Petia ! Où tu étais passé ?

Ptchiolkine regarda Iourka d'un air interrogateur avant de sourire d'un air espiègle. Iourka soupira :

— D'accord, je vais chanter. Mais une autre chanson.

— Celle sur le cimetière.

— D'accord.

— De quoi vous parlez ? intervint Volodia. Qu'est-ce que vous complotez ? Ioura ?

En regardant le visage de Volodia, Iourka comprit la différence entre Volodia en colère et Volodia furieux. Il s'empressa, sinon de le calmer, du moins de le distraire :

— On ne complote rien du tout. J'ai vu Petia sur la route qui menait au chantier en train de farfouiller dans un tas de débris…

— Pourquoi faire ? l'interrompit Volodia en jetant un regard sévère à Ptchiolkine. Est-ce que tu t'es fait mal ?

— Je cherchais un trésor, dit Ptchiolkine d'une voix fluette en lui montrant ses genoux, ses coudes et ses mains intacts.

— Petia, il n'y a pas de trésor dans le camp, lança Volodia d'une voix menaçante.

Il serrait les dents sûrement pour se calmer, pensa Iourka, mais c'était inefficace.

— Mais c'est Ioura qui en a parlé, déclara Ptchiolkine, vexé, en reniflant.

— C'est une invention, cette histoire de trésor. Ioura te le confirmera.

Après avoir vérifié qu'il n'était pas blessé, qu'il était bien là, devant lui, et en bonne santé – sale de la tête aux pieds bien entendu –, Volodia se ressaisit. Son ton s'adoucit, sa respiration devint plus régulière, l'éclat de ses lunettes perdit de sa férocité, ses yeux cessèrent de lancer des éclairs.

— Volodia a raison, il n'y a pas de trésor, admit Iourka.

— Bien sûr que si ! Peut-être qu'il ne s'agit pas de pierres précieuses ni d'or, mais ce trésor existe bel et bien ! Et je le cherche.

— Petia, je t'interdis de te balader partout, c'est dangereux. Si tu y retournes, je te prive de rivière jusqu'à la fin du séjour. C'est clair pour toi ?

Un dernier éclat de colère avait accompagné la question que Volodia avait posée.

— C'est vous qui avez menti et maintenant je suis privé de baignade. C'est injuste ! protesta Ptchiolkine.

— Tu n'en es pas encore privé. Je te pardonne pour cette fois, mais ne remets plus les pieds ici… intima Volodia avant de se tourner soudain vers Iourka et de lui demander d'un air sceptique : Et toi, qu'est-ce que tu faisais sur le chantier ?

— Je me promenais… marmonna Iourka tandis que sa cigarette pas fumée brûlait sa poche et que Ptchiolkine affichait un sourire mauvais.

La conscience de Iourka le taraudait – quel exemple donnait-il à Ptchiolkine ? S'il ne disait pas la vérité à Volodia, cela signifiait qu'il mentait.

— Je fumais, avoua-t-il, et lorsqu'il vit Volodia remonter ses lunettes en les empoignant par la branche, il rentra la tête dans ses épaules.

Contre toute attente, Volodia ne lui fit pas la leçon ni la morale. Il joignit ses mains devant lui d'un air désemparé et grommela d'un air las :

— Mais quelle brut… Ioura, mais enfin, comment tu peux ? Tu es dans un camp, est-ce que tu n'as pas honte devant les enfants ?...

— Si. Je le ferai plus, parole de pionnier.

Volodia hocha la tête et pointa l'index sur lui :

— Tu m'as dit que c'était seulement pour essayer. Tu as promis de… Il se tut.

Iourka comprit que si Ptchiolkine n'avait pas été là, Volodia lui aurait sans doute volé dans les plumes ; pour le moment, il avait apparemment évité ça.

— Ton « parole de pionnier » ne me suffit pas. Donne-moi ta parole à toi.

— Je te donne ma parole, acquiesça Iourka, penaud.

— Très bien, dit Volodia, le visage encore renfrogné, très bien, Koniev. Essaie seulement de ne pas trahir ma confiance. Ptchiolkine, qu'est-ce que tu dis, toi ?

— Parole d'octobriste, je n'irai plus sur le chantier.

Volodia secoua la tête et ricana doucement :

— Ptchiolkine et Koniev, l'abeille et le cheval, on se croirait au zoo.

— Tu voudrais pas un terrarium pour compléter le tableau ? dit Iourka en montrant les POUK qui approchaient.

— Mais quelle plaie, celui-là !

— Moi, pourquoi ? Zmeïovskaïa, c'est le serpent, Gniozdova, le nid, et Kloubkova, la fraise. Au fait, c'est à propos de l'aigle, Orlovaïa Ira Petrovna, que je veux discuter, se souvint Iourka.

Il voulait parler à Volodia de la possibilités d'une trêve, mais les filles fondirent sur lui et l'en empêchèrent.

— Et pourquoi tu nous appelles par nos noms de famille ? se vexa Polina.

— Comme si tu ne connaissais pas nos prénoms, ajouta Ouliana en fronçant les sourcils.

Ksioucha resta silencieuse.

— Si vous êtes là, c'est que les costumes sont prêts ? ironisa Iourka, ignorant Ptchiolkine qui tirait sur son bras en disant qu'il n'avait pas parlé des cigarettes et que, par conséquent, Iourka devait chanter la chanson promise.

— Eh bien... oui, répondit Polina sans assurance en regardant Volodia.

— Pas tout à fait, en réalité, avoua Ouliana.

— En effet, conclut Ksioucha.

Pendant que le petit groupe se tenait en cercle, quelqu'un arriva discrètement.

— Hum... s'excusa le directeur.

— Bonjour, Pal Sanytch ! lancèrent en chœur les six autres.

— Bonjour, les enfants. Hum... euh... Volodia, est-ce que tu peux venir une minute ?

Pendant que Volodia et Pal Sanytch s'éloignaient, les filles s'échappèrent et Ptchiolkine insista :

— Allez, chante, Ioura ! Tu as promis, allez !

Iourka se lança, la mine maussade :

Le cimetière d'Ivanovskoïe est silencieux,
Le brouillard qui flotte est tout bleu,
Les petits défunts en pantoufles blanches
Partent faire une balade en bande.

Le deuxième couplet était plus drôle :

Viens donc sur la tombe, viens donc chez moi,
Viens donc, ma parente, nous allons chanter,
Viens donc, ma parente, nous allons nous putréfier,
Les vers de terre vont nous aimer.

Et le suivant, de nouveau, ennuyeux :

Tes os jaunis vont se blottir contre moi,
Tu vas embrasser mon crâne…

— Je ne veux pas de chanson, râla Ptchiolkine, je veux une épigramme ! Celle qui parle du vent qui souffle dans un cimetière, de postérieurs, de degrés au-dessous de zéro. Et d'un gardien pris de diarrhées et d'un mort qui sort de sa tombe.

Iourka soupira :

— D'accord.

Iourka, évidemment, connaissait l'épigramme. Et Ptchiolkine aussi. Tout le monde la connaissait et tout le monde en avait assez de l'entendre. À l'évidence, Ptchiolkine était ravi qu'un adulte la chante.

Lorsque Petia s'éloigna, satisfait et Volodia, libéré de Sanytch, regarda autour de lui à la recherche de quelqu'un. Iourka se hâta de le rejoindre pour lui parler d'Ira, mais lui demanda d'abord pourquoi Sanytch était venu.

— Pour s'excuser. Il ne pouvait pas le faire devant tout le monde. Il est timide. Même s'il hurle des gros mots, c'est un timide.

— Comment ça, des gros mots ?

Iourka pensait qu'il n'avait pas bien entendu. Il avait du mal à croire que Pal Sanytch était capable de proférer des mots grossiers. Apparemment, si.

— Il y a une heure, il m'a hurlé dessus en disant des gros mots devant les enfants. Super pédagogie, n'est-ce pas ? Comment est-ce que les enfants peuvent obéir à un moniteur si le directeur lui hurle dessus devant eux ?

— Mais quel…

— Tais-toi ! dit Volodia avec irritation. Iourka savait maintenant pourquoi Volodia était si tendu. Il ne prit plus rien pour lui. Pas devant les enfants.

Effectivement, quatre filles du cinquième détachement se trouvaient à proximité et jouaient à tape-main en criant à tue-tête :

— *Il était une fois trois Chinois : Yak-Tsedrak…*

Iourka fronça les sourcils :

— À propos de quoi il t'a engueulé ?

— *Yak-Tsedrak, Yak-Tsedrak-Tsedrak-Tsedroni…*

— De la mise en scène. C'est vendredi, l'anniversaire de l'Hirondelle, et rien n'est prêt. Ce serait plutôt « à propos de qui » que « de quoi ».

— *Il était une fois trois Chinois…*

— À cause de moi ? soupira Iourka.

— Non, de quelqu'un d'autre.

— Qui ça ?

— Devine.

— *Tsipa, Tsipa-dripa, Tsipa-dripa-drimpamponi…*

— Ptchiolkine ?

— Bingo !

— Quelle vermine ! Mais quoi, on n'arrive pas à le contrôler du tout ?

— C'est le neveu du directeur. D'autres questions ?

— *Yak s'est marié avec Tsipa, Yak-Tsedrak avec Tsipa-Dripa, Yak- Tsedrak-Tsedrak-Tsedroni avec Tsipa-dripa...*

— Filons, dit Volodia.

Ils firent quelques pas et se retrouvèrent dans le calme et le silence. À cause des cris des filles, Iourka avait oublié la raison pour laquelle il attendait Volodia. En essayant de s'en souvenir, il laissa échapper la première chose qui lui vint à l'esprit :

— Pourquoi est-ce que Ptchiolkine ne vient pas à l'atelier de théâtre ?

— À cette heure-là, il est occupé à réduire en miettes les maquettes d'avion.

— Un futur ingénieur en construction ?

— Il est déjà ingénieur en destruction.

— Exactement comme Matveïev.

— Aliocha ? C'est vrai, j'en ai entendu parler. Sauf que pour Ptchiolkine, le champ d'application est restreint, pour Aliocha, apparemment, c'est un mode de vie.

— Ouais, sauf que c'est moi qui ai cassé la guirlande et pas Aliocha. Si ça avait été lui, on lui aurait simplement tapé sur les doigts, alors que moi, on me menace.

— Apprends à faire des bêtises en arborant un sourire innocent.

— Excellent conseil. Pas celui d'un komsomolets.

— Nous, les étudiants du MGIMO, avons deux visages.

— Comme Janus, plaisante Iourka.

— Janus Polyeuctovitch[1], répondit Volodia en clignant de l'œil. Blague à part, Sanytch m'a prévenu que lui et Olga Leonidovna viendraient demain voir où nous en sommes

1. Janus Polyeuctovitch est le héros de *Le lundi commence le samedi*, une nouvelle des frères Strougatski. (Note des autrices.)

pour le spectacle. Donc, Iour, il faut absolument qu'on termine le scénario aujourd'hui. J'ai des tonnes de choses à faire maintenant, tu le termines sans moi, d'accord ?

— Bien sûr. Donne-le-moi, répondit Iourka.

— Installe-toi à distance des chants populaires, dans un endroit calme, au détachement par exemple. Dans le silence, tu seras plus productif.

Il fit un signe de la tête vers les filles qui, pour la deuxième fois déjà, mariaient Yak à Tsipa, Yak-Tsedrak à Tsipa-Dripa, etc. Iourka apprit que, très bientôt, tous ces Chinois auraient des enfants.

— Entendu, je fais comme ça, se hâta-t-il de répondre.

— Super ! Merci à toi ! Tu peux te dispenser de la répétition. Volodia se tourna et cria par-dessus l'épaule : On se voit ce soir aux manèges, si besoin…

— Volod, Volod ! Iourka le rattrapa. Je me souviens maintenant. J'ai convaincu Ira de parler avec toi. Tu vas la voir aujourd'hui et tu fais la paix, d'accord ?

— Mais… elle n'a pas râlé parce que c'était toi qui demandais pour moi ?

Volodia ne semblait pas très content. Iourka pensa que les deux moniteurs s'étaient mis d'accord pour tenir le même discours. Et Volodia aurait pu le remercier, au lieu de faire la moue.

— Je lui ai juste demandé de ne pas refuser la discussion, se vexa Iourka.

— Hum… d'accord, répondit Volodia, pensif. Puis il regarda autour de lui, comme s'il cherchait Ira, sauf qu'à la place il trouva Macha. Oh ! Macha, salut ! Viens avec moi si tu n'as rien à faire.

Macha se hâta de quitter le court de tennis en souriant de toutes ses dents comme si elle avait attendu l'invitation toute la journée. « Oui, oui, je suis libre », répondit-elle avec empressement, puis elle rougit, embarrassée. Volodia, pendant ce temps, fit signe à Iourka et se dirigea vers Lena en compagnie de Macha, pour lui confier les enfants. Tout se passait bien lorsqu'un geste de Volodia attira l'attention de Iourka : lorsque Macha arriva près de lui, il lui toucha l'épaule un peu trop amicalement. Même si le geste était innocent et ne voulait rien dire de spécial, des pensées désagréables envahirent Iourka. Il n'avait qu'à siffler et elle déboulait, toute contente. Tandis que lui devait rester seul à récrire un texte, comme si sa présence allait gêner Volodia. Cela éveilla quelque peu ses soupçons. Cependant, lorsqu'il se retrouva au détachement et commença la réécriture, son malaise se dissipa immédiatement : de fait, travailler dans le silence s'avérait très efficace. Iourka était plus « productif », comme le disait Volodia.

Ouvrage composé par
PCA – 44400 Rezé

Achevé d'imprimer en France en février 2025
par l'Imprimerie Maury S.A.S. à Millau (12)

Nº d'impression : B25/76786A
Nº d'édition : S34949/61

#lisez engagé !
www.lisez.com
Pour plus d'information :
Imprimé sur du papier issu de forêts gérées durablement.

serviceclients@lisez.com

PKJ · www.pocketjeunesse.fr
POCKET JEUNESSE

92, avenue de France – 75013 Paris